D1855170

## Zu diesem Buch

Totzke, Direktor der VEB ORA-Stahl und Kronprinz des DDR-Wirtschaftsministers, ist nach der Wende mit seinem Auto gegen einen Baum gerast. Unfall? Oder doch Selbstmord, weil er zuviel Dreck am Stecken hatte? Jedenfalls geht nach seinem Tod das Gerangel um den Betrieb los. Die Treuhand will das Werk dem italienischen Pecciolo-Konzern zuschlagen, sehr zum Ärger der Betriebsangehörigen, die es viel lieber sähen, wenn sie der deutsche Konzern EUROMAG übernehmen würde. Es gibt schon die ersten ausländerfeindlichen Demonstrationen.
Inzwischen passieren in Totzkes Villa, in der Totzkes Witwe Tatjana, seine Tochter und seine Schwiegermutter Claire Kublank wohnen, seltsame Dinge. Für Claire, die sich in der Geister- und Dämonenwelt auskennt, ist alles klar: Daran sind die bösen Geister schuld, man muß endlich einen Gegenzauber veranstalten. Leider nimmt sie niemand ernst. Bis es einen Toten gibt...
Hauptkommissar Mannhardt, nach Oranienburg zur Amtshilfe abkommandiert, hält nichts von faulem Zauber, er sucht reale Bösewichter. Und hat eine Idee, die fast so phantastisch ist wie Claires Geisterglaube...

-ky, eigentlich Horst Bosetzky, ist Soziologe und Professor in Berlin. Er wurde 1992 mit dem ‹Ehren-Glauser› für seine Verdienste um den deutschen Kriminalroman ausgezeichnet. In der Reihe rororo thriller liegen 20 Romane und Kurzgeschichtenbände vor.

-ky

# Blut will der Dämon

rororo

Rowohlt

rororo thriller
Herausgegeben von Bernd Jost

Originalausgabe
Veröffentlicht im Rowohlt Taschenbuch Verlag GmbH,
Reinbek bei Hamburg, August 1993
Copyright © 1993 by Rowohlt Taschenbuch Verlag GmbH,
Umschlagfoto Claudia Reinhardt
Umschlagtypographie Peter Wippermann/Susanne Müller
Satz Sabon (Linotronic 500)
Gesamtherstellung Clausen & Bosse, Leck
Printed in Germany
890-ISBN 3 499 43091 6

## Die Hauptpersonen

| | |
|---|---|
| Karl-Ernst Totzke | stirbt durch einen Autounfall |
| Tatjana Totzke | trauert nicht so sehr ihm wie ihrer Karriere nach |
| Natalie Totzke | weiß, wie man Trost findet |
| Klara – Claire – Kublank | kennt sich mit Geistern und Dämonen aus |
| Giancarlo Bolgheri | setzt im Konkurrenzkampf alle Mittel ein |
| Dr. Gudrun Pfannenschwarz | hat eine bemerkenswerte Praxis |
| Wolfhard Schrepkow | soll einen Dämon töten |
| Dr. Jochen Jederitz | sieht aus wie Karl Marx und handelt wie ein Galan |
| Apotheker Quappendorf | vergißt nicht, was ihm gehört |
| Karsten Lecke | hofft auf den großen Boom |
| Hans-Jürgen Mannhardt | fühlt sich als Wessi unter den vielen Ossis ziemlich verloren |

# TEIL I

## Ex-Stahlwerkdirektor starb im Straßengraben

### Das Ende einer Bilderbuchkarriere

Karl-Ernst Totzke, der 51jährige ehemalige Direktor des VEB ORA-Stahl in Oranienburg, ist in der Nacht zum Dienstag auf der B 167 zwischen Zehdenick und Liebenwalde Opfer eines tödlichen Verkehrsunfalls geworden. Kurz vor der Ortschaft Krewelin hat Totzke Augenzeugen zufolge auf der glitschigen Fahrbahn die Gewalt über sein Fahrzeug verloren und ist in einer Rechtskurve gegen einen Baum gerast. Als er nach einer Stunde von der Zehdenicker Feuerwehr aus seinem total zertrümmerten Moskwitsch geborgen wurde, konnte der herbeigerufene Arzt nur noch den Tod feststellen.

Totzke hatte in der DDR als einer der fähigsten Ökonomen und als möglicher Nachfolger des letzten Wirtschaftsministers, Günter Mittag, gegolten.

# 1.

Klara Kublank radelte auf dem Schotterweg hoch über dem Oder-Havel-Kanal in Richtung Süden, und wie sie da in kühnen Bögen die Schlaglöcher umkurvte, hätte sie niemand für dreiundsiebzig gehalten. Sie kam vom Kaffeekränzchen oben an der Schleuse bei Bischofswerder und wäre auch schon längst zu Hause gewesen, wenn nicht kurz hinter Liebenwalde die Defekthexe wieder einmal zugeschlagen hätte. Es hatte lange gedauert, einen Bauern zu finden, der bereit und fähig gewesen war, ihr für Geld und gute Worte einen neuen Hinterreifen aufzuziehen.

Trotz Sommerzeit und einer Dämmerung, die so langsam eingetreten war wie in der schwedischen Mittsommernacht, mußte sie nun fürchten, erst in dunkler Nacht nach Hause zu kommen. Oder nach Ausbruch des seit langem drohenden Gewitters. Bis Oranienburg mochten es noch gut und gerne acht Kilometer sein.

Claire, Tempo!

Schlage die Trommel und fürchte dich nicht!

Was sollte schon passieren. Sie hatte sich eine dicke Haselnußrute abgebrochen und unter den Gepäckständer geklemmt. Das schützte vor Lebensgefahr und Behexung, hielt aber auch Schlangen und den Blitzschlag fern.

Claire, volle Kraft voraus!

Ihr Vater, der fünfundneunzig war und noch immer gut beieinander, hatte sie schon vor über fünfzig Jahren *meschugge* genannt, weil sie partout von dem ungeliebten Namen Klara fortkommen wollte. Kühe hießen so und Dienstmädchen. Französisch und mondän wollte sie sein, die Claire. Dann hatte sie ihre Liebe zu der großen Claire Waldoff entdeckt und sich bemüht, ihr immer ähnlicher zu werden, *meschugge* eben, und ihre Freunde und Verwandten nannten sie seither wirklich alle Claire, allerdings mit deutscher Aussprache, also Kläre mit ausgesprochenem e am Ende.

Um sich Mut zu machen und statt im Walde nur zu pfeifen, sang sie jetzt mit größtmöglicher Lautstärke ein Claire-Waldoff-Lied:

Alles kommt im Leben einmal wieder,
Warum denn auch eure Claire nicht?
Ja, sie kommt, sie singt die lieben Lieder,
Denn ihr wart ja so auf sie erpicht.
Warum soll er nicht und Hermann heeßt er...

Sie trat mit aller verbliebenen Kraft in die Pedale. Vielleicht kamen ihr Tatjana und Natalie doch noch entgegen.

Rechts von ihr zog sich durch Wiesen, Sumpf und buschigen Wald in Mäandern die alte Havel entlang, und von dort aus der Ferne drang der Ruf eines Käuzchen zu ihr herüber. Sie erschrak und bremste hart, hieß das doch, daß ein naher Verwandter sterben würde. Ihre Tochter, ihre Enkelin? Bevor Totzke, ihr Schwiegersohn, verunglückt war, hatte ein Käuzchen bei ihm am Fenster gesessen. Als er seine Kreislaufschwierigkeiten bekommen hatte, diese starken Schwindelgefühle.

Klara Kublanks Atem ging immer schneller, denn die Luft wurde schwerer und war schon fast voller tropischer Schwüle, weil sich weit vorne im Süden, schon über Berlin, ein starkes Gewitter zusammenzog. Einzelne Blitze konnte sie zwar noch keine ausmachen, doch das fahle Wetterleuchten am dunklen Himmel war schaurig genug. Sie überlegte, ob sie anhalten und das kleine Rädchen des Dynamos wieder vom Reifen wegziehen sollte, denn das Stromproduzieren verbrauchte enorm viel Kraft, doch sie ließ es wieder. Der Weg war zu schlecht, und wenn sie hier unglücklich stürzte, würden sie erst die Angler am nächsten Morgen finden. Wenn überhaupt.

Links von ihr zog sich in beträchtlicher Tiefe der Kanal dahin. Ein breites, gefährlich glitzerndes Band. Als sie aus Versehen die Klingel berührte, durchfuhr sie ein kalter Schrecken. Wenn sie nun die Wassergeister aufgeweckt hatte! Den Nix und die Muhme. Wenn die nun kamen und sie vom Rad nach unten rissen, in ihren Wohnungen im Wasser gefangenhielten, und zwar unter Töpfen, wie sie wußte.

Sie hatte die spöttische Stimme ihrer Tochter im Ohr: «Mutter, Geister gibt es nicht, aber Männer, die sich auch noch über Rentnerinnen hermachen, wenn sie nichts anderes mehr finden. Wenn es spät wird, nimm dir 'ne Taxe!»

Gott, Tatjana! Als Totzke in seinem Moskowitsch zerschmettert worden war, hatte sie das Gelübde abgelegt, drei Jahre lang in kein Auto mehr zu steigen. Nur so waren die übernatürlichen Mächte gnädig zu stimmen und verschonten Tochter und Enkelin vor dem Unfalltod.

Es war sicher ein Fehler, die Abkürzung am Wasser zu nehmen. Ihr Vater schwor ja, daß irgendwo zwischen Bernöwe und Malz ein Wassermann zu Hause sein sollte, ein Hakenmann, der auf dem Grund des Wassers saß und Vorbeischwimmende mit einem Haken in die Tiefe zog. Erst letzten Sommer hatte er sich einen polnischen Binnenschiffer geholt, der beim Putzen über Bord gegangen war.

Bis zur Ortschaft Malz war es nicht mehr allzuweit. Keine fünf Minuten. Sie mobilisierte ihre letzten Energien und hatte gut und gerne zwanzig Stundenkilometer drauf, doch je näher sie zu jener Stelle kam, wo nahe der stillgelegten Schleuse der alte Flußlauf der Havel ans Kanalbett stieß, desto banger wurde ihr. Die Alten wußten alle, daß hier seit Jahrhunderten ein Aufhocker sein Unwesen trieb, einer, der es liebte, in Gestalt von Kühen in Erscheinung zu treten.

Sie bremste und überlegte. Einen anderen Weg gab es aber nicht. Sie mußte über die Brücke hinüber, die gleich hinter der Malzer Schleuse über einen Stichkanal führte.

Da war der Kobold auch schon. Zuerst nur ein zuckendes Flämmchen am Wegesrand. Es sprang hinter ihr her, als sie nun wie von Sinnen in die Pedale trat. Doch sie wurde nicht schneller, ganz im Gegenteil. All ihre Kraft ging völlig ins Leere. Da war einer, der hielt sie hinten fest. Sie wollte ihn wegschlagen, aber sie war unfähig, sich umzudrehen. Erst jetzt merkte sie, daß ihr die Kette vom Rad gesprungen war. Und zugleich zerstob das Flämmchen, und da, wo es eben noch in der Dunkelheit gehangen hatte, sah sie im Scheine eines aufzuckendes Blitzes eine schwarze Kuh erscheinen. Erst nur in der Größe eines Kälbchens, doch in Sekunden wuchs sie zum Dinosaurier an.

Claire fühlte die entsetzliche Masse voll auf ihren Schultern lasten. Sie kämpfte, sie wollte nicht stürzen, abstürzen ins Nichts, in den sicheren Tod. Sie keuchte. Immer knapper wurde die Luft. Schlimmer als bei einem Angina-pectoris-Anfall.

Die Glocke am Hals der dämonischen Kuh begann schon zu läuten...

... läutete wie die Glocke im Turm der Oranienburger Friedhofskapelle.

Da war es aus mit Klara Kublank. Sie kippte vom Rad.

Natalie Totzke träumte davon, mit Giancarlo Bolgheri aus Mailand in einer lauen Sommernacht den jahrmarktsbunten Kurfürstendamm hinunterzuschlendern. Wie er den rechten Arm um ihre Taille legte und sein Eau de toilette sie umhüllte wie der Frühlingsduft der Macchia Sardiniens. Wie seine Hand auf ihrem Bauch zu liegen kam und der abgespreizte kleine Finger so weit nach unten strich, daß sie zwischen den Schenkeln vibrierte und immer feuchter wurde. Wie seine Stimme sie umschmeichelte, ein sanfter Südwind da, wo sie vorher nur die rauhen Böen kannte.

«In Italien essen wir unheimlich gerne: *Tutti i salami finiscono in gloria!* Trinken auch...» Und er sang mit einer Stimme, die sie erhitzte. *«... chi l'acqua beve, mai non riceve, grazie da me...»*

Sie hatte viel geträumt in ihren achtzehn Jahren Leben, und nichts war in ihrer biederen, treudeutschen und spießigen Welt aus ihren Träumen geworden; doch diesmal war das alles Wirklichkeit.

Giancarlo küßte sie, als sie in «Schaubühnen»-Nähe in einem der teuersten Restaurants einen freien Platz gefunden hatten, draußen unter der Markise. Sie war furchtbar aufgedreht, ihre Sinne waren schmerzhaft überreizt. Einen Wimpernschlag zuvor: der Mief ihrer HO-Gaststätten – Aluminiumbestecke – die giftige Club-Cola-Brühe – die Sättigungsbeilagen aus der Büchse, eben DDR, nun: alles wie im Film – Stoffservietten – Hummerkrabben – Lambrusco. Sie schloß die Augen. Sah den Thomas: wasserleichenblaß und picklig, den Uwe: mit dem Urinfleck vorne in der Hose, den Michael: Kein langes Vorspiel, komm!

Und er hörte ihr zu, als sie von ihrem ersten Semester an der FU Berlin erzählte. Kunstgeschichte. Daß sie die Italiener besonders liebe: Raffael, Michelangelo, Tizian, Correggio und Palma Veccio, die Hochrenaissance also, und daß er, Giancarlo, eine unheimliche Ähnlichkeit mit Johannes dem Täufer habe. «... so gemeißelt oder aus Holz geschnitzt wie bei Andrea Verrocchio... *Die Taufe Christi.* Schreib ich gerade ein Referat drüber. Das war derjenige, der zu Leonardo überleiten sollte, 1435–1488.»

«Nie gehört...» mußte ihr Giancarlo gestehen. «Meine Mutter war Kassiererin bei ALDI, mein Vater Hilfsarbeiter auf der Howaldts-Werft, als ich geboren wurde. Erst als ich acht war, sind wir nach Mailand. Dann aber hab ich in Hamburg Betriebswirtschaft studiert. Da kenn ich Taylor, Kosiol und Barnard, aber keinen Verrocchio. Wo hängt denn das Bild, wo ich drauf sein soll?»

«In Florenz, in den Uffizien.»

«Fahren wir hin, wenn in Oranienburg alles claro ist. Und dann fliegen wir über Madrid und Las Palmas nach Arrecife.» Giancarlo erzählte ihr, daß er sich ein Apartment auf Lanzarote gekauft hatte. «In Las Margaritas, Playa Blanca. Da mußt du mitkommen, wenn ich hier fertig bin. Wie auf dem Mond. In El Golfo – fangfrischen Fisch essen und Schrumpelkartoffeln. Wo die Lava ins Meer gestürzt ist und sich erkältet hat.»

Sie war entzückt über sein mitunter doch putziges Deutsch. «Warum bist nicht bei euch geblieben – Sizilien, Sardinien?» Und sie schwärmte von Italien. «Das Essen, der Wein, die schicken Möbel, die tollen Schuhe, die Klamotten von Benetton, die tolle Kiste von Fiat, der Panda...»

«Das Wunder ist vorbei, nur noch Ruinen, wie die von Pompeji», stöhnte Giancarlo. «Die Post, das Telefon, die Eisenbahn – vergiß es! Die Mafia... Und Schulden über Schulden. Carlo De Benedetti, das ist der bedeutendste Boss bei uns, Olivetti zum Beispiel, der sagt: ‹Das Haus steht in Flammen. Aber wir feiern Gartenpartys und streiten uns darüber, ob wir Rotwein, Weißwein oder Rosé trinken wollen.›»

Natalie staunte. «Und da wollt ausgerechnet ihr die ORA-Stahl kaufen?»

«Pecciolo, mein Chef, das ist ein guter *ingegnere* und *padrone*, das ist die gute Stube der Industrie bei uns, der *salotto buono*, und eine Bank in Mailand, die Bank City Corporation, die sagt zu den mittleren Unternehmen: Macht zusammen mit den Ausländern was, den Deutschen vor allem, für die Märkte im Osten.»

«Wenn es mit der Übernahme klappt, dann bist du der neue König von Oranienburg!» lachte Natalie.

«Der Nachfolger deines Vater... Mit einem kleinen Unterschied...» Bolgheri beugte sich zu ihr herüber, nahm behutsam ihren Kopf zwischen die Hände, suchte ihren Mund, saugte ihre Lippen mit den seinen an und fuhr dann mit seiner Zungenspitze solange den Spalt auf und ab, bis sie sie geöffnet hatte und er eindringen konnte. «Du bist so schön...» Der Ober kam und unterbrach ihn. Er sah sie fragend an. «*Che prendi? Che prendiamo? Offro io.*»

Für Natalie war das die Sprache der Götter.

Tatjana Totzke probte nun schon in der vierten Woche mit ihrer Laienspielschar den unverwüstlichen Glaßbrenner-Sketch «Ein

Heiratsantrag in der Niederwallstraße», wo der unglaublich zerstreute königliche Briefträger Bornicke um die Hand der Karoline Kleisich anhält, einer Stubenmalerstochter. Es war jenes Stück, dem der deutsche Sprachraum eine seiner schönsten sprichwörtlichen Wendungen verdankte, denn als Bornicke nach erfolgter Vorverlobung die Uhrzeit erfährt und sich an seine dienstlichen Pflichten erinnert, ruft er erschrocken aus: «Es ist die allerhöchste Eisenbahn, die Zeit ist schon vor drei Stunden anjekommen!»

Von dieser Schlußszene war man an diesem Abend indessen noch weit entfernt, denn Tatjana war mit Rabea Pfannenschwarz, die die Karoline spielte, nicht so recht zufrieden.

«Rabea, Kind! Du bist in dem Stück neunundzwanzig Jahre alt, ein ältliches Fräulein. Wir haben etwa 1850 – und Bornicke ist deine letzte Chance, unter die Haube zu kommen. Da kannst du bei seinem Erscheinen doch nicht so dasitzen, als würde im Fernsehen die *Aktuelle Kamera* laufen – maßlos gelangweilt!»

«Auf Befehl kann ich nun mal nich rot werden!» maulte Rabea.

Tatjana stöhnte leise. Wie sollte sie mit solchen Untalenten wie diesem Fräulein Pfannenschwarz jemals eine ansehnliche Aufführung zustande bringen? Aber Totzke hatte sie ja damals gewarnt: Wenn du für deinen Verein Steuergelder haben willst, dann mußt du sagen, daß das Theaterspielen die beste Therapie für verhaltensgestörte Menschen ist. Wenn du die aber auf die Bühne holst, ist es mit der großen Kunst vorbei. Was blieb ihr also anderes übrig, als es weiter mit Rabea zu versuchen. Vom Typ her war sie ja genau die Richtige: blaß, teigig, ein Kloß und sichtlich vorgealtert. «Die angestrichene Stelle noch mal...»

*Karoline, indem sie mit der Schokolade nach der Küche geht:* Ich höre was de Treppe rufkommen. Des is er!

*Kleisich, seinen Leibrock und sein Halstuch in Ordnung bringend:* Na, denn jeh man; ick werde ihm empfangen! *Man klopft.* Herein!

*Bornicke in der Tür:* Guten Morgen!

*Kleisich:* Um Entschuldjung, es is bereits einhalb viere nachmittag...

Jetzt klappte es besser, obwohl Rabea Pfannenschwarz nun mächtig übertrieb und die Schale mit der vorher von ihrer Mutter geriebenen Schokolade derart umherschwenkte, daß sie den größten Teil des Pulvers verschüttete.

«Sehr schön...! Aber tu bitte nicht so, als hättest du gerade einen epileptischen Anfall erlitten.»

So ging das bis kurz vor 22 Uhr, und als Tatjana das Schloß verließ, wo ihr die Stadt im Mittelbau einen ansehnlichen Proberaum zur Verfügung gestellt hatte, war sie ziemlich fertig. Sie kettete ihr Rad vom Ständer los und machte sich auf den Heimweg. Vom Parkplatz her winkten ihr die anderen zu. Sie hatten sich auf die zur Verfügung stehenden Autos verteilt. Tatjana schwang sich in den Sattel und fuhr los. Überall hingen die Plakate, die für die Uraufführung warben, die erste Veranstaltung ihres «Vereins».

**A**h und **O**h – **A**cting **O**ut e. V.
– Selber spielen, singen, schreiben –
Therapieangebote

Ob das wirklich was brachte? Aber was war ihr denn anderes übriggeblieben? Nach Totzkes Tod, nach der Wende. Das DDR-Fernsehen war gestorben, die DEFA auch. Und im Westen hatten die Produzenten, Redakteure, Regisseure nie etwas von einer Tatjana Totzke gehört. Wann haben Sie im DFF moderiert? 1974, ach so... Und Ihr letztes Fernsehspiel? Was, '75 schon...

Achtung! Sie fuhr die Straße des Friedens entlang, die Oranienburger Magistrale, die als Bundesstraße 273 den gesamten Durchgangsverkehr in Ost-West-Richtung aufzunehmen hatte, also auch zu dieser späten Stunde noch sehr befahren war. Sie verband Schloß und Rathaus, beide durch den schmalen Havelfluß getrennt, mit der Lehnitzschleuse oben am See und Oder-Havel-Kanal, lag unweit des Bahnhofs und führte direkt am Sowjetischen Ehrenmal und dicht am KZ-Komplex vorbei. So richtig aufpassen mußte sie aber erst, als sie die kaputte Ampel an der August-Bebel-Straße vor sich hatte, weil hier von rechts die Leute von der S-Bahn kamen.

Tatjana schaffte es mit einem kleinen Schlenker und ließen ihren Dynamo wieder schneller surren. Links winkte jemand. Hallo! Rabea Pfannenschwarz war schon zu Hause und eben dabei, ihr Rad vor der Praxis ihrer Mutter anzuketten.

Fünfhundert Meter weiter bog sie in eine der Kopfsteinpflasterstraßen ein, die jenes auch heute noch recht ansehnliche Vorstadtviertel durchzogen, in dem Totzke Ende der siebziger Jahre, als die Erbauer nach Westen abgewandert waren, zu ihrem Haus gekommen war. Dieses Areal, von der Gründerzeit geprägt, zog sich als Dreieck zwischen den Bahnanlagen, der Straße des Friedens und dem Lehnitzsee dahin. Man konnte leben hier.

Tatjana freute sich auf ihre Mutter. Nach so vielen normalen Menschen ein wirklich irres Huhn. Sie wartete sicherlich mit einem Toast Hawaii auf sie, brauchte nur noch den Ofen anzuwerfen. Dann spielten sie Kniffel, bis Natalie zurückgekommen war.

Doch als sie vor ihrem Gartentor bremste, war hinten alles dunkel. Die Leuchten am Weg waren ebensowenig eingeschaltet wie die Lampen am und im Haus. Tatjana steckte den Schlüssel zwar ins Schloß und drehte ihn herum, zögerte dann aber, das Tor auch aufzustoßen. In letzter Zeit häuften sich auch hier in Oranienburg die Einbrüche. Polen, Jugoslawen und Rumänen kamen morgens nach Berlin und in die umliegenden Orte, machten ihre Raubzüge und waren abends schon wieder verschwunden. Wenn sie nun ihre Mutter überrascht hatten und... Vielleicht waren sie noch im Haus?

Was tun? Tatjanas Brustkorb zog sich zusammen. Am liebsten hätte sie ihr Rad hingeworfen und um Hilfe gerufen.

So was Albernes! Totzke hatte sie ihrer Ängste wegen ständig verspottet. Außerdem saßen die Nachbarn linker Hand, Harnischfeger, seine Frau und einige Gäste, hinten auf der Terrasse, quatschten und grillten.

Also! Sie gab sich einen Ruck, schob ihr Rad vor die Garage und knallte das schmiedeeiserne Tor so lautstark zu, daß auch ein schwerhöriger Einbrecher das mitbekommen und die Flucht ergriffen hätte.

Jetzt war ihr wohler. Sie überquerte den Rasen und rief Harnischfeger, obwohl sie den Kerl nicht ausstehen konnte und wegen diverser Bagatellen in Dauerfehde mit ihm lag, ein lautes ‹Guten Abend› zu.

Doch erneut hielt sie beklommen inne. Wenn nun ihre Mutter einen Schlaganfall...? Gelähmt irgendwo im Hause lag... Keine Likörflasche war ja sicher vor ihr. Obwohl ihr die Pfannenschwarz, Rabeas Mutter, jeden Alkoholgenuß verboten hatte.

Tatjana schloß nun auch die Haustür auf und machte Licht, ohne sich schon über die Schwelle zu wagen.

«Claire ...!?»

Sie rief es mehrmals, ohne eine Antwort zu erhalten.

«Mutter ...!? Ich bin's!»

Wieder keine Reaktion. Tatjana mußte sich gegen den Türrahmen lehnen. Der Kreislauf. Tief durchatmen. Ans autogene Training denken. Du bist ruhig, sicher, fest und frei.

Es half. Sollte sie sich ins Haus wagen oder doch Harnischfeger rufen? Nein. Wie der sie immer anstarrte, total verklemmt.

Erst jetzt kam ihr die naheliegende Erkenntnis, daß ihre Mutter vielleicht noch nicht nach Hause gekommen war.

Gott, seit Totzkes Tod nahm sie immer nur das Schlimmste an.

Endlich traute sie sich in Windfang und Diele hinein, dann auch in die Küche, in Totzkes Arbeitszimmer und die Stube ihrer Mutter. Nichts war durchwühlt und nichts gestohlen. Und dennoch hatte sie das Gefühl, daß andere Menschen hiergewesen waren. Nicht, daß sie das Riechvermögen des Grenouille aus Süßkinds «Parfum» gehabt hätte, nein, aber es roch hier nicht nur nach Claire, Natalie oder ihr.

Sie blieb stehen und zog die Luft so langsam ein, wie es die Parfümeure im besagten Buch getan hatten. Oder ein Tier, das eine diffuse Gefahr zu wittern schien. Sie hörte Totzkes Lachen. Alles nur Einbildung! Oder ihre Mutter hatte den Telekom-Menschen hiergehabt, weil das Telefon dauernd muckte.

Egal. Sie öffnete die Fenster, um Blick- und Rufkontakt zu Harnischfeger zu haben, und nahm dafür sogar die Mücken in Kauf, die nun in Scharen kamen. Hunger hatte sie, aber Claire mußte ja jede Minute kommen, und es war schöner, mit ihr zusammen zu essen. So nahm sie sich nur eine Banane aus der Obstschale, setzte sich in Totzkes feudalen Sessel und drückte sich durch die sechs Fernsehprogramme, die sie per Antenne empfangen konnte.

«Mist!» Alles kotzte sie an. Insbesondere die furchtbar überdrehten und lieb-debilen Kollegen und Kolleginnen, die Kreischmäuse alle, die da moderierten. Aber auch Serien und einzelne TV-Spiele und Filme konnte sie kaum noch sehen, ohne daß sich ihr Magen zusammenkrampfte und es in den Adern puckerte. Es war der Neid auf die anderen, das bittere Gefühl, von allem ausgeschlossen und zu lebenslänglich Oranienburg verurteilt worden zu sein. Da half auch kein «Ah und Oh», sie hatte den Anschluß verloren. Was erst recht nicht half, war ihr *Amaretto*. Und dennoch goß sie sich einen ein.

Die Fanfare der *Tagesthemen* ließ sie hochschrecken, das Gesicht der Christiansen. Gott, ihre Mutter! Wenn Claire wirklich wieder irgendwo steckte, hängengeblieben war bei Margarete Schrepkow oder Irmgard Glauser, dann hätte sie doch längst mal anrufen können. Tatjana sprang auf und riß den Hörer von der Gabel. Tot! Die Einbrecher! Da steckte noch einer auf dem Dachboden und... Quatsch! Beim Straßenbau hinten hatten sie nur wieder die Leitung zerrissen.

Trotzdem. Erst jetzt fiel ihr ein, daß ihre Mutter womöglich nicht mit dem Bus oder der Taxe zum Kaffeekränzchen nach Bischofswerder gefahren war, sondern mit dem eigenen Rad. Sie nahm die Taschenlampe und stürzte zum Schuppen. In der Tat, Claires Rad war weg.

Panik erfaßte sie. Was nun? Von Harnischfeger aus telefonieren? Nein, dessen Apparat war doch ebenso kaputt wie ihrer. Also, sich aufs Rad setzen und alle abklappern, bei denen Claire womöglich hocken konnte.

Die erste Station war ihre Hausärztin an der Straße des Friedens. Das Schild war nagelneu.

**DR. GUDRUN PFANNENSCHWARZ**
**Allgemeinmedizinerin**
**Alle Kassen**
**Mo–Di, Do 9–12, 16–18**
**Fr 9–13**

Tatjana verspürte den ungewissen Impuls, einen Stein zu nehmen und die aufglänzende Emailleschicht zu zerstören. Gegen die Frau selber ließ sich wenig sagen. Sie hatte sich als Leiterin der Poliklinik wie als Werksärztin der ORA-Stahl bewährt und brauchte, als sie nach der Wende die eigene Praxis eröffnet hatte, nicht um ihre Existenz zu fürchten. Manchen erschien sie ein wenig grobschlächtig und zu maskulin, aber an ihrer medizinischen Kompetenz mochte keiner zweifeln. Auch Klara Kublank schwor auf sie. Und die medizinischen Geräte, die sie sich angeschafft und in die aufwendig restaurierte Fabrikantenvilla gestellt hatte, waren das Beste, was es auf dem Weltmarkt gab. Zudem war ihre Praxis an der Straße des Friedens und nahe dem ‹Gesellschaftshaus Oranienburg› außerordentlich günstig gelegen.

Also drückte Tatjana auf den golden schimmernden Klingelknopf und wartete, bis sich die Kugelstoßerinnenfigur der Pfannenschwarz im offenen Fenster zeigte. Bärbeißig kam die Frage, was denn nun schon wieder sei.

Tatjana entschuldigte sich für die Störung zu so später Stunde. «... ich mach mir nur Sorgen um meine Mutter. Die ist verschwunden, und da dachte ich, daß Sie sie vielleicht ins Krankenhaus...»

«Mir ist nichts bekannt.»

Tatjana bedankte sich, entschuldigte sich noch einmal und machte sich dann auf den Weg zu Margarete Schrepkow. Das war die Mutter eines ehemaligen NVA-Obersten, den die Bundeswehr wegen irgendwelcher Stasi-Sachen nicht mehr übernommen hatte und der nun allen Leuten, fast immer vergeblich, Versicherungen aufzuschwatzen versuchte. Weit war es nicht, immer im Zickzack hinunter zum See. Sie schaffte es in vier Minuten zu der alten Gründerzeitvilla, die man Schrepkow noch gelassen hatte.

Aus Furcht vor einer neuen Atemnot-Attacke stellte sie sich erst einmal auf den Sockel des stabilen Eisenzaunes, um Claire vielleicht schon im Garten oder im Zimmer ihrer Freundin zu entdecken, doch Schrepkows Schäferhund, im Keller eingesperrt, bellte derart aggressiv, daß sofort die Haustür aufgerissen wurde.

«Was is'n...!?» schrie Schrepkow.

«Nichts!» rief Tatjana. «Ich bin's nur...» Sie kannte den NVA-Mann vom flüchtigen Händedruck her, wenn er mal bei Totzke im Keller beim Skat gesessen hatte. Ein Kleiderschrank, ein Simpel, aber irgendwie auch wieder lieb, ein Bär. «Ist meine Mutter zufällig drin bei Ihrer Mutter?»

«Nein!» kam es mit Entschiedenheit.

«Und Sie wissen auch nicht, wo sie stecken könnte?»

«Nein.»

Tatjana hätte sich wenigstens die Frage gewünscht, warum sie denn gekommen sei.

Immerhin hatte Gretchen Schrepkow inzwischen ihren Morgenmantel umgeworfen und war auf den Balkon hinausgetreten. Klara Kublanks Freundin war ein zierliches Persönchen von fast neunzig Jahren, und Tatjana hatte nie begreifen können, wie das genetisch ging, daß so ein Flöhchen einen Riesen wie Schrepkow hervorbringen konnte.

Gretchen konnte es nicht fassen. «Ich hab sie doch in Bischofswerder aufs Rad steigen sehen!» Ihr Sohn hatte sie mit dem Wagen abgeholt, und sie hatte Klärchen beim Wegfahren noch zugewinkt. «Da hätte sie doch schon lange hier sein müssen...»

«Das ist es ja!» Tatjana stöhnte.

«Die Geister!» rief Gretchen Schrepkow. «Der Aufhocker an der Malzer Schleuse unten. Sie hat es immer kommen sehen. Mein Gott!» Sie brach in Tränen aus.

«So ein Quatsch!» Schrepkow und Tatjana riefen es gleichzeitig aus.

«Da versteht ihr doch nichts von!»

Schrepkow machte schon einen Schritt ins Innere des Hauses. «Ich ruf gleich mal die Volkspolizei an!»

Tatjana hatte anderes im Kopf, als ihn zu korrigieren. «Ja, danke!»

Schrepkow kam noch einmal zurück und riet ihr, bei Lecke nachzufragen. «Der weiß doch immer alles. Vielleicht ist sie da vorbeigekommen.»

«Gut, ja...»

Tatjana riß ihr Rad vom Zaun und fuhr mit höchstmöglichem Tempo zu der von Schrepkow gemeinten Imbißbude, einem irgendwie umgebauten und leicht schmuddligen Campingwagen, wo Karsten Lecke Bockwürste, Hamburger, Gyros und Pommes frites verkaufte. Als einer der ersten Oranienburger hatte er sich nach der Wende selbständig gemacht, aber trotz der Sympathien, die er deswegen bei einigen Einheimischen und allen vorbeikommenden Wessis genoß, blieb der Umsatz weit hinter seinen Erwartungen zurück, und das Motto, das ihn geleitet hatte: «Und ist der Handel noch so klein, so bringt er mehr als Arbeit ein», schien nicht mehr zu stimmen. Zwar war sein Mini-Tresen dauernd umlagert, aber die Arbeitslosen, die da standen, hielten sich nur stundenlang an einer Bierflasche fest und hatten nicht das Geld für Fleischiges. Da half auch das phantasievolle Schild *Lecker's/s Bissen* nicht viel.

Lecke war ein kleiner Fixniedlich, dessen Oberlippenbärtchen eine beträchtliche Fuchsschläue signalisierte, dem nichts entging, doch auch er konnte sich nicht erinnern, Klara Kublank gesehen zu haben.

Tatjana hatte nicht mehr die Kraft, sich ausschweifend zu bedanken, nickte kurz und machte sich auf den Heimweg. Ihre Beine waren wie gelähmt, und sie hatte Mühe, wenigstens so schnell zu sein, daß das Rad nicht kippte. Bis zur anderen Jugendfreundin ihrer Mutter, bis zur Irmgard Glauser in Lehnitz, schaffte sie es unmöglich. Jetzt wäre es doch besser gewesen, ein Auto zu haben. Aber nachdem sie die Fotos gesehen hatte, Totzke zerschmettert in den Trümmern ihres schwarzen Moskwitsch, da hatte sie sich geschworen, nie wieder einen Wagen zu kaufen. Das Trauma, die Bilder, die sich nie mehr verscheuchen ließen...

Das mit den Geistern war Schwachsinn, aber dennoch sah sie ihre Mutter mit einer klaffenden Kopfwunde an der Malzer Schleuse liegen. Tot. Von einem Triebtäter erschlagen.

Es verging ja auch kein Morgen ohne Claires Litanei: «Du, glaube mir, Tatjana, bis jetzt war es in meinem Leben immer so, wenn einer gestorben ist, der mir nahestand, sind ihm zwei andere nachgefolgt...»

Als Tatjana schlingernd um die Ecke bog, wußte sie, daß die Vorahnungen nicht getrogen hatten. Denn Harnischfeger stand da und wartete auf sie. Warum aus einem anderen Grunde als dem, ihr mitzuteilen, daß...

«Was ist mit meiner Mutter!?» schrie sie ihm entgegen.

«Ein Unfall... Sie haben eben angerufen bei mir, aus'm Krankenhaus...»

Tatjana bremste, konnte sich vor Schwäche nicht mehr halten, taumelte Harnischfeger entgegen. «Und...?»

Der Nachbar machte eine hilflose Geste.

Natalie Totzke genoß Giancarlo Bolgheris stilvollendete Inszenierung ihrer ersten Liebesnacht. Ein sündhaft teueres Doppelzimmer im «Hotel Berlin» hatte er gemietet, Champagner auffahren lassen und Kaviarbrote und sogar an den kleinen Radiorecorder gedacht, um Adriano Celentano und andere Amore-Anmacher erklingen zu lassen. Sicherlich war sie intelligent genug, um nicht zu merken, wie sehr er Schauspieler war, hatte ja solche Menschen im Umkreis ihrer Mutter zur Genüge kennengelernt, doch zugleich war sie in einem viel zu hohen Maße von sich selber überzeugt, um daran zu zweifeln, daß das alles auch für ihn absolut erst- und einmalig war.

*«L'amore che muove il sole e l'altre stelle...»* sang er, als er sich im Bad mit einem Parfum betupfte, das als Aphrodisiakum galt. «Dante ist das... Liebe, die bewegt die Sonne und die Sterne.»

Natalie brauchte ihn nur sprechen hören, dann war das Kribbeln im Bauch kaum mehr auszuhalten. «Weiter!»

«*Le tue affettuosità mi toccano e te ne sono grata.*» Bolgheri lachte und zeigte sich in bunten Boxershorts. «*Fare l'amore*, das ist es, weshalb's die Erde gibt!»

Sie ließ die Bettdecke zur Seite gleiten und lag da, als erwarte sie, von einem *Playboy*-Fotografen aufgenommen zu werden.

«*Che belle forme!*» rief er, ohne sich aber, wofür sie ihm sehr dankbar war, sofort auf sie zu stürzen und sie, wie es Thorsten und die anderen stets getan hatten, *zu nehmen*. Die Zeit *davor*, das wußte sie, war zu schön, um verschenkt zu werden, hatte ihren eigenen Reiz, die wohlige Spannung, die so lange wuchs, bis gleichsam die Flammen aus der Möse schlugen.

Giancarlo hatte Anaïs Nins schönstes und schamlosestes Buch aus dem Aktenkoffer genommen, *Das Delta der Venus*, und las ihr nun, während er neben ihr lag und sie streichelte, die Stellen vor, die er für die schärfsten hielt.

«Aus *Künstler und Modelle*... ‹Wir gingen hinüber zur Couch. Er legte mich auf den Bauch. Dann zog er sich aus und ließ sich auf mich fallen. Ich fühlte seinen Schwanz auf meinem Hintern. Er ließ die Hände um meine Taille gleiten und zog mich ein wenig hoch, um in mich einzudringen. Rhythmisch hob er mich immer wieder und preßte mich gegen sich. Ich schloß die Augen, um es besser zu spüren; ich lauschte auf das feuchtschmatzende Saugen seines Schwengels...›» Giancarlo ließ das Buch sinken und stöhnte auf. «Worte, die du nicht kennen darfst: *Chiavare, scopare, fottere*. Oder: *Cazzo...!*»

Klara Kublank lag im Flur des Kreiskrankenhauses auf einem Notbett und dachte krampfhaft darüber nach, mit welchem Abwehrzauber dem Aufhocker vom Oder-Havel-Kanal wohl beizukommen war. Ausspucken half, wie sie von ihrem Vater wußte, nur gegen übelwollende Menschen, nicht aber gegen Hexen und Dämonen. Die vertrieb man durch das Kreuzschlagen, durch Räucherungen, Weihwasser, Lärm oder häßliche Masken. Hatte sie nun, bevor sie an der Schleuse Bischofswerder auf ihr Rad gestiegen war, ein Kreuz geschlagen oder nicht? Mindestens zehn Minuten zermartete sie sich das Gehirn über diese Frage. Und das Nachdenken fiel ihr schwer, denn ehe ein später Jogger sie am Wegesrand gefunden und die *Schnelle Medizinische Hilfe* herbeigerufen hatte, war einiges Blut aus ihrer Wunde geflossen. Ein scharfer Feldstein hatte sich rechts oben in die Schläfe gebohrt. Der Arzt hatte auch noch etwas von einer leichten Gehirnerschütterung gesagt, oder? Das wußte sie nicht mehr. Gott sei Dank war nichts gebrochen; ihr Schutzengel wieder einmal. Aber gegen den Aufhocker war auch er machtlos gewesen, insbesondere wohl, weil er diesmal als dämonische Kuh dahergekommen war. Räucherungen, Weihwasser, Lärm oder häßliche Masken... Wo bekam man in Oranienburg Weihwasser her...? Und wenn sie sich an der Malzer Schleuse mit Räucherstäbchen hinstellte oder gar mit einer häßlichen Maske, dann ging's womöglich gleich in die Klapsmühle ab.

«Wie geht's...?» fragte der diensthabende Arzt beim Vorüberschlendern.

«Was soll ich bloß tun gegen diese Aufhocker da...?»

Der junge Mediziner, ohne seinen weißen Kittel und das Stethoskop hätten ihn die Leute eher für einen fliegenden Eierhändler gehalten, guckte besorgt und flüsterte der begleitenden Schwester eine ganz bestimmte Frage ins Ohr.

«Ich bin nicht bekloppt!» schrie Klara Kublank dazwischen. «Nur weil *Sie* die Natur nicht kennen – als Naturwissenschaftler. Natur, das ist mehr als Tiere und Pflanzen, das sind auch die Geister, die *Natur*geister wie Elfen, Gnome, Nixen und Kobolde. Und auch der Aufhocker ist einer, ein böser Geist aber. Gute gibt es auch...»

«Wir zum Beispiel», lachte die Schwester. «Und darum behalten wir Sie lieber noch ein Weilchen hier. Morgen wird das Bett in Zimmer 17 frei, und dann sehen wir mal, was die Neurologen sagen werden...»

Claire schnellte hoch. «Wenn ihr meint, daß ich 'ne Meise habe...! Wo ist mein Rad, ich will nach Hause!»

«Kommt nicht in Frage!»

Klara warf sich herum und setzte beide Beine auf den Boden. Sie konnte verdammt dickschädlig sein, das Bauernblut in ihr. «Ich laß mich doch nicht entmündigen hier!»

Doch Arzt und Schwester hielten sie fest, und wahrscheinlich hätten sie sich durchgesetzt, wenn nicht in diesem Augenblick Tatjana aufgetaucht wäre, Dr. Gudrun Pfannenschwarz im Schlepp.

Mutter und Tochter umarmten sich, und während Claire in fortdauernder Erregung immer wieder vom Aufhocker sprach, nutzte ihre Hausärztin die Zeit, den jungen Kollegen über das aufzuklären, was die Psychologen über diese sogenannten Druckgeister schrieben.

«Erstes Stichwort: Angina pectoris... Wir sehen das Aufhockermotiv als das psychologische Erlebnis der Brustangst an...» Die Pfannenschwarz hörte sich gerne dozieren. «...und damit als Projektion innerseelischer Angstzustände.»

«Ah, ja...» Der junge Mediziner nickte.

Gudrun Pfannenschwarz sah Klara Kublank in die Augen. «Alles klar?»

«Zu Befehl, Frau Doktor!»

«Dann kommen Sie mal. Ich hab ’n Dachgepäckträger drauf, da können wir Ihr Rad festschnallen. Und dann mal ab!»

Tatjana Totzke harkte welke Birkenblätter vom Grabe ihres Mannes. Der schwedische Granit des großen Steines war schon ein wenig stumpf geworden und begann, am Sockel die üblen grünen Algen anzusetzen. Ein Jahr war es nun her, seit sie ihn hier beigesetzt hatten. Seine sterbliche Hülle, wie man so sagte. Ein Wort, das sie haßte. Eine furchtbar zugerichtete Hülle zudem.

KARL-ERNST TOTZKE
* 18.1.1940 †27.1.1991

**Nichts stirbt aus in der Welt.**
**Alles hat seine Unsterblichkeit.**
*Paul Zech*

Sie zog ein Tempotaschentuch hervor und machte sich daran, den Dreck aus den grauweiß ausgelegten Buchstaben zu wischen. Er stammte vermutlich aus den Schornsteinen der ORA-Stahl, seinem Lebenswerk.

Ihre Mutter kam mit der vollen Gießkanne vom Brunnen zurück und kicherte. «Mädel, hör auf, dich so zu bücken, daß die Arbeiter nebenan...! Wenn Karli das wüßte!»

Tatjana fuhr unwillkürlich hoch. In der Tat, die beiden groben Klötze, die zwei Reihen weiter hinten eine Grube aushoben, hatten aufgehört, den strandgelben märkischen Sand nach oben zu befördern. Sie hörte Totzkes Stimme: «Du machst aber auch aus allem eine Show. Ich hab dich nicht geheiratet, damit du weiterhin allen Männern gehörst.»

Claire stellte die grüne Plastekanne auf Totzkes Stein, sah zu den beiden Friedhofsarbeitern hinüber, die nun wieder zu schippen begannen, und sang mit Inbrunst eines der berühmtesten Lieder der Waldoff.

Wer schmeißt denn da mit Lehm?
Der sollte sich was schäm'...!

«Mutter!» mahnte Tatjana, als die Witwen, die ringsum andächtig Gießpflege betrieben, empört herüberblickten. Mit dem Riesenverband um den Kopf, den ein roter Schlapphut nur eben zur Hälfte verdeckte, sah sie wirklich wie ‹grad entsprungen› aus.

«Laß mich doch fröhlich sein!» wehrte sich Claire. «Wär mein eignes Grab geworden, wenn der Aufhocker mich wirklich erdrückt hätte.»

«Hör doch auf mit dem Quatsch!» fuhr Tatjana sie an.

Claire hatte daraufhin nur einen mitleidigen Blick für ihre Tochter übrig. «Armes Kind... Guck mal die Ameise da, die über Totzkes Inschrift krabbelt: Die versteht auch nicht, was da geschrieben steht.»

Tatjanas Entgegnung wäre sicherlich sehr drastisch ausgefallen, wenn nicht in diesem Augenblick Giancarlo Bolgheri seinen roten Alfa Romeo am Friedhofszaun vorbeigelenkt hätte – mit Natalie auf dem Beifahrersitz. Tatjana verzog das Gesicht. Offenbar kamen die beiden erst jetzt aus der Hauptstadt zurück.

Auch ihre Mutter hatte es bemerkt. «Hat er ihr aber die italienische Kunstgeschichte sehr ausführlich erklärt...»

«Sie ist alt genug!» herrschte Tatjana sie an.

Claire grinste. «Hättest du wohl gerne selber... Mal wieder...»

«Ich bin noch keine Greisin, Mutter!»

«Ich vielleicht?»

Doch kaum hatte sie diese Frage gestellt, da traf sie ein heißer Schmerz, und sie preßte beide Hände auf den Leib. «Au... Mir ist plötzlich so... Da kommen so Wellen aus dem Grab und...»

Und ehe Tatjana über den Grabhügel springen und zupacken konnte, hatte Klara Kublank schon das Bewußtsein verloren und war mit der rechten Augenbraue auf den Grabstein geschlagen.

Das Blut schoß heraus.

## 2.

Natalie Totzke stand auf dem sonnenüberfluteten Schotterplatz vor der ORA-Stahl und wartete auf Giancarlo, der drinnen mit den Treuhand-Leuten, dem Betriebsrat und einem Vertreter der deutschen EUROMAG-Gruppe verhandelte. Ansonsten war es hier nach Schichtbeginn so öd und leer wir auf dem Ostberliner Alex, doch heute hatten sich überall kleine Grüppchen von Arbeitern und Angestellten gebildet, die erregt aufeinander einredeten. Am Werkstor hingen die bettlakengroßen Fahnen der IG Metall und fast so viele Transparente wie zu DDR-Zeiten, allerdings nicht mehr auf rotem Tuch mit weißer Schrift, sondern umgekehrt und, versteht sich mit anderen Inhalten:

IGM-BETRIEBSBESETZUNG
PROTEST GEGEN DIE ENTSCHEIDUNG
DER TREUHAND

Seit es sich in Oranienburg herumgesprochen hatte, daß die verhaßte Treuhand das Werk an Pecciolo und seine Mailänder Bank verkaufen wollte, protestierte die Mehrheit der Stahlwerker.

Die größte Gruppe hatte sich um *Lecke's Leckerbissen* geschart, einen ausrangierten Transporter der Westberliner Paketpost, den Karsten Lecke am Tage zuvor gekauft und noch in der Nacht zu seiner ersten Filiale umgebaut hatte. Natalie wollte schon seit einer Viertelstunde gerne eine Cola trinken und eine Currywurst essen, doch sie wagte sich nicht so recht in das Spalier der Männer hinein. Ohne dumme Sprüche und tatschende Hände ging das sicher nicht ab. Da sah sie einen der älteren Arbeiter herüberwinken.

«Kannst ruhich herkomm'n! Keene Angst, Totzke seine Tochta tut keena wat.»

Sie ging hin und wurde herzlich begrüßt, mußte viele Hände schütteln. Die Leute hatten ihren Vater geschätzt.

«Wenn se den hätten machen lassen, Honecker und die andern Ärsche, dann wär'n wa heute keene Wessi-Kolonie, dann hätten wa't alleene jeschafft. Der war doch bessa als die aus'm Westen, der hätt die alle ausjetrickst.»

Natalie hörte das gerne, während sie bei Lecke ihre Currywurst und Cola bestellte. Keiner ringsum dachte an irgendeine Anmache, obwohl sie doch Giancarlos wegen einen mehr als gewagten arabunten Stretchfummel trug. Alle waren sie mit der Bilanzierung der Wende beschäftigt. Vorher zwar keine Westreisen und die Stasi, dafür aber einen sicheren Arbeitsplatz und soziale Sicherheit. Und daß alle mehr zusammengehalten hatten. So einfach war das alles und auf den Punkt zu bringen.

Sie trank ihre Cola und freute sich, daß es die echte war und nicht diese Brühe, die sich Club-Cola nannte. Bolgheri hatte ihr geraten, das alles wie ein echter Fußballprofi zu sehen. Spielst du für Dynamo Dresden, findest du Dresden super; spielst du für Inter Mailand, ist Milano das Größte. Ihr hattet doch in Deutschland früher mal einen Schlager: «Glücklich ist, wer vergißt, was nicht mehr zu ändern ist.» *Tira a campà!* Leb, so gut du leben kannst! Ein wenig Italienisch hatte sie bereits von ihm gelernt. *Che t'importa de ieri?* Was kümmert dich das Gestern? Warum kam er nicht mal vor die Tür? Sie litt schon unter Entzugserscheinungen.

Natalie starrte auf das Verwaltungsgebäude der ORA-Stahl, auf die Fenster des großen Sitzungssaals, als könnte sie Giancarlo mit der Kraft ihrer Wellen ans Werkstor locken. Doch statt seiner sah sie lediglich Rabea Pfannenschwarz erscheinen. Beide kannten sich von der Krippe her und teilten sich im Reitverein dasselbe Pferd, den Wallach Michelangelo. Der Posten am Tor hielt einen Besen in der Hand und versperrte Rabea den Weg, hielt ihn so wie ein mittelalterlicher Gardist die Hellebarde. Ihr Dialog schallte über den Platz, als hätten sie kleine Mikrophone angesteckt.

«Ich bin hier MTA beim Betriebsarzt. Ich will nur mal die Blumen gießen.»

«Det Werk is besetzt, da kommt keena rin!»

Einer der Arbeiter neben Natalie lachte. «Bei der war bestimmt ooch noch keena drinne.»

Das bezog sich auf Rabeas mehr als üppige Figur, und Natalie zuckte zusammen. Die Wahrheit war, daß die Freundin auf einige Männer so wirkte, als hätte sie sich mit einem Grenouilleschen Spezialparfum betupft. Sie hatte ihren Vater einmal böse lästern hören, daß Rabea, wenn sie schwitzte, durchaus vernunftbegabte Jünglinge zu Rüden werden ließ, die einer läufigen Hündin nachjagten, völlig von Sinnen und durch nichts mehr aufzuhalten.

Ehe Natalie ihr etwas zurufen konnte, hatte sich Rabea auf ihr Rad geschwungen. Sie lief ihr noch ein paar Schritte hinterher, schrie und winkte, doch Rabea hörte nichts, war wohl zu sehr in Braß und fuhr in Richtung Bahnhof davon.

Als Natalie zu ihrem Stehplatz vor *Lecke's Leckerbissen* zurückgekehrt war, fand sie ihn von einem Wessi besetzt, der frisch aus der Serienproduktion deutscher Polit- und Wirtschaftsmacher zu stammen schien: dunkelblauer Anzug, Batikkrawatte, Messerformschnitt und ein Gesicht wie Volker Rühe. Reden, ölen und salbadern. Er stellte sich als Thorsten Stechert vor.

«Jahrzehntelang habt ihr für die Russen gearbeitet, stimmt doch – oder...? Und jetzt sollen die Gewinne, die ihr erwirtschaftet, nach Italien abfließen. Ist doch so – oder!?» Er registrierte das beifällige Murmeln und Nicken mit der Arroganz dessen, der allein den Durchblick hat. «Nur wenn die EUROMAG das Werk hier übernimmt, wird auch hier wieder investiert! Hier in Oranienburg. Mit 300 Millionen sind wir dabei! Die Italiener haben nur 150 Millionen zugesagt.»

Natalie grinste. Von ihrem Vater wußte sie, wie leicht sich solche Summen manipulieren ließen. Wenn die EUROMAG hier in Oranienburg einen neuen Hochofen errichtete, brauchte sie ihn nur bei einer Tochtergesellschaft zu bestellen und konnte dann einen x-mal höheren Preis in Rechnung stellen. Die Investitionszusage war erfüllt, und man hatte keine Mark mehr aufzubringen, nur einen Austausch zwischen zwei Konzernkonten vorzunehmen. Sie zögerte, den Arbeitern das klarzumachen, haßte Agitationen dieser Art, fand in einer Stress-Situation wie dieser auch nie die richtigen Worte, bekam weiche Knie und eine kieksende Stimme.

Doch plötzlich legte sie los wie eine zweite Evita Perón, klärte alle auf über die Tricks in diesem Verhandlungsgeschäft und fragte dann, ob sie nicht alle den italienischen Fußball kannten. «...die stärkste Liga der Welt. Und die Leute, die Juventus Turin und Inter Mailand, die Genua und Neapel groß gemacht haben, die wollen jetzt auch die ORA-Stahl an die Spitze bringen. Meint ihr nicht, daß die das können...!?»

Und sie zeigte auf Giancarlo Bolgheri, der gerade aus dem Werkstor kam. Für ihn hatte sie es getan, aber er hatte ihr auch die Kraft dazu gegeben. Sie lief auf ihn zu und flog in seine ausgebreiteten Arme. Das Pfeifkonzert nahm sie nicht mehr wahr.

«Endlich!» Sie kuschelte sich an Giancarlos Brust.

Er küßte ihr Haar und streichelte den Rücken. «Es ist hart. *Un'avventura da far rizzare i capelli in testa!* Wir sollen tausend Arbeitsplätze garantieren. Aber es ist Stahlflaute überall, wohin mit denen...!? Wir...»

Er brach ab, und als Natalie, womit er anscheinend nicht gerechnet hatte, den Kopf hochnahm und sich umwandte, sah sie Rabea herüberwinken. So neckisch mit der linken Hand, während die rechte den Fahrradlenker hielt. Sie war zurückgekommen, um es beim Streikposten noch einmal zu versuchen.

Bei Natalie flammten die Warnlämpchen auf. «Kennst du sie?»

«Wen?»

«Na, Rabea!»

«Nein.»

«Und warum winkt sie dir zu?»

Giancarlo stöhnte auf. «Gott, sie hat meinem Chef eine Spritze gegeben. Pecciolo leidet unter Ischias. Da bin ich mit.»

«Und wie findest du sie?»

«*Chi ha molto seno ha poco senno*, sagt man bei uns!» lachte Bolgheri.

«Los, übersetzen!» Natalie trommelte mit beiden Fäusten auf sein weißes Seidenhemd.

«Bei dir ist es umgekehrt...» Er berührte ihre Brüste und küßte dann ihre Stirn. «Dort sehr wenig, hier sehr viel...»

Hinter ihnen pfiffen und buhten die Arbeiter.

Natalie fror plötzlich. Angst stieg in ihr auf. Filmsequenzen zuckten an ihr vorüber. Wie junge Französinnen mit kahlgeschorenen Köpfen durch die Straßen gejagt und gesteinigt wurden. Weil sie sich mit deutschen Soldaten eingelassen hatten. Ein Videoclip, der sich nicht ausknipsen ließ.

Bolgheri ließ es, sie noch einmal in die Arme zu nehmen, nickte ihr nur zu. Wie einer Verkäuferin, die ihm gerade die Morgenzeitung herübergereicht hatte. Dann ging er wieder.

Vor dem Werkstor hatten sich Jugendliche aufgebaut. Keine Skins oder Neonazis, ganz normale junge Fußballer aus der BSG ORA-Stahl Oranienburg.

Natalie, die Bolgheri gefolgt war, weil das noch nicht alles an Abschied sein konnte, hörte es deutlich.

«Spaghettifresser raus! Sonst...»

Der Mannschaftskapitän griff sich das Fahrrad, das Rabea Pfannenschwarz gerade abgestellt hatte, und stieß sein Taschenmesser in den Vorderreifen.

Klara Kublank stand im Bad vor dem Spiegel und starrte sich an. Zwar hatte Frau Dr. Pfannenschwarz sie von dem Riesenmullverband befreit, der ihr nach dem Sturz an der Malzer Schleuse um den Kopf gewickelt worden war, doch die kahlrasierte Stelle mit dem runden Heftpflaster rechts an der Schläfe verunstaltete sie in einem Maße, daß es selbst ihr, die sie nun gar nicht eitel war, bitter aufstieß. Am schlimmsten war das rotbraune Desinfektionsmittel, das sich nicht abwaschen ließ. Als hätten sich da Däumlinge einen Tennisplatz anlegen lassen. Wenn sie den Amazonasurwald rodeten, traten auch solche erdbraunen Flatschen zutage. Das Pflaster über der rechten Augenbraue gab ihrem Antlitz vollends den Rest. O Gott, Claire! Mit diesem Ausruf, eigentlich nur laut gedacht, kam der Impuls, zwei Strophen eines Claire-Waldoff-Liedes zu singen.

Man ist ja nur einmal jung,
Drum wage ich den Sprung;
So'n bißchen Hoppsassa,
Was ist denn dabei, Papa?

Ist man erst grau und alt,
Macht man von selber halt,
Dann ist's vorbei, vorbei, vorbei,
Mit Hoppsa, Hoppsa, Hoppsa,
Mit Hoppsasssasserei!

In diesem Augenblick erschien die Pfannenschwarz zum Hausbesuch. Tatjana staunte, denn das tat die Ärztin bekannterweise nur in besonders schweren Fällen, daß heißt, wenn die Patienten wirklich bettlägerig waren. Oder bei guten Freundinnen. Aber zu denen wollte sich Tatjana nun wirklich nicht rechnen. Im Gegenteil, seit sie dieses *Rumsweib* kannte, hätte sie ihr die Augen ausstechen können. Zu Natalie hatte sie oft genug gesagt, daß es die Pfannenschwarz sein würde, wenn sie einmal ihren ersten Mord beginge. Einen rationalen Grund dafür gab es nicht, und wenn sie sich trafen, dann immer mit einem mächtigen Heideidei.

Gudrun Pfannenschwarz stellte extra ihre übergroße Arzttasche ab, um Tatjana mit einer knappen Umarmung und einem Küßchen auf die Wange zu begrüßen. Nach unzähligen gemeinsamen Betriebsausflügen und Feiern, organisiert von der ORA-Stahl, der SED, dem FDGB, dem Rat des Kreises, dem Demokratischen

Frauenbund und der Volkssolidarität war das Begrüßungszeremoniell so eingeschliffen wie nicht einmal bei Graugänsen, Hunden oder Schimpansen.

«Das wär doch nicht nötig gewesen, daß Sie noch einmal vorbeikommen, meiner Mutter geht es blendend.» Tatjana tat so, als würde sie sich bei SAT 1 um eine der von ihr so verspotteten Kreischmausstellen bewerben.

Doch die Pfannenschwarz stand ihr kaum nach. «Aus alter Verbundenheit, da muß ich mich doch ganz besonders um Totzkes Lieblingsschwiegermutter kümmern...»

«Wieso – hat er noch andere gehabt?»

«Nein, nicht daß ich wüßte.» Die Ärztin ging voran. «War aber eine stehende Wendung von ihm.» Sie drehte sich um und sah Tatjana ins Gesicht. «Wie geht's Ihnen denn; alles überwunden?»

Tatjana blieb stehen. «Es ist schon verdammt einsam ohne ihn...»

«Sie haben doch auch noch die Tochter.»

«Die ist mehr im Reitstall als hier, und meine Mutter, die...» Sie stutzte, irritiert durch die Blicke, mit denen die Pfannenschwarz alles musterte. Diele, Bad, Küche, das Wohnzimmer, die Treppe nach oben. Als wollte sie das alles mit bloßen Augen fotografieren. «Ist was...?»

«Es hat so komisch geknackt bei Ihnen oben... Wo es jetzt jeden Tag hier Einbrüche gibt...» Die Ärztin war stehengeblieben.

Tatjana sah sie an. «Wollen wir mal zusammen raufgehen...?»

«Wenn es Ihnen lieber ist...»

Sie stiegen in die erste Etage hinauf, wo in der einen Hälfte Natalie ihr Zimmer hatte und wo sie in der anderen mit Totzke bis zuletzt im Doppelbett geschlafen hatte.

«Seit er tot ist, bin ich nach unten in den Keller gezogen.»

«Kann ich mir vorstellen, daß Sie das belastet hat...» Die Pfannenschwarz sah prüfend in die Zimmer hinein, Tatjana hielt sich im Hintergrund.

«Wird einer der Geister gewesen sein, von denen meine Mutter immer redet. Gott sei Dank, kein Aufhocker hier oben.»

Die Ärztin nahm es weniger heiter. «Ich hoffe nur, daß wir sie nicht eines Tages mal zum Psychiater schicken müssen.»

«Ach, das ist doch alles völlig harmlos bei ihr!» Tatjana machte sich auf den Rückweg nach unten. Claire rief schon, wo sie denn so lange blieben. «Ja doch...! Wir kommen ja schon.»

Gudrun Pfannenschwarz versorgte Klara Kublanks Wunden und ließ nicht ab, gegen ihren Aberglauben anzukämpfen. «Der einzige Geist, den ich gelten lasse, aber auch nur in Maßen bitte, ist der *Klosterfrau Melissengeist.*»

«Geister gibt es wirklich», bekannte Klara Kublank. «Gott, Dämonen, Menschen – so ist die Reihenfolge in der Welt. Die Geister sind die Vermittler zwischen Gott und den Menschen, Frau Doktor. Die guten sind die Engel und die Schutzgeister, die schlechten sind die Dämonen.»

«Das sind doch alles nur Produkte unserer Ängste und Hoffnungen, Projektionen menschlicher Erfahrung, wie es in der Fachsprache heißt.» Gröber als nötig riß die Ärztin das Pflaster von der Augenbraue.

«Aua!» Klara Kublank ließ nicht ab von ihrem Glauben, auch unter der Folter nicht. «Wenn wir denken, daß sie da sind, dann sind sie doch auch da.»

Die Pfannenschwarz beließ es dabei, etwas von Halluzinationen zu murmeln und daß psychische Realitäten eben keine materiellen seien, maß dabei den Blutdruck und zeigte sich mit Claires Gesichtsfarbe gar nicht zufrieden. «Frau Kublank, zu blaß, zu blutarm... Kommen Sie doch mal morgen früh in die Praxis, nüchtern und mit dem Morgenurin.»

«Ja, Frau Doktor.»

Damit war die Pfannenschwarz mit ihrer Visite am Ende, und Tatjana brachte sie zur Tür.

Claire legte sich auf den Rücken und verfolgte die Fliege, die um den Lampenschirm kreiste.

Bis Natalie kam und erzählte, daß sie vor dem Stahlwerk einen Italiener erst mit Eiern und dann mit Steinen beworfen hätten.

«Hat er keine Plockwurst auf die Pizza gemacht?» fragte Claire.

«Quatsch!» Natalie war nicht zum Lachen zumute. «Von den Stahlmanagern einer.»

Tatjana war hellhörig geworden. «Doch nicht etwa Bolgheri?»

«Giancarlo, ja.»

«Und...?» Sie starrte ihre Tochter an.

«Nichts. Sein Anzug ist hin. Die Eier. Die Steine sind zum Glück alle danebengegangen. Sogar dazu sind die noch zu...» Sie brach ab. «Wieso interessiert'n dich das so gewaltig?»

Tatjana stöhnte auf. «Gott, weil wir mit ihm '90 zusammen in Leipzig gewesen sind, dein Vater noch und ich...»

«Auf der Messe», ergänzte Claire. «Und Totzke war kaum mehr zu beruhigen. Ei, verflucht, die Eifersucht...»

«Mutter!»

«Das is ja wirklich ganz schön keimig», sagte Natalie.

Tatjana fixierte ihre Tochter. «Und wo hast du ihn kennengelernt?»

«Na, wo schon und wie? *Fare l'amore!*» Natalie tat so, als würde sie in Tränen ausbrechen, und schlug die Hände vors Gesicht. «Verzeiht mir, daß ich soviel Schande über euch gebracht habe!» Damit lief sie aus dem Zimmer. «Ich geh ins Wasser. Ins Badewasser...»

«Und ich fahr nach Tegel!» Tatjana warf die Tür hinter sich zu.

Klara Kublank schüttelte den Kopf und kehrte dann wieder zu ihren Fotoalben zurück. Die Bilder der letzten beiden Jahre waren einzukleben, und endlich einmal hatte sie die Zeit dazu. Nach dem Fall der Mauer zum ersten Mal wieder in Westberlin. Alle zusammen. Totzke als sogenannter *Reisekader* hatte ja immer gekonnt. Da stand er mit ihnen an der Potsdamer Brücke, hinten die Philharmonie. Ein Stückchen vom Landwehrkanal.

An den Kanälen
Auf den dunklen Bänken
Sitzen die Menschen, die
Sich morgens ertränken.

Hatte Ringelnatz an Claire Waldoff geschrieben. Und Claire Kublank sang es nun und fragte sich, ob ihr Schwiegersohn wirklich durch einen Unfall ums Leben gekommen war. Versagen der Bremsen. Wenn er nun Selbstmord begangen hätte...

«...weil mit dem Ende der DDR auch deine Karriere im Arsch gewesen ist!»

Sie hielt es Totzke vor, doch der reagierte nicht. Nicht auf dem Foto auf der Potsdamer Brücke und nicht auf den anderen Bildern, wo sie ihn abgelichtet hatten. Sie hatte sie alle wie Spielkarten mit der rechten Hand gegriffen.

«Gib es zu!» schrie sie ihn an.

Totzke schwieg weiter.

Doch etwas anderes geschah. Eines der nicht ganz so großformatigen Seidenglanzfotos war aus dem Fächer gerutscht und neben ihre hochgestellten Knie gefallen, aber schon lange auf dem Laken zur Ruhe gekommen. Es zeigte Totzkes Grab. Den Hügel, den Stein.

## KARL-ERNST TOTZKE
*** 18. 1. 1940 † 27. 1. 1991**

**Nichts stirbt aus in der Welt.**
**Alles hat seine Unsterblichkeit.**
*Paul Zech*

Und als sie die wunderschöne Inschrift las, die sie so liebte, begann sich der Stein auf dem Foto ganz langsam zu bewegen. Neigte sich nach vorn und ruckte nach hinten zurück, zog sanfte Halbkreise zur linken wie zur rechten Seite.

Es lag nicht an ihrer Brille, nicht am schwachen Kreislauf oder dem üblichen Schwindel im Kopf. Es war so, wie es war. Der Stein tat nur das, was er allen Naturgesetzen zufolge tun mußte: auf die Schwankungen reagieren, die unter ihm entstanden waren, die Bewegungen, die Vibrationen. Und das wiederum, darüber war sich Klara Kublank schlagartig im klaren, konnte nur eines bedeuten…

«Totzke ist ein Nachzehrer!»

Tatjana Totzke liebte es noch immer, zum Einkaufen ins nahe Westberlin zu fahren, und wenn es auch nur Tegel war. Es war ein schönes Gefühl, eine *Westreise* antreten zu dürfen, zu den Privilegierten zu zählen. Ein bißchen auch wie Urlaub, wenn man durch die Straßen seines Ferienortes schlenderte und Zeit zum Suchen hatte. Die Eurocheques für ihre Einkäufe holte sie sich allerdings schon in Oranienburg, wo die Berliner Bank neuerdings in der Straße des Friedens ihre erste Filiale in Form eines Containers errichtet hatte. Tatjanas Konto war noch halbwegs voll, denn Totzke hatte mehr als gut verdient, und der Umtausch hatte ihnen einiges gelassen. Zudem besaßen sie ein größeres Baugrundstück unten in Birkenwerder, wo der Quadratmeterpreis auch auf 400 Mark gestiegen war. Und da ihr die eigenen Kurse im «Ah-und-Oh»-Projekt auch schon ein paar Pfennig einbrachten, kam sie – die Rente ihrer Mutter dazugerechnet – finanziell gut über die Runden, weitaus besser jedenfalls als fast alle anderen hier in O-Burg.

Das wohlgefüllte Konto hieß aber nicht, daß sie sich nun als einen glücklichen Menschen bezeichnet hätte. Im Gegenteil, regelmäßig wurde sie von depressiven Schüben gepackt, lag tagelang mit Migräneanfällen im Bett, war nichts anderes als ein antriebsschwaches Kind, das nur noch an seiner leeren Milchflasche nuckeln und Äh-äh machen konnte. Zum Reden hatte sie Mutter und Tochter, schön, aber richtige Nähe zu einem Menschen gab es doch nur, wenn sie seine Wärme spüren konnte, seine Haut. Das hatte ihr Totzke mit seinem Aktivisten-Sex auch nicht mehr gegeben, aber dennoch. Der zweite Mangel wog noch schlimmer, denn eigentlich lebte sie nur, wenn andere den Spiegel abgaben, in dem sie sich wahrnehmen und bewundern konnte, wenn sie ein Publikum hatte. Im Theater, im Kino, am Bildschirm. Wenn sie nicht spielte, existierte sie nicht. Trat sie in ein Restaurant und nicht mindestens zwei Köpfe fuhren herum («...das ist doch die Totzke...»), dann hatte sie das Gefühl, sich in nichts aufgelöst zu haben.

Aber jetzt, als sie den Bank-Container betreten und dem kompetent gekleideten Manne hinterm Tresen ihre Scheckkarte zugeschoben hatte, materialisierte sie sich auf der Stelle, denn er fragte sie, wie es denn mit Rollen stünde jetzt nach der Wende.

«Danke, ich hab einiges an Drehbüchern zu Hause liegen...» Das stimmte zwar nicht, aber morgen vielleicht.

«...'ne Serie?»

«Ja, ja...»

Sie steckte die zehn neuen Formulare in ihre Handtasche und ging wieder zum Fahrrad hinaus. Als sie die Kette löste, sah sie schräg von unten zwei Männer auf sich zukommen, die ihr kaum noch ausweichen konnten, zwei ‹hochrangige› Ex-Kollegen ihres Mannes. Der eine, Hans-Peter Pessin, hatte der ORA-Stahl als Hauptbuchhalter gedient, der andere, Dr.-Ing. Ronald Schora, als Forschungsdirektor. Sie hatten oft bei Totzke in der Trinkstube gesessen und bei vielen Braunen und Weißen bis in den frühen Morgen hinein ihren Skat gedroschen.

Wie geht's denn so? Das Ritual war nicht mehr aufzuhalten. Wie sie denn Totzkes Tod verkraftet habe?

«Danke. Das Leben geht weiter, aber es ist um vieles ärmer geworden...» Tatjana ließ die Kette in den Drahtkorb fallen, den sie hinten auf den Gepäckträger geklemmt hatte. «Und Sie...»

Pessin, eh schon klein und in all den DDR-Jahren fett geworden vom vielen Schweinebauch und Radeberger Pils, stöhnte auf, Asthma und Angina pectoris andeutend. «Vorruhestand...»

«Und die PDS...?»

«Retten, was zu retten ist. Sie machen uns ja systematisch fertig.»

Tatjana lächelte. «*Vae victis.*»

«Wie?»

«Wehe den Besiegten.» Tatjana las nichts lieber als historische Romane und wußte in römischer Geschichte weitaus besser Bescheid als in deutscher Küche. «Brennus bei der Einnahme Roms. Vor fast zweieinhalbtausend Jahren. Als die Gallier...»

«Bei uns sind's eher die aus Nordrhein-Westfalen.»

Tatjana blickte Schora an, der lang und hager war, fast auch so verbogen wie Karl Valentin, dabei erst auf die Vierzig zuging. «Und Sie?»

«Ich...» Schora, introvertiert und eh nicht zum Plaudern geboren, hatte schon immer Mühe gehabt, in ihrer Nähe nicht furchtbar rot zu werden und zu stottern. «...ich hab was bei der EUROMAG gefunden...» Eine, wie sich herausstellte, sehr schöne Stelle, und zudem noch eine Honorarprofessur an der TFH Berlin, der Technischen Fachhochschule im Westen, was Tatjana aber auch nicht wunderte, sagten ihm doch alle nach, fast ein Genie zu sein.

Sie grinste. «Schön...» Mehr fiel ihr auch nicht ein. Es war so, als hätte sie überraschend eine Urlaubsbekanntschaft wiedergetroffen. Vor Wochen, am Strand und beim allabendlichen Buffet, war so viel zu erzählen gewesen, doch nun gab es kein gemeinsames Thema mehr und der Gedanke war fast peinlich, daß man es mit diesen Menschen mal kordial getrieben hatte. Den beiden schien es ähnlich zu gehen. «Dann werden wir mal wieder...»

«Ja...» sagte Pessin.

«Ja...» fügte Schora hinzu.

Mit einem angedeuteten Händedruck schwang sich Tatjana auf ihr angejahrtes *Diamant*-Fahrrad, trat in die Pedale und reihte sich in den Strom derer ein, die zum Zentrum wollten, zum Rathaus, zum Schloß oder zum Bahnhof.

Seit Ende Mai fuhr die S-Bahn wieder durch, von Oranienburg im Norden Berlins bis nach Wannsee im Süden, brauchte fast anderthalb Stunden. Stieg sie in Frohnau, der ersten Station im alten Westberlin, in den 125er Bus, war sie zwanzig Minuten später in Tegel bei Karstadt, C&A und den vielen Geschäften in zwei Fußgängerzonen.

Als sie vor dem S-Bahnhof Oranienburg angekommen war und sich hinkniete, um ihr Rad sorgsam anzuschließen, fühlte sie jenes Kribbeln, das fast alle Frauen verspüren, wenn sie heimlich beobachtet werden. Als stünde irgendwo im verborgenen ein Mann mit einem Fernglas in der Hand. Ihr Rock war kurz, und wenn sie sich bückte, dann... Sie schnellte hoch. Es war albern. Als hätte sie nicht auch schon nackt vor der Kamera gelegen. Aber das war etwas anderes. Eher lustvoll und exhibitionistisch. Hier aber fühlte sie sich bedroht. Lautlos und unsichtbar glitten Fledermäuse durch die Luft, die Vampirzähne gefletscht. O Gott, Claire! Ihre Mutter hatte sie mit diesem Unsinn schon angesteckt.

Dennoch. Etwas lauerte auf sie. Der Windstoß war kein Windstoß mehr, sondern ein Arm, der sie umschlang. Kleine Schottersteine trafen ihre Beine. Da kratzte ganz in ihrer Nähe ein Tier den Boden auf. Ein kleiner Zweig fiel herab und streifte ihren Kopf. Wer hatte ihn geworfen?

«Alles Quatsch!» Tatjana rief es so laut, daß sich die Leute am Imbiß nach ihr umzudrehen begannen. Sie beeilte sich, auf den Bahnsteig zu kommen. Da die S-Bahn-Gleise aus Berlin an mehreren Prellböcken endeten, brauchten die, die schon einen Fahrschein hatten, nicht erst durch das Empfangsgebäude zu eilen, sondern konnten gleich die freie Treppe nehmen, die direkt zum wartenden beige-roten Triebwagen nach oben führte.

Obwohl es jetzt am frühen Nachmittag kaum Passagiere gab, hatten Reichsbahn und Westberliner BVG einen Vollzug gebildet, also acht Wagen eingesetzt. Tatjana sah die leeren Sitze mit unguten Gefühlen. Gerade Frauen hatten Angst vor solchen S-Bahn-Fahrten. Das war archaisch in und um Berlin, wurde, so schien es ihr, von Generation zu Generation den Töchtern von den Müttern fast schon genetisch weitergegeben: der *S-Bahn-Mörder*. Der Mann hatte, von 1940 an und die kriegsbedingte Verdunkelung der Stadt für seine Zwecke nutzend, auf der Vorortstrecke nach Erkner etliche Frauen mit einem Bleikabel erschlagen und aus dem Zug gestürzt. Aber auch seither war zuviel passiert, um außerhalb der Rush-hour das S-Bahn-Fahren zu genießen.

So lief Tatjana bis zum ersten Wagen vor, gab doch die Nähe des Zugführers, so sehr ihn auch eine hölzerne Wand von den Reisenden trennte, etwas Sicherheit. Und die brauchte sie, denn noch immer schien es ihr, als würde sie verfolgt.

Immer wieder fuhr ihr Kopf ruckartig nach hinten. Doch da war niemand, der Interesse für sie zeigte. Sie dachte unwillkürlich an das, was die Pfannenschwarz gesagt hatte. Daß sie sich vielleicht wünschte, von einem Mann *besessen* zu werden, daß die Angst nur Ausdruck ihres Grundbedürfnisses war. Ach, wiederum Unsinn, denn wenn es wirklich so brennend gewesen wäre, hätte sie nur in ein x-beliebiges Café gehen, sich hinsetzen und warten müssen. Ein akzeptabler Knabe hätte sich alsbald gezeigt, und es wäre nur ein etwas längerer Blick nötig gewesen, das Spielchen zu beginnen. Das war es also nicht.

Tatjana stieg ein und zitterte. Ihr Blick ging zum bunten Netzplan hinauf. Oranienburg, Lehnitz, Borgsdorf, Birkenwerder, Hohen Neuendorf, Frohnau.

Sie wußte genau, daß es gleich passieren mußte.

Als gelte es, vor einer Explosion zu warnen, so flammten nun die roten Lampen auf, schrillte Alarmklingeln und krachten die Türen gegeneinander. Tatjana zuckte derart zusammen, daß sie gar nicht bemerkte, wie im noch letzten Augenblick ein Mann ins Abteil gesprungen war. Sein Kopf erinnerte sie an die Karl-Marx-Porträts, wie sie überall gehangen hatten. Er starrte sie an.

Klara Kublank war von einer entsetzlichen Unruhe erfüllt. Sie konnte nicht sitzen, nicht stehen, nicht liegen, weder lesen noch fernsehen, weder stricken noch Kreuzworträtsel lösen. Totzke ließ sie nicht zur Ruhe kommen. Er lag unten im Sarg, war furchtbar einsam und wollte sie zu sich nachholen ins Grab.

Ob er wirklich …? Sie mußte sich Gewißheit verschaffen, mochte es kosten, was es wolle.

So rief sie zuerst ihren Vater an, der in einem Feierabendheim in Rheinsberg lebte und mit seinen 95 Jahren noch sehr gut beieinander war. Gustav Kublank, ja.

Die Leute wunderten sich alle, daß sie genauso hieß wie ihr Vater, nie von dem nun mehr als scheußlichen Kublank losgekommen war. Als sei es undenkbar und noch dazu ein Verbrechen, daß eine nie geheiratet hatte. Tatjana hatte es als uneheliches Kind nicht schlechter gehabt als andere Gören auch.

Es dauerte eine Ewigkeit, bis sie den ehemaligen Fernmeldehauptsekretär aus dem Garten geholt und sprechbereit hatten.

«Klara, Kindchen, du …?»

«Die Claire, ja.» Mit den üblichen Fragen nach seinem Wohlergehen hielt sie sich nicht lange auf. «Du, Vater, woran erkennt man denn einen Nachzehrer ganz genau?»

«Daß er bei der Geburt noch die Mütze, die Glückshaube auf dem Kopfe hatte», erklärte ihr Vater.

«Was auf'm Kopf?»

«Die Em...bryo...»

Es dauerte ein Weilchen, bis sie begriffen hatte, was der alte Herr denn wirklich meinte: die Embryonalhaut.

«...und Kinder, die schon mit Zähnen geboren werden», fügte Gustav Kublank hinzu und lachte dann. «Ich bin aber keiner, ich hol dich nicht nach zu mir ins Grab. Mach dir mal keine falschen Hoffnungen, mein Kind.»

«Dein Kind ist dreiundsiebzig», sagte Claire.

«Wann kommt ihr mich denn mal wieder besuchen?»

«Mit der Bahn mal. Ein Auto haben wir ja noch kein neues, seit Totzke sich mit unserm totgefahren hat. Mach's gut, Vater. Adieu dann!»

Sie schmatzte einen Kuß in die Muschel, legte auf und stürzte dann in Totzkes Arbeitszimmer, um nach der Telefonnummer seiner Mutter zu suchen. Bevor sie damit begann, spuckte sie dreimal kurz auf den Teppich, um die Geister, die hier eventuell weilten, im voraus zu bannen.

Nach seinem Tod hatten sie alles unberührt gelassen. Ihrer Tochter wie ihr hatte die Kraft gefehlt, die Sachen alle durchzusehen und die Dinge zu ordnen.

«Nanu...!»

Sie starrte auf den alten Schreibtisch, eine Mischung aus Jugendstil und Chippendale. Zweifellos lagen die Stifte und Papiere jetzt ganz anders da als gestern noch. Ebenso Totzkes ‹heilige› Lupe, die er immer brauchte, weil er für eine Brille viel zu eitel war, und die keiner wegnehmen durfte. Auch war die mittlere Schublade auf der rechten Seite etwas herausgezogen. Komisch. Weder Natalie noch Tatjana hätten das gewagt. Sie erst recht nicht. Ihre Finger zitterten, als sie jetzt in Totzkes Telefonregister die Seite Sch bis T aufschlug und Totzke, Margot, suchte, die Nummer seiner Mutter, die oben in Gransee zu Hause war.

«Frau Totzke, hallo!» Sie siezten sich, und Claire hatte die frühere Leiterin einer Konsum-Verkaufsstelle, eine knochentrockne Genossin, nie sonderlich gemocht. Totzke selber hatte sie nie sehen wollen (‹...höchstens bei meiner Beerdigung›). Es war klar, daß sie die irgendwie austricksen mußte. Nach ein paar einleitenden Worten versuchte sie es. «Ich habe hier ein Schreiben vom Gesundheitsministerium, aus Potsdam... Es geht um Ihre Enkelin... Bei Natalie ist da mit dem Blut was nicht in Ordnung...»

«Oh…!» Margot Totzke war besorgt.

«Was mit den… Wie heißt das? Mit den: Genen, ja…» Claire kam nun blitzschnell zur Sache. «Die wollen wissen, ob es bei der Geburt ihres Vaters, also Natalies Vater, irgendwelche Ab… Ab… Gott, ist das ein Wort! Ab…normitäten gegeben hat.»

«Ah, ja…»

«Hier sollen wir ankreuzen: a) schon mit Zähnen geboren, b) Embryonalhaut auf dem Kopf…»

«Die hatte er, ja, aber er war doch völlig normal. Immer der beste Schüler, immer die besten Noten im Studium!»

«Ich weiß ja auch nicht, was das soll, Frau Totzke.» Claire schimpfte auf die Behörden und beeilte sich dann, zum Ende zu kommen.

Totzke war also in der Tat mit einer Embryonalhaube auf die Welt gekommen. Sie lief zum Bücherregal und zupfte sich eines der alten Lexika heraus, die längst vor Gründung der DDR gedruckt worden waren und die ihr Schwiegersohn gesammelt hatte.

> **Nachzehrer** *(m.; Neuntöter).* Der Nachzehrer gehört zum Typus des ‹Lebenden Leichnams›. Man versteht darunter einen im Grab weiterlebenden Toten, der durch Kauen und Saugen an Kleidung, Brust, Händen, Laken oder sonstigen Dingen in Fernwirkung Familienangehörigen oder Menschen seines Lebensumkreises das – ihm selbst Leben spendende – Blut aussaugt und sie auf diese Weise ins Grab nachzieht. Der Unterschied zum Vampir besteht darin, daß dieser den Lebenden das Blut direkt aussaugt, während es beim Nachzehrer durch Analogiehandlungen geschieht. Nach dem Volksglauben werden Kinder, die bei der Geburt noch die Embryonalhaut auf dem Kopf tragen, zu Nachzehrern…

Aha, hatte ihr Vater also recht gehabt. Sie schlug das Lexikon wieder zu und stellte es in Totzkes Schrank zurück.

Was nun? In ihrer Unentschlossenheit sang sie ein Claire-Waldoff-Couplet:

> Aujust, reg dir bloß nich uff!
> So wat jibt es nich!

Gab es aber offensichtlich doch. Daß Totzke scharf war auf ihr Blut. Mit dem Sturz vom Rad mochte er nichts zu tun gehabt haben, das war vielleicht noch dem Aufhocker an der Malzer Schleuse zuzuschreiben, aber die Szene an seinem Grabstein, die war doch eindeutig genug. Da hatte Totzke sie zu Boden geworfen, da war ihr Blut in den Boden gesickert.

Das mußte der Polizei gemeldet werden.

Sie rief Natalie zu, daß sie noch mal dringend fort müsse, schwang sich auf ihr Rad und fuhr die Straße des Friedens Richtung Lehnitzschleuse hinauf, wo sie die Dienststelle eingerichtet hatten.

Sie fragte nach der Kriminalpolizei und wurde vom Pförtner zu einem Beamten geschickt, der Mannhardt heißen sollte. «Zimmer 41. Det is 'n Wessi.»

Das sollte eine Warnung sein, freute sie aber, denn die Leute aus den alten Bundesländern hatten sicherlich mehr Verständnis für ihr Problem als die Ex-Kader von hier.

Mannhardt erwies sich als ein Mann in Totzkes Alter, erschien ihr aber für einen Kripomenschen etwas zu salopp, sah eher nach Studienrat aus oder Journalist. Ihre Leute von der MuK, der Morduntersuchungskommission, oder vom *Polizeiruf 110* hatten da mehr Militärisches an sich gehabt. Nun ja.

«Bitte…?» Dieser Mannhardt stand immerhin auf, als er sie begrüßte.

Sie stellte sich vor. «Klara Kublank, die Schwiegermutter von Totzke.»

Mannhardt schien der Name wenig oder gar nichts zu sagen. «Was kann ich für Sie tun?»

«Totzke ist ein Nachzehrer!» rief Klara Kublank.

Mannhardt starrte sie an. «Ein… was?»

Sie setze sich, erzählte ihm alles und schloß mit der Floskel «Sie glauben mir doch – oder?»

«Ich bin da zuwenig Psychologe, als daß ich das…»

«Sie, ich bin nicht verrückt!» schrie Claire.

«Frau Kublank, bitte…!»

«Totzke ist ein Nachzehrer!»

Tatjana Totzke stieg aus dem 125er Bus. Ein wenig unentschlossen blieb sie stehen, doch im Schwall der Fahrgäste wurde sie in Richtung U-Bahn-Eingang gerissen, konnte aber noch rechtzeitig ausscheren und sich schubsend durcharbeiten zu den Schaufenstern von C&A mit den Kleidern und Kostümen. Sie sah sich alles an, spürte aber keinerlei Impuls hineinzugehen. Ein bißchen exklusiver liebte sie es schon. Sie wandte sich nach rechts. Alt-Tegel, die Fußgängerzone. Vom Wasser her, von den Anlegestegen der Fahrgastschiffe, zogen Menschenströme zur U-Bahn hin. Auf den Bänken unter den alten Laternen saßen Kinder und lutschten ihr Eis, hockten die Alten und tratschten, lümmelten die Jungen und schmusten.

Tatjana spürte anfallartig ihr Alleinsein. Zwischen ihr und dieser Welt war dickes Glas. Wie in einem Aquarium. Sie war ein anderes Lebewesen als die da vor der Scheibe. Sie verstand ihre Sprache nicht und ihre Gesten.

Ihr wurde heiß, und sie hatte das Gefühl, daß diese Hitze von geheimnisvollen Strahlen ausgelöst wurde, von einem, der sie beobachtete. Auch hier. Das in der S-Bahn in Oranienburg hatte sich als Quatsch erwiesen, aber dennoch... Der Mann, der Karl Marx geähnelt hatte, war in Birkenwerder wieder ausgestiegen, ohne daß er sie angesprochen hätte.

Sie hatte Appetit auf ein dänisches Eis. Wann hatte man in der DDR je ein dänisches *Premier*-Eis essen können. Sie ging zum kleinen Kiosk hinüber, der sich gleich hinter dem C&A-Gebäude aufgetan hatte, und kaufte sich eines mit Ananas und Nüssen, pellte die silberne Verpackung von der Tüte und setzte sich auf die Ecke einer der Bänke.

Eine junge Mutter, hübsch und rothaarig, erfreute sich an den Wundern, die ihr Kind vollbrachte. Zwei Jahre war der Junge und konnte schon laufen und sprechen.

«Max, sag mal: Mangiare a crepapelle.»

«Manschipapelle.»

Tatjana lächelte. Schön, wie sich die Leute hier auf die EG einstimmten. Sicher wurde Mäxchen in wenigen Jahren Direktor der italienischen ORA-Stahl Oranienburg, der Nachfolger Giancarlo Bolgheris.

«Mangiare a crepapelle.»

«Essen, bis man platzt», antwortete Tatjana und stand auf, bevor die junge Mutter sie fragen konnte, woher sie denn wohl...

‹Leistung bringen›, das war es, was die hier zu Siegern werden ließ.

Tatjana machte sich auf den Weg durch die diversen Shops und Boutiquen, ohne aber das zu finden, was sie suchte. Klamotten, in denen sie einfach Erfolg haben mußte, wenn sie zu den Produzenten ging. Und wenn es nur eine Drei-Tage-Rolle in einer dieser beknackten Serien war. Aber was auch immer sie anprobierte, nie war sie sich sicher, nun unschlagbar zu sein, hinreißend, umwerfend, ein Naturereignis.

So landete sie nach knapp zwei Stunden wieder da, wo sie begonnen hatte, bei C & A. Um nicht völlig vergebens in Tegel gewesen zu sein, ging sie hinein. Vielleicht ließ sich wenigstens ein Shirt für Natalie finden oder eine Bluse für ihre Mutter.

Die Menge beunruhigte sie. Jede Sekunde konnte jemand ein Messer herausreißen und auf sie einstechen. Die Stadt war voll von Geisteskranken. Obwohl sie ihre Mutter mit ihrem Aberglauben nie für voll genommen hatte, war sie jetzt nahe dran, die Hände zu erheben und, um die bösen Geister abzuwehren, die Zeigefinger zu kreuzen.

Sie machte sich auf die Suche nach einem Kleid, das vorn zu knöpfen war. An einem der Drehständer hingen welche mit einer durchgehenden Knopfleiste und Schlingenverschlüssen. Totzke war immer ganz wild danach gewesen, hatte ihr aber verboten, so etwas außerhalb des Hauses zu tragen. Der Gedanke, daß sich andere Männer an diesem Anblick aufgeilen könnten, war für ihn unerträglich gewesen. Krankhaft schon.

Jetzt konnte sie sich solche Kleider leisten. Sie hatten sie in Rot, Grün und Anthrazit und auch in ihrer Größe. Tatjana stellte ihre Tasche auf den Boden, nahm sich eines von der Stange und hielt es sich vor den Körper. Sehr schön. Nur müßte man das einmal vor dem Spiegel... Sie entdeckte einen und ging hinüber. Das war's! Damit hätte sie sich ohne Probleme auf dem Bildschirm zeigen können.

Es schien auch zu passen, doch besser war es schon, dennoch in die Kabine zu gehen. Sie wollte ihre Handtasche nehmen und...

... die war weg.

Panik ergriff sie. Es war wie in einem abstürzenden Flugzeug. Eine völlig überzogene Reaktion ihres Organismus. Das Gefühl, daß nun alles aus sei. Papiere weg, Geld weg, Schlüssel weg. Als hätte sie damit schlagartig ihre Identität verloren, sich völlig aufgelöst. Ihr wurde schwindlig, sie mußte sich gegen einen der Pfeiler stützen.

Da stand der Mann aus der S-Bahn hinter ihr, der Karl-Marx-Bart von vorhin. Und er hielt ihre Handtasche hinter dem Rücken.

«Meine Tasche! Ein Dieb!» schrie sie. «Ein Taschendieb. Halt!»

Die umstehenden Damen stürzten sich sofort auf den Mann mit der Tasche. Der beteuerte zwar, daß er sie nur der Dame haben bringen wollen, doch das nutzte ihm nichts. Im Nu waren alerte junge Männer da, Warenhausdetektive, Substituten und dergleichen, und wenig später eine Zweierstreife.

Für Tatjana war das alles eine Traumsequenz. Oder ein Fernsehfilm, in dem sie endlich wieder spielen durfte. Für die Wirklichkeit war eine solche Szene viel zu idiotisch. Und was dann noch kam, war üble Seifenoper. Gerade hatten die beiden Polizisten den Taschendieb gepackt, da kam eine der Kassiererinnen herangefegt und schrie, daß dieser Herr nun wirklich keine Taschen stehlen müsse.

«Das ist mein Arzt, Dr. Jederitz. Die Praxis gleich hier nebenan – Am Tegeler Hafen!»

«Er hat aber in der Tasche rumgekramt!» rief eine Rentnerin.

Tatjana sagte, der Mann sei ihr schon seit Oranienburg gefolgt.

«Meine Mutter wohnt in Liebenwalde, und da bin ich in...»

«Zeigen Sie mal Ihre Papiere!» Die beiden Polizisten standen da wie Schaufensterpuppen, so unbeteiligt und so cool, wie es bei ihnen Mode war. Auch ihre beiden Schnauzbärte signalisierten absolute Normung.

«Momentchen mal...» Der Mann mit dem Karl-Marx-Gesicht, dem doch jeder den Berber ansah, den Stadtstreicher, den Penner, kramte lange in der Innentasche seines abgetragenen Jacketts herum, bis er das gesuchte Personaldokument endlich gefunden hatte. «Bitte sehr, die Herren...»

«Dr. Jederitz, Jochen», sagte der eine der beiden Polizeibeamten und hielt dem anderen die Ausweisplastik hin. «Stimmt auffallend.»

«Darf ich dann bitte... Ich muß noch einen Hausbesuch machen...»

«Entschuldigung, aber...»

«Ich habe gesehen, daß die Dame hier ihre Handtasche vergessen hatte, und wollte sie nur retten...» Dr. Jederitz machte eine leichte Verbeugung zu Tatjana hin. «Ich war mir nur nicht sicher, ob das wirklich Tatjana Totzke ist. Das DDR-Fernsehen, der *Jenny-Treibel*-Film. Da haben Sie die Corinna gespielt, die Corinna Schmidt. Wuschelhaarig, klug und emanzipiert.»

Tatjana riß ihre Handtasche wieder an sich und flüchtete ins Freie.

Natalie Totzke lag auf ihrem Bett und las das Buch, das sie von Giancarlo geschenkt bekommen hatte, *Das Delta der Venus* von Anaïs Nin. Die Widmung war mit kraftvollen und dennoch fast grazilen Buchstaben auf die Innenseite des Umschlags geschrieben: Lust steigert sich an Lust – G. B. Hatte er irgendwo bei Tucholsky geklaut, aber immerhin. *Die Unverhülltheit seiner Augen war wie ein Eindringen in ihre fiebernde Votze.* Natalie fand das zu vulgär und eher widerlich als anregend. Oder waren sie in der DDR zu prüde aufgezogen worden. *Seine Hand lag auf ihrem Kopf, und er drückte ihn herunter, so daß ihr Mund sich schließlich über seinen lüsternen Kolben stülpte...* Natalie stellte sich Giancarlo vor und wartete vergeblich auf die sprichwörtlichen Schmetterlinge im Bauch. Wütend darüber, daß sie rein gar nichts spüren wollte, las sie weiter, half mit den Fingern nach. *Sie selbst wollte den Gürtel lösen, wollte, daß seine Hosen fielen, wollte noch einmal seinen Schwanz berühren...* Natalies Spannungskurve stieg nun doch.

«Natalie, hast du mal 'n Moment Zeit für mich...?» Ihre Großmutter stand unten an der Treppe und schrie herauf.

«Nein!»

«Bitte!» Claire ließ nicht locker. «Ich krieg die Truhe mit meinen Speisekarten nicht mehr auf. Du weißt doch, mein Bruch.»

«Na schön...» Natalie warf *Das Delta der Venus* unters Bett, streifte sich Bikinihöschen und T-Shirt über und begab sich in den Keller hinunter. Ihre Laune war mehr als schlecht. «Kannst du einen nicht mal in Ruhe lesen lassen!»

Ihre Großmutter grinste. «Ärger mit dem Italiener?»

«Woher weißten das nun schon wieder?»

«Schrepkow hat euch beim... na ja... gesehen. In unserm Ruderboot.»

Natalie hatte keine Lust, sich auf große Diskussionen einzulassen, und folgte ihrer Großmutter wortlos in den alten Wäschekeller. Dort hatte Klara Kublank alle ihre Schätze angehäuft. Seit die Totzkes hier wohnten, sammelte sie Zündholzschachteln, Servietten, Speisekarten, Fahrscheine, Fingerhüte, Nähgarnrollen, Kondompackungen, Kugelschreiber mit Werbeaufdrucken, Tragetaschen, Taschenkalender und einiges mehr in dieser Art. Dies aber nur so nebenbei, denn ihre eigentliche Leidenschaft waren Künstler- und Poetenfotos mit Autogramm und Widmung. Hier hatte sie wirklich etwas vorzuweisen, denn durch Tatjanas Wirken in Fernsehen und Film war sie fast allen, die in der DDR Rang und Namen gehabt hatten, persönlich begegnet und hatte sie um Bilder und Unterschriften bitten können.

Nun war in ihrer Schatzkammer wieder einmal die Glühbirne kaputt, und Claire hatte auf einem alten Darmol-Leuchter eine weiße Kerze angesteckt.

Sie rieb sich immer wieder mit leichtem Stöhnen den Magen und klagte über zunehmende Beschwerden.

«Haste wieder zuviel Torte gegessen», sagte Natalie.

«Nein, aber den fetten Goulasch zu Mittag.»

«Und zwei Weiße hinterher. Du weißt doch: bei deinem Hang zu Magengeschwüren keinen Alkohol, keine scharfen Sachen!»

«Ab morgen...» schwor Claire.

Natalie, noch immer muffelnd, bückte sich, um den Deckel der alten Bauerntruhe hochzuwuchten. Dabei geschah es. «Mist, verdammter!» Das Gummiband ihres Bikinihöschens war gerissen.

Claire schlug die Hände zusammen. «Gott, Kind – nein!»

Natalie machte «Öh!» und verschluckte ein paar passende Bemerkungen über den Geisteszustand ihrer Großmutter.

«Weißt du denn nicht, was das bedeutet: Springt einem jungen Mann der Knopf von der Hose, denkt seine Geliebte an ihn...»

«Giancarlo hat'n Reißverschluß vorne...»

Claire ließ sich nicht beirren. «Und reißt einer jungen Frau das Band der Unterhose, ist ihr Geliebter untreu geworden...»

Diesmal vergaß Natalie das Lachen, denn sofort fielen ihr wieder die Blicke ein, die Giancarlo für Rabea Pfannenschwarz übriggehabt hatte. «Das ist doch Schwachsinn alles!»

«Zieh mal an deinen Fingern. Wenn's knackt, bedeutet das, daß du deinen Liebhaber sicher hast.»

«Komm, Oma...!»

«Wirklich, Natalie!»

«Laß mich doch mit diesem Scheiß in Frieden!» Aber schließlich zog sie doch, und als es beim rechten Mittelfinger wirklich knackte, freute sie sich, ohne daß sie es Claire auch sagte. Statt dessen kam nur ein barsches «Halt mal die Kerze 'n bißchen höher...!»

Da erschrak Claire von neuem. «Sieh mal, wie das Wachs die Kerze runterläuft!»

«Na und?»

«Der Tod eines Familienangehörigen steht uns bevor!»

«Hör doch auf mit diesem Quatsch! Du mit deinen blöden Geistern!»

Kaum hatte sie das ausgerufen, gab es oben im Haus einen mächtigen Krach. Beide standen still und wagten nicht zu atmen.

«Einbrecher...» flüsterte Natalie.

«Ein Poltergeist», sagte Claire.

Sie wußten nicht, wie sie sich verhalten sollten. Wenn da wirklich einer war und eine Pistole bei sich hatte... Konnte aber auch nur sein, daß Tatjana aus Tegel heimgekehrt war... Sollten sie nun rufen oder nicht?

Beide zitterten sie unmerklich.

«Nur weil ich heute den linken vor dem rechten Strumpf angezogen habe... Den ganzen Tag nur Pech.»

Natalie sah eine Axt in der Ecke lehnen und griff sich den Stiel. «Komm mit...»

Claire hielt sie zurück. «Warte lieber noch...»

So standen sie gute fünf Minuten unten, und es kam ihnen vor wie eine halbe Ewigkeit. Dann klingelte es oben. Sie rührten sich noch immer nicht. Beim zweiten Klingeln aber hörten sie Schrepkows Stimme. «Hallo, ich hab 'n riesigen Schuppenkarpfen für Sie!»

Jetzt faßte sich Natalie ein Herz, lief nach oben und schloß auf.

«Gott sei Dank, daß Sie gekommen sind. Ich glaube, wir haben 'n Einbrecher im Haus. Es hat oben so gepoltert bei uns.»

Schrepkow lachte. «Vom Polterabend geträumt, was?!»

«Nein, wirklich, Herr Schrepkow.» Claire war ihrer Enkelin gefolgt. «Sie als alter Soldat...»

«Abgerüstet haben wir, Frau Kublank, NVA ade!» Seine Stimme war wie Kanonendonner. «Sehen wir mal nach. Wird ja in letzter Zeit dauernd eingebrochen hier, auch tagsüber.» Und er begann höhnend zu singen. «Mit uns zieht die neue Zeit...» Erst einmal legte er den Schuppenkarpfen, der gute Armeslänge hatte, auf den Küchentisch. «Hier aus dem Lehnitzsee...»

Natalie staunte, und Claire fragte, was man ihm denn schuldig sei.

«Das lassen wir mal Ihre Tochter machen», sagte Schrepkow. «Das hat Zeit...»

Natalie schmunzelte innerlich, denn ihre Mutter war viel freigebiger als ihre Großmutter, und bei ihr erzielte Schrepkow, der davon lebte, seit sie ihn bei NVA beziehungsweise Bundeswehr gefeuert hatten, bestimmt den doppelten Gewinn. Als Versicherungsvertreter war er ja wohl eine absolute Null.

Nun ging Schrepkow im Haus umher, und bald hatte er die Ursache des verdächtigen Polterns entdeckt. Der Reisigbesen, den Claire über ihrer Zimmertür aufgehängt hatte, um Hexen abzuwehren, war herabgefallen und hatte eine Bodenvase zerschlagen, in der ein Buch über Numerologie verborgen war.

Sie dankten dem alten NVAler und luden ihn zu einem Braunen ein.

«...einem ‹Osborne›, vom Klassenfeind.»

Schrepkow ließ sich dennoch nicht zweimal bitten.

Als er nach dem dritten Weinbrand endlich wieder ging, Natalie konnte ihn nicht leiden, nicht zuletzt seiner Hasenscharte wegen, bat sie Claire, ihr anhand des numerologischen Buches doch bitte mal zu sagen, ob ihr morgiger Tag gut oder schlecht werden würde.

«Mal sehen, ob ich's noch schaffe...» Claire machte sich ans Werk, addierte die Geburtstags- und die Namenszahl, rechnete die Zahl des zu analysierenden Tages hinzu und reduzierte die Summe dieser Zahlen, bis sie die einstellige Quersumme erhalten hatte. «Fünf...»

«Das heißt...?» Natalie fand den ganzen Hokuspokus nur mäßig interessant.

«Ein Tag, an dem Sie mit dem Unerwarteten rechnen können, weil alles geschehen kann und vermutlich auch wird.»

«Das hat die Zukunft so an sich...»

Klara Kublank ließ sich nicht beirren. «Dieser Tag wird voller Abenteuer und Erregung sein. Sie können es sich sogar leisten, die Gelegenheit zu nutzen und einmal ‹alle Fünfe› gerade sein zu lassen.» Sie hielt inne und preßte ihre Hand auf den Bauch. «Du, es wird immer schlimmer mit den Schmerzen.»

Natalie war voller Sorge. Bis zum Tode ihres Vaters hatte sie geglaubt, daß so etwas immer nur die anderen traf, nun aber war sie von der traumatischen Angst erfüllt, einen nach dem anderen zu verlieren. «Hast du deine Magenbeutel schon geschluckt?»

«Ja, aber das hilft auch nicht mehr.»

Natalie mußte hilflos zusehen, wie sich ihre Großmutter krümmte und zum Sofa schleppte, dort auf die Knie niedersank und den Kopf in die Kissen preßte.

«O Gott!»

«Soll ich dir raufhelfen?» Natalie versuchte, Claire an den Schultern zu packen und auf das Sofa zu heben, doch sie schaffte es nicht.

«Laß mal...»

«Ich ruf die Pfannenschwarz an!» Natalie lief zum Telefon, riß den Hörer hoch und wählte die Nummer der Ärztin. «Besetzt! Scheiße!»

In diesem Augenblick stürzte Claire ins Bad und erbrach sich ins Handwaschbecken.

«Blut!» schrie sie. «Alles voller Blut!»

Natalie war überfordert, rannte hin und her, drehte völlig durch. «Nein, nicht doch! Was soll ich denn jetzt...!» Riß den Schirmständer um, blieb an der Telefonschnur hängen und fetzte den Apparat von der Konsole, suchte nach Handtüchern, fand keine, *sie stirbt vor meinen Augen, o Gott*, wußte nicht, ob sie Harnischfeger, den Nachbarn, rausklingeln sollte oder nicht, ob sie mit dem Rad zur Pfannenschwarz fahren sollte oder nicht, ob sie die Polizei anrufen sollte oder die Feuerwehr oder die *Schnelle Medizinische Hilfe*.

Da schloß es an der Tür, ihre Mutter. Sie lief hin, fiel ihr um den Hals und brach in Tränen aus.

«Alles voller Blut!» rief Claire aus dem Bad. «Er will mein Blut! Ja. Totzke ist ein Nachzehrer! Dein Totzke ist ein Nachzehrer!»

Sie schafften es, Claire in ihr Bett zu tragen. Tatjana sagte etwas von einem Magendurchbruch.

Natalie legte ihrer Großmutter einen feuchten Lappen auf die Stirn. «Bei der Pfannenschwarz ist immerzu besetzt.»

«Ich fahr schnell mal hin, mein Rad steht noch draußen.» Tatjana sprang wieder auf. «Die kann das dann gleich mit der Klinik...»

Klara Kublank richtete sich noch einmal auf. «Sag ihr: Totzke ist ein Nachzehrer, und er will mein Blut!»

Tatjana Totzke nahm zwar die Abkürzung über all die kleineren Straßen, die nach süddeutschen Orten benannt worden waren – Rüdesheim, Worms, Heidelberg und Speyer –, hatte aber dennoch das Gefühl, Stunden bis zur Pfannenschwarz zu brauchen. Und immer die Angst, wenn sie ankam, nur noch zu hören, daß Natalie eben angerufen habe und ihre Schwiegermutter leider schon...

Fast so schnell wie in den Tropen brach die Dämmerung herein. Als schmutziggraue Kulisse hingen die Wolken vom Himmel herab.

Tatjana versuchte, sich dadurch abzulenken, daß sie an Dr. Jederitz dachte, an Jochen. So weit war es zwar noch nicht, aber... Er hatte sie nach der Szene bei C&A noch zum Kaffee eingeladen – und sie war mitgegangen. Tatsächlich hatte er sie in Oranienburg zufällig in die S-Bahn steigen sehen und faszinierend gefunden. Sagte er jedenfalls. Ein bißchen mißtrauisch war sie immer noch. Das lag daran, daß Totzke zuletzt in zu viele dunkle Machenschaften verstrickt gewesen war. Nahm sie jedenfalls an. Und da konnte immer noch einer kommen und absahnen wollen.

Endlich erreichte sie die Straße des Friedens, hatte nur noch knappe zweihundert Meter zu fahren, sah schon das Licht in den Fenstern der Praxis.

Ein interessanter Mann. Internist. Er hatte ihr seine Praxis gezeigt. Von der Straße aus zumindest. Und wenn es nun gar nicht seine war...?

Tatjana bremste vor der Praxis sowohl mit dem Rücktritt wie mit der Handbremse, kam genau vor dem schmiedeeisernen Gitter zu stehen, schwang sich aus dem Sattel und verzichtete darauf, das Rad an einem Pfosten anzuschließen. Daß die Pfannenschwarz offensichtlich noch am Schreibtisch saß und arbeitete, die Abrechnungen wahrscheinlich, machte es nicht ganz so peinlich, sie schon wieder zu stören. Andererseits: Sie bekam ja Geld dafür. Aber wenn das mit Jederitz was wurde... Tatjana begann schon wieder zu träumen. Groschenroman, Seifenoper! hörte sie sich selber höhnen.

Sie stieg die drei, vier Stufen zur Tür hinauf und wollte klingeln, sah aber, daß offen war. Doch noch verspätete Patienten. Die Ärzte hatten viel zu tun in diesen Tagen, zu viele standen vor dem Nichts, und ihre Psyche weigerte sich, da noch mitzuspielen.

Tatjana trat in die Diele. Die Tür zum Warteraum stand offen, niemand saß mehr auf den neuen Plastestühlen. Es war so still, daß sie die S-Bahn weit hinten am Bahnhof anfahren hörte.

Sie rief, um die Ärztin nicht unnütz zu erschrecken, ein lautes «Hallo!» in Richtung des Behandlungszimmers, doch dort blieb alles ruhig. Tatjana nahm es ohne Regung hin, wußte sie doch, daß die Pfannenschwarz sehr arrogant und mufflig sein konnte. Wahrscheinlich stand sie hinten im Labor und half den Mädchen bei den Analysen.

Die weiße Tür zur Ordination war angelehnt, und Tatjana klopfte leise an. Keine Reaktion. Sie zog sie langsam auf...

...und prallte zurück.

Die Pfannenschwarz lag vor ihrem Schreibtisch. In einer Blutlache. Offensichtlich erschlagen.

## 3.

Klara Kublank knetete den Beutel mit ihrem Magenschleimhautschutz, riß ihn auf und saugte die milchige Masse, die nach Banane schmeckte, in den Mund. Ein neues Magengeschwür durfte nicht mehr wachsen, sonst kam sie unters Messer, und eine Operation in ihrem Alter war immer ein großes Risiko, außerdem bestand die Gefahr, eine Lungenentzündung zu bekommen oder an einer Thrombose einzugehen. Im Krankenhaus hatten sie zuerst einen Magendurchbruch befürchtet, dann aber war es zum Glück nur ein Geschwür gewesen, das aufgeplatzt war. Der Blutsturz aber. Für sie war sicher, daß Totzke hinter allem steckte, daß Totzke ein Nachzehrer war. Und wenn man sie auslachte dafür. Sicher war auf alle Fälle, daß Gallenleiden, Sodbrennen und Erbrechen dämonisch bedingte Krankheiten waren.

Sie lag im Bett und ordnete die Fotos, die sie von den alten Ufa-Stars hatte. Wolf Albach-Retty, Hedwig Bleibtreu, Marlene Dietrich, Käthe Dorsch, Willi Fritsch, Gustav Fröhlich, Johannes Heesters, Trude Hesterberg, Hubert von Meyerinck, Marika Rökk, Matthias Wieman und wie sie alle hießen.

Der neue Setter, den sie sich drei Grundstücke weiter angeschafft hatten, begann kläglich zu heulen. Claire schreckte hoch. Sie wußte, was das hieß. Die Ankündigung des Todes. Totzke holte sie nach, wollte nicht mehr länger allein im Grabe liegen. Die Stelle, die sie auf dem Oranienburger Friedhof hatten, war für vier Särge bemessen. Alle sollten sie dort ruhen. Neben ihm seine Frau, seine Tochter, seine Schwiegermutter.

Claire fuhr hoch und rang nach Luft. Es wurde ein Angina-pectoris-Anfall, und ihr Spray schaffte es kaum, die Bronchien genügend zu weiten.

Totzke ist ein Nachzehrer.

Kein Wunder, daß Totzke als Nachzehrer oder gar als Wiedergänger endete, denn nach seinem Tode hatten sie nun wirklich alles falsch gemacht, was falsch zu machen war. Sie hatten vergessen, das Fenster seines Arbeitszimmers zu öffnen; wie hatte da seine Seele entweichen können? Und am Grab, als sie, Claire, einen geweihten Pfennig und sein Lieblingsbuch, Hermann Kants *Aula*, hatte hineinwerfen wollen, weil das als der beste Abwehrzauber galt, war sie von Tatjana wie auch Schrepkow daran gehindert worden. Der zweite Fehler also, der dritte war, daß sie Totzkes Bett nicht verrückt hatten. Das war geradezu eine Einladung, wieder zurückzukehren. Auch hatte man Totzke nach dem tödlichen Unfall nicht in Tücher gewickelt. Das war immer noch das beste Mittel, dafür zu sorgen, daß der Geist eines Toten nicht umging und die Lebenden heimsuchte. Zu dumm auch, daß Totzke nach dem tödlichen Unfall gar nicht mehr nach Hause gebracht worden war, denn in diesem Falle hätte sie nur einen Eimer Wasser hinter seiner Bahre ausgießen müssen, um zu verhindern, daß er zum Nachzehrer wurde.

Zu spät, da war nichts mehr zu machen.

Auf einem kleinen Hocker neben ihrem Bett standen ein Glas Milch und ein Teller, auf dem zwei Knäckebrotscheiben lagen, die eine mit Mortadella, die andere mit Schweizer Käse belegt. Sie entschied sich für die Wurst, nahm das Knäckebrot und biß, da sie Hunger hatte, kräftiger zu, als ihr Gebiß es eigentlich gestattete. Das Ergebnis war, daß ein erheblicher Teil des Knäckebrots zu Boden fiel.

Claire schrie auf. «Totzke, ich sag es ja!»

Denn jeder wußte, daß es als schlechtes Omen galt, wenn einem beim Essen etwas zu Boden fiel, denn da war eine übelwollende Person im Spiel, die einem diesen Bissen mißgönnte.

Es klingelte. Ach ja, sie hatte ganz vergessen, daß ihre Freundinnen schon heute zum *Canasta* kamen, war doch für morgen der Ausflug nach Gransee geplant.

Claire stand auf, warf sich den Kirschblütenkimono über, den ihr Totzke vor Jahren aus dem kapitalistischen Ausland, Japan, mitgebracht hatte, und fragte vom Windfang her, wer denn draußen stünde. Seit die mobilen Einbrecherbanden auch hier am Werke waren, und erst recht seit der Sache mit der Pfannenschwarz, mußte man das wohl. Dabei hatte sie die beiden hinter der Drahtglasscheibe längst erkannt.

«Immer rein, ihr beiden Hübschen!»

Sie setzten sich auf die Terrasse, und bei Keksen und Tee wurden die ersten Karten gemischt. Da alle drei Quasselstrippen waren und nur darauf lauerten, sich gegenseitig ins Wort zu fallen, sollte es wieder ein ziemlich stressiger Nachmittag werden. Aber obwohl sie sich manchmal ziemlich aggressiv angingen, liebten sie sich doch heiß und innig.

Es war herrlich, hier im Schatten eines riesigen Sonnenschirmes zu sitzen, vor sich einen nicht eingezäunten Sport- und Spielplatz, auf dem aber der Hitze wegen gerade mal drei Jungen Eck- und Kopfball übten, dahinter die Badeanstalt mit dem *Eiscafé Dietrich*, das grüngraue Algenwasser des beutelförmigen Sees, der für gut zwei Kilometer in den Oder-Havel-Kanal hineingestückelt worden war, und die blaugrüne Kiefernkulisse der Lehnitzer Heide.

Gesprächsthema Nummer eins war natürlich der Einbruch bei Frau Dr. Pfannenschwarz und die Frage, wer sie niedergeschlagen und fast getötet haben konnte.

Irmgard Glauser war der festen Ansicht, daß es nur herumstreunende Polen gewesen sein konnten, wußte auch, daß man einen jungen Mann mit strohblonden Haaren und einem ebensolchen Schnauzer vorher in der Nähe der Praxis gesehen haben wollte. «...'n typischer Pole eben.» Sie galt stets als besonders gut informiert, war sie doch, bevor man sie letztes Jahr in Rente geschickt hatte, als Leiterin einer Konsumfiliale in Lehnitz Tag für Tag in alles eingeweiht worden, was die Leute bewegte, und hatte auch jetzt noch einen Draht zu allen, die in Oranienburg und Umgebung etwas ins Rollen brachten. Sie glaubte noch immer an die frühen Ideale ihrer Partei, der SED, und hielt die PDS auf der unteren Funktionärsebene am Laufen. «Hat die Gudrun wirklich Glück gehabt, daß es mit 'ner Platzwunde am Kopf und 'nem leichten Schädeltrauma abgegangen ist...»

Margarete Schrepkow sah sie an. «Er-Pfannenschwarz ist doch mal 'n großer Bonze gewesen, Erster Kreissekretär irgendwo in Sachsen – oder...?»

«Was hat denn das damit zu tun?»

«Wer weiß, wo der überall drin verwickelt war. Und jetzt ist einer gekommen, um nach bestimmten Dokumenten zu suchen. Verschobene Millionen und so.»

«So 'n Quatsch!» Irmgard Glauser schlug mit der flachen Hand auf den Tisch. «Albrecht Pfannenschwarz ist seit '85 geschieden gewesen von ihr.»

«Man kann ja nie wissen», fügte Claire hinzu, war aber nicht so ganz bei der Sache, denn draußen auf dem Lehnitzsee, den sie über den Freizeitsportplatz hinweg zu einem Teil im Blickfeld hatte, schien ihre Enkelin mit diesem italienischen Manager im Ruderboot zu sitzen. Schon wieder mal. Aber hoffentlich diesmal ohne daß sie... *Man müßte noch mal zwanzig sein und so verliebt wie damals*... Unwillkürlich hatte sie jenen Schlager im Ohr, den Willy

Schneider kreiert hatte, als sie selber noch... Gestern erst. Sie schloß die Augen, um den Traum zurückzuholen.

Margarete Schrepkow nutzte dies, um ihre Klagelieder anzustimmen. Wie schlecht es ihr und ihrem Sohn jetzt ginge. Finanziell vor allem. «Wolfhard kriegt vorerst keine Pension und keine Arbeitslosenhilfe, und beim Sozialamt sagen sie uns, daß wir ja das Grundstück verkaufen könnten.»

Irmgard Glauser war voller Empörung. «Und wenn sie uns verhungern lassen. Das ist die Rache. Ja. Wehe den Besiegten! Ohne DDR und unsere Armee hätte es den Dritten Weltkrieg gegeben, und keiner würde hier mehr leben. Und jetzt? Das ist der Dank.»

Margarete Schrepkow sah alles ausgewogener. «Wenn ich Westler wär, würd ich's auch nicht anders machen.»

«Du hast ja nie richtig hinter uns gestanden, trotzdem dein Wolfhard Oberst war.»

«Obwohl!»

Claire hörte schon gar nicht mehr zu, wollte endlich zu dem kommen, was sie derzeit am meisten bewegte: Totzke als Nachzehrer, wagte sich aber aus Furcht vor Gretchens ätzendem Spott diesem Thema nur über einige Umwege zu nähern. «Habt ihr schon den neuen Graß gelesen – ‹Unkenrufe›?» Als ehemalige Buchhändlerin konnte sie das fragen, ohne daß die andern vorzeitig etwas witterten und gleich in Panik gerieten.

Irmgard Glauser machte ein Geräusch, als wollte sie brechen. «Graß, hör auf!»

«Besser der als Hermann Kant», herrschte Margarete Schrepkow sie an. «Dieser Arschkriecher des Systems, der sich noch immer nicht schämen will.»

Claire fürchtete nun, daß es wieder zu einer der endlosen Debatten kommen würde, wie sie sie seit dreißig Jahren führten. Sie und Gretchen waren schon immer pro-westlich gewesen, während Irma ganz auf Ulbricht und später auf Honecker eingeschworen war. «Wißt ihr denn überhaupt, was 'ne Unke ist?»

Beide Freundinnen waren sich einig, daß eine Unke ein Frosch war, und Margarete Schrepkow wußte sogar von einer Gelbbauchunke zu berichten, die ihr Sohn vor Jahren einmal im Garten gefangen hatte.

«Ja und nein», beschied sie Claire. «Das mit dem Frosch, das ist schon richtig, aber eigentlich heißt *unkvi* germanisch Schlange. Und im Grimm'schen *Märchen von der Unke* – ‹Unke, Unke komm geschwind, / komm herbei, du kleines Ding› – ist die Unke eindeutig eine Hausschlange, eine Ringelnatter, eine sogenannte Hausotter. Und das ist ein guter Hausgeist…»

«Jetzt kommt sie wieder mit ihren Geistern!» stöhnte Irmgard Glauser, und auch Margarete Schrepkow merkte tadelnd an, daß man sich fast schon im 21. Jahrhundert befände und nicht mehr im Mittelalter.

Claire lachte und nahm sich wieder einmal Goethe als Zeugen. «Wir sind so klug, / und dennoch spukt's in Tegel. Läßt der den Nicolai das sagen, und das war doch der große Aufklärer – oder?»

«Klärchen, misch die Karten, und fang an zu geben!» mahnte Margarete Schrepkow.

Doch Klara Kublank ließ sich nicht beirren. «Hört doch mal zu! Ich hab zu Tatjana und zu Totzke immer wieder gesagt: Laßt mich so 'ne Schlange hier im Hause haben. Doch sie waren strikt dagegen.»

«Richtig», sagte Irmgard Glauser. «So 'n Viehzeug gehört ins Aquarium und sonst nirgendwo hin.»

«Wenn wir aber eine Unke als Hausgeist gehabt hätten, dann wäre das mit dem Nachzehrer aber bestimmt nicht passiert!»

«Womit?» fragten beide Freundinnen wie aus einem Munde.

«Ein Nachzehrer ist ein ‹Lebender Leichnam›, ein Toter, der im Grabe…»

Weiter kam sie nicht, denn in diesem Moment explodierte dicht vor Totzkes Haus die Bombe.

Den Riesenknall, das Krachen, hörten sie nicht mehr. Da hatte sie die Druckwelle längst von den Stühlen gefegt.

Natalie Totzke und Giancarlo Bolgheri wurden von der Druckwelle erfaßt, als sie die Fahrrinne gerade hinter sich hatten und auf den Anlegesteg am *Eiscafé Dietrich* zuhielten. Natalie ließ vor Schreck die beiden Ruder los, und Bolgheri, der am Heck saß, fiel fast hintenüber ins Wasser.

«Unser Haus!» schrie Natalie.

«*Per Dio! Mannaggia*, eine Bombe!»

«Ich wußte ja, daß bei meinem Vater noch irgend etwas… O Gott, meine Oma wollte heute mit ihren Freundinnen Karten spielen.»

Inzwischen hatte sich die Staubwolke verzogen, und Bolgheri

glaubte zu erkennen, daß das Haus noch stand. «Es muß davor gewesen sein...»

Vor Natalie drehte sich alles, sie mußte sich am Sitzbrett festklammern.

Bolgheri versuchte, die beiden Ruder wieder aufzufischen. «Wir müssen hin und...»

Da waren auch schon die ersten Martinshörner zu hören.

«Hoffentlich sind sie nicht verschüttet worden.» Natalie hatte schreckliche Bilder vor Augen.

«Alles steht doch noch.» Giancarlo hangelte sich nach vorn zu ihr, schlang seine Arme um ihre Taille und suchte sie zu trösten.

Von der Lehnitzschleuse her nahte ein kastenförmiges Schubschiff und stieß dumpfe Warnsignale aus. Ihre Ruder waren gute zehn Meter in Richtung S-Bahn-Brücke getrieben, und beide mußten wie wild mit den Händen paddeln, um in ihre Nähe zu kommen. Polnische Flüche erreichten sie, als sie endlich eines wieder packen und aus der Fahrrinne staken konnten.

Inzwischen waren oben am Sportplatz Feuerwehr und Polizei erschienen, und die blauen Leuchten beherrschten die Szene. Befehle hallten über das Wasser. Alles wurde abgesperrt.

Natalie stand noch immer unter Schockeinwirkung. «Sie haben unser Haus in die Luft sprengen wollen!»

«Oder es war 'ne Bombe aus'm letzten Krieg. Kommt doch immer wieder vor, daß da plötzlich eine hochgeht.» Bolgheri hatte in den Zeitungen gelesen, daß die Engländer die Oranienburger wegen der hier konzentrierten Industrie des öfteren mit ihren Flächenbombardements beglückt hatten, sich aber noch immer weigerten, den Behörden die dazugehörigen Luftaufnahmen zur Verfügung zu stellen. Und nur mit deren Hilfe hatten die Feuerwerker eine Chance, Blindgänger zu finden, damals nicht explodierte Bomben, deren Zünder nun langsam vor sich hin rosteten.

Natalie schien es eine Ewigkeit zu dauern, bis sie das Boot mit dem einen verbliebenen Ruder zum Steg manöviert hatten. Immer wieder sah sie vor sich, wie sie den Sarg mit ihrer Großmutter neben dem ihres Vaters in die Erde ließen.

Dann krabbelte sie auf den Steg, hatte kaum die Kraft, sich mit den Armen hochzuziehen, riß sich einen Riesensplitter in das rechte Knie, hetzte die Straße hoch in Richtung Elternhaus. Giancarlo war dicht hinter ihr, hatte sich nicht einmal die Zeit genommen, die Bootsleine um einen der Pfosten zu schlingen.

Als sie den kiesbestreuten Sportplatz erreichten, zeigte sich, daß Totzkes Haus in der Tat wenig abbekommen hatte. Der Trichter befand sich etwa dreißig Meter entfernt am Rande des Platzes. Die Polizisten wollten sie nicht durchlassen, hatten alles mit ihren Mannschaftswagen verstellt und spannten überall weißrote Bänder.

«Ich bin Natalie Totzke, ich wohne hier!» Sie stieß die Männer beiseite und bahnte sich und Giancarlo eine Gasse.

Da sah sie ihre Großmutter. Sie saß am Gartentor und ließ sich von einem Sanitäter den blutenden Ellenbogen verbinden. Natalie lief hin und umarmte sie. «Gott sei Dank!»

«Blut...» stieß Klara Kublank hervor. «Blut... Totzke hat es haben wollen. Totzke ist ein Nachzehrer!»

«Ist ja gut, Muttchen, ist ja gut», sagte der Sanitäter und rief dem Arzt zu, er solle eine Beruhigungsspritze mitbringen. «Der Schock.»

Natalie strich ihr die Haare aus der Stirn. «Sonst geht's dir aber gut?»

«Ja. Mir ja. Aber Irma hat sich den Arm gebrochen, und Gretchen hat wohl eine Gehirnerschütterung.» Sie schrie auf, als man ihr die Nadel in die schnell freigelegte Pobacke jagte.

Eine Katastrophe befürchtend, hatte man auch das medizinische Personal der umliegenden Polikliniken herbeigeholt, und so kam es, daß Rabea Pfannenschwarz plötzlich neben Giancarlo Bolgheri stand. Natalie glaubte ihren Augen nicht zu trauen, als die beiden sich die Hände schüttelten und munter miteinander plauderten. Zum Glück wurde Rabea zu Harnischfeger gerufen. Der Nachbar hatte gerade auf der Leiter gestanden, um eine neue Außenleuchte anzubringen, und war erheblich gestürzt.

Ein Blick ringsum zeigte, daß es wirklich wie nach einem Luftangriff aussah. Im Umkreis von zweihundert Metern waren fast alle Fensterscheiben entzweigegangen. Auch waren Dachziegel heruntergekommen und Zäune umgeworfen worden. Ein nagelneuer Audi 80, der am Sportplatz geparkt hatte, war nur noch Schrott, ein Trabi war gegen einen Baum geschleudert und zerschreddert worden. Von zehn Verletzten war die Rede, aber glücklicherweise schien es keine Toten gegeben zu haben. In der Nachmittagshitze hatten sich alle im Schatten ihrer Gärten aufgehalten. Die Jungen, die Fußball gespielt hatten, waren gerade einer viel zu weit gezogenen Flanke hinterhergelaufen und mit dem Schrecken davongekommen.

«Kommst du noch mit ins Hotel?» fragte Giancarlo und streichelte Natalies Hintern.

Sie herrschte ihn an. «Meinst du, ich hab jetzt Lust zum Vögeln, wo meine Oma gerade...»

«Entschuldige!» Er hob die Arme wie ein Fußballspieler, der gerade ein Foul begangen hatte, aber hoffte, durch diese Demutsgeste der gelben Karte zu entgehen. «Ich muß los.»

«Ich hab noch meine Jacke bei dir im Wagen.»

«Darf ich sie dir bringen?»

«Nein, ich komm schon selber mit.»

«Was ist denn das?» Hinter dem Scheibenwischer seines roten Alfa Romeo steckte ein Zettel, der kaum Werbung sein konnte, denn die Buchstaben waren aus der Zeitung ausgeschnitten und schludrig aufgeklebt.

HAU AB SPAGETTIFREZZER –
SONST FLIEGST DU IN DIE LUFT!!!

Tatjana Totzke glänzte in der Rolle der Kurfürstin Luise Henriette, als sie Dr. Jederitz die verbliebene Pracht des Oranienburger Schlosses zeigte.

«Ich war eine Prinzessin von Oranien, und Bötzow hießen Burg und Jagdhaus hier an der Havel, als ich 1650 als Gemahlin des Großen Kurfürsten in diese Gegend kam. Ich war sofort verliebt in sie, denn alles hier erinnerte mich an meine holländische Heimat. Mein Mann bemerkte mein Entzücken und schenkte mir das Amt Bötzow mit allen dazugehörigen Dörfern und Mühlen, Triften und Weiden, Seen und Teichen. Und nicht nur das. Man baute mir zudem ein Schloß, und die Stadt Bötzow beschloß, sich mir zu Ehren Oranienburg zu nennen.»

Dr. Jederitz küßte ihr die Hand. «Und später kam das Lied dazu ‹Luise, ach Luise, kein Mädchen ist wie diese...›»

«Hundertfünfzig Jahre später war schon alles vorbei, 1802 wurde mein Schloß Kattunmanufaktur, dann sogar noch Schwefelsäurefabrik und Lehrerseminar. Als Fontane 1861 herkommt, kann er nur noch schreiben: ‹Noch ragt der Bau, doch auf breiten Treppen / Kein Leben mehr, kein Rauschen seidner Schleppen, / Die alten Mauern stehen öd' und leer, / 's sind noch die alten und – sie sind's nicht mehr.›»

«Wenn Sie hier Theaterpremiere haben, wird statt der seidnen Schleppen der Beifall rauschen», lachte Dr. Jederitz.

Tatjana fand ihn immer amüsanter. Zum ersten Mal seit Totzkes Tod konnte sie sich wieder vorstellen, wie die Hände eines Mannes über ihren Rücken fuhren, nach unten glitten, sie so weit brachten, daß sie sich ohne Skrupel fallenließ. Jochens Hände. Schlank, kräftig, braungebrannt, mäßig behaart. Wenn sie etwas haßte, dann waren es weiße, weiche und weibische Hände, vielleicht noch mit abgeknabberten Nägeln oder so kurz geschnittenen, daß das rohe Fleisch zum Vorschein kam. Vor einem Porträt Friedrich III. berührte seine Hüfte per Zufall die ihre, und sie bemerkte, wie er den Druck bewußt verstärkte, doch sie wich zurück. Etwas war an ihm, daß sie ängstigte. Warum war sie bei ihrer ersten Begegnung so zusammengezuckt, in dem Moment, als er in den S-Bahn-Zug gestiegen war. Zufall, Schicksal, sie glaubte nicht daran. Wahrscheinlicher schien ihr, daß das bewußte Planung war, Absicht. Aber warum denn um alles in der Welt?

«Sie sind so schweigsam geworden», sagte er.

Tatjana flüchtete sich in ein aufgedrehtes Lachen. «Nein, ich hab nur mal überlegt, ob Fontane im Band ‹Havelland› nun wirklich ... Ja, komisch, aber Fontane, der ja immerhin ein Apotheker war, hat glattweg übersehen, was knappe dreißig Jahre vorher im Oranienburger Schloß geschehen ist: Da hat der Friedlieb Ferdinand Runge eben hier das Anilin, das Coffein und das Atropin entdeckt. Außerdem sind an diesem Ort die ersten Stearinkerzen hergestellt worden.»

«Aber nicht schon der Sprengstoff, der gestern bei Ihnen vor dem Haus ...»

Tatjana schüttelte sich. «Können wir von Glück sagen, daß das so vergleichsweise harmlos ausgegangen ist. Meine Mutter ist heute schon wieder mit der ‹Volkssolidarität› nach Gransee.»

«Zur echten Königin Luise.»

«Sie wissen gut Bescheid ...»

«Wir hatten eine Gruppe, mit der wir ein paarmal im Jahr durch die DDR gewandert sind.»

Sie traten aus dem Schloß und sahen auf den Platz des Friedens hinaus, die vielbefahrene B 96. Tatjana fragte sich, ob und inwieweit sie sich auf diesen Dr. Jederitz einlassen sollte. Ihr Körper sagte eindeutig ja, ihr Kopf ebenso deutlich nein. Zwei Jahrzehnte lang nur Totzkes Performance. Mechanisch und auf nichts weiter gerichtet als auf die Bestätigung, daß er es noch konnte. Sie sehnte sich nach einem raffinierten Liebhaber, einem Kerl, dessen Fähigkeiten in amerikanischen Romanen mit der Wendung «er besorgte es ihr» auf den Punkt gebracht wurden. Auf den Punkt... Ihre Assoziationen flossen unkontrolliert, und sie erinnerte sich an einen Bericht im *stern*, daß es in der Vagina einen G-Punkt gab, dessen Stimulierung einer Frau die großen Wellen brachte. Der Partner traf ihn am besten, wenn sie sich vor dem Bett niederkniete und er... Sie sah Jochen, wie er sich hinter ihrem Rücken... Es war kaum mehr auszuhalten, sie flüchtete sich in einen Hustenanfall.

«Oh, warten Sie!» Dr. Jederitz, in der Annahme, sie hätte sich verschluckt, klopfte ihr auf den Rücken.

«Danke...» Seine Berührung hatte alles nur noch schlimmer werden lassen. Sie war nahe daran, ihn in eine Kammer zu zerren und zu rufen: *Besorg's mir, bitte!* O Gott, unmöglich! Und noch dazu hier in Oranienburg, wo jeder sie kannte.

Es war aber nicht nur die Angst vor sich selber, die ihr im Wege stand, sondern die Ahnung, daß mit Dr. Jederitz irgend etwas war. Ahnung war zuviel gesagt. Dieses Gefühl war so schwach und so wenig nachzuweisen wie ein Tropfen blauer Tinte vorn im Lehnitzsee.

Da fragte er, ob es in der Nähe ein Café gebe, in das er sie einladen könne.

«Wenn Sie nichts dagegen haben, können wir bei uns auf der Terrasse was trinken.» Da war es heraus, ohne daß sie es eigentlich gewollt hatte, und sie fügte schnell hinzu, ihre Tochter sei aber da, und hoffentlich störe sie nicht.

«Beim Kaffeetrinken nicht», lächelte Dr. Jederitz.

Sie war mit dem Rad zur «Ah-und-Oh»-Probe gefahren, und da er sie völlig überraschend im Schloß besucht hatte («Mittwochs haben wir Ärzte ja frei...»), war er nun gezwungen, neben ihr herzutraben. Sie hatte gehofft, ihn ein wenig leiden zu sehen, doch er war begeisterter Jogger und kaum außer Puste zu bringen.

Tatjana hatte es plötzlich gar nicht mehr eilig. Und wenn Natalie nun wirklich nicht zu Hause war... Sie konnte nicht mit Dr. Jederitz schlafen. Fast redete sie sich ein, dieselbe traumatische Angst davor zu haben wie vergewaltigte Frauen. Warum nur? Es war doch alles so normal, so selbstverständlich. Und dennoch war eine Stimme in ihr, die ihr pausenlos sagte: Laß es, es wird sonst in einer Katastrophe enden. Ganz dunkel spürte sie, daß das irgendwie mit Totzke zusammenhängen mußte. Seine Eifersucht war pathologisch gewesen. Sie hatte nie einen Zweifel daran gehabt, daß er zum Täter, zum Totschläger geworden wäre, wenn er sie mit einem anderen Mann im Bett erwischt hätte. Mit Dr. Jederitz beispielsweise. Er hatte es ihr oft genug geschworen. Wenn, dann seid ihr beide dran.

Kein Wunder, dachte Tatjana, daß ich da ein wenig verkrampft an die Sache herangehe, und immer wieder versuchte sie sich klarzumachen, daß Totzke zum einen auf dem Friedhof lag und zum anderen nicht einmal als Lebender ein Recht auf solche mittelalterlichen Besitzansprüche hätte haben können.

Sie erreichten ihr Haus. Auf dem Sportplatz war man dabei, den Bombenkrater wieder zuzuschütten. Zugleich suchten Spezialisten mit Sonden nach weiteren Bomben. Auf Absperrungen hatte man verzichtet, hätte dann auch logischerweise ganz Oranienburg zu evakuieren gehabt.

«Das berühmte Restrisiko», sagte Tatjana.

«Tänze auf dem Vulkan sollen ja zu den schönsten des Lebens gehören», lachte Dr. Jederitz. «Außerdem bin ich Arzt. Darf ich mal Ihren Puls...» Er nutzte die Chance, ihren Arm zu nehmen und ihr fest in die Augen zu sehen.

Welche Löwenaugen. Tatjana hatte nie schönere Augen gesehen. Alles lief bei ihr über die Augen. Braune Augen haßte sie, Kakaobohnen, Haselnuß. Alle Bernsteinfarben liebte sie, Einsprengsel aus Vergißmeinnicht und Jade. Wie seine. Und sein Atem war frisch. Pfefferminz. Schrecklich, wenn die Männer Bier und Tabak verströmten, Zwiebeln und Knoblauch oder gar den Kloakengeruch schlechter Zähne und eines kranken Magens. «Nun...?»

«Ein bißchen hoch Ihr Puls...»

«Woran das wohl liegen kann...?» Sie hatte an Totzkes Seite die Kunst des Flirtens fast verlernt, mußte jetzt in ihre schauspielerische Trickkiste greifen, was Augenaufschlag und Körpersprache betraf, die Hacken heben, das Becken etwas vorstrecken, den Mund öffnen und die feuchten Zähne zeigen.

«Oh, ist das schön!» rief Dr. Jederitz. «Ihr Garten ist wirklich eine einzige Pracht. Diese alten Bäume! Diese Kiefern!»

Tatjana war ein wenig enttäuscht. «Wenn Sie so für meine Kiefern schwärmen, dann können Sie ja mal 'ne Säge nehmen und den großen Ast da oben absägen, eh der runterkommt und uns erschlägt. Schneebruch vom vorletzten Winter...»

Dr. Jederitz musterte sie. «Ich schwärme wirklich für Ihre Kiefern, besonders für den Unterkiefer. Zeigen Sie mal...» Und er nahm ihr Kinn und fuhr mit Daumen und Zeigefinger der rechten Hand von den Backenknochen nach unten.

Tatjana wußte, daß es gleich passieren würde. Die alten Mechanismen, Reiz und Reaktion. Daß sie sich gleich an ihn schmiegen würde, fühlte schon, wie ihre Hand seinen Haaransatz suchte, sich ihre Fingerspitzen in seinen Nacken gruben.

Da rief jemand vom Gartentor her. «Hallo, Entschuldigung! Mannhardt mein Name, Kripo Oranienburg.»

Tatjana fuhr herum. War verwirrt und schämte sich. «Ja...?» Ihr erster Impuls war, daß sie nun gegen Totzke zu ermitteln begannen. Hatte er doch irgendwelche Unregelmäßigkeiten begangen, Gelder unterschlagen oder ins Ausland gebracht...? War er nicht verunglückt, sondern hatte Selbstmord begangen, um nicht im Knast zu landen. Das alles schoß ihr durch den Kopf, nicht etwa ausformuliert, sondern als ungewisse Ahnung.

Doch Mannhardt war allein der Pfannenschwarz wegen gekommen. «Sie sind möglicherweise eine wichtige Zeugin für uns. Ich muß Sie bitten, noch einmal ganz genau darüber nachzudenken, was Sie auf dem Wege zur Praxis alles wahrgenommen haben.»

«Eigentlich nichts...» Tatjana schloß die Augen und mühte sich, die Bilder noch einmal zurückzuholen. Das gelang ihr nicht, denn plötzlich fiel ihr auf, daß Dr. Jederitz verschwunden war. Nanu!

Mannhardt wurde langsam ungeduldig. «Wen und was haben Sie gesehen, als Sie die Straße des Friedens langgefahren sind...?»

Tatjana nahm sich zusammen. «Aufgefallen ist mir nichts...» Eine Autotür wurde zugeschlagen. Fuhr er jetzt ab?

«Sie wissen, daß wir in Richtung polnischer oder jugoslawischer Banden ermitteln, die kommen und nach der Tat schon wieder auf der Autobahn sind.»

«Ich werd mich heute abend noch einmal hinsetzen und genau nachdenken über alles, jetzt aber...» Sie wollte raus auf die Straße und sehen, ob Dr. Jederitz wirklich abgefahren war.

«Okay», sagte Mannhardt in der Art eines amerikanischen Fernsehpolizisten. «Sie melden sich dann...»

Kaum hatte er den Garten verlassen, war Dr. Jederitz wieder zurück.

Tatjana sah ihn prüfend an. «Warum sind Sie denn so schnell weg?»

«Ich hab die Gelegenheit genutzt, um noch mal kurz zu telefonieren. Vom Auto aus. Mein Labor. Eine Gewebeprobe. Ein Freund von mir: Krebs oder nicht Krebs, das war hier die Frage.»

«Und?» Tatjana war so beeindruckt, daß sie zu fragen vergaß, ob er aus irgendwelchen Gründen Angst vor diesem Mannhardt gehabt habe.

«Nichts. Gott sei Dank. Und bei Ihnen? Hat man Sie endlich überführen können? Geben Sie doch zu, daß Sie die Absicht hatten, die Kollegin Pfannenschwarz zu töten. Motiv...» Er ahmte ihre Stimme nach. «Ich wollte, daß die Praxis frei wird für Dr. Jederitz aus Berlin, daß der hier in meiner Nähe ist.»

Sie schaffte es nicht, den Ball aufzunehmen und zurückzuspielen, wurde merkwürdig steif. «Danke für den Einfall. Ich wollte immer schon mal das Drehbuch schreiben für 'nen *Polizeiruf 110*.»

«Und darum haben Sie mit diesem Mannhardt geflirtet, um zu recherchieren. Aha! Ein toller Mann.»

«Sie hätten ja zuhören können.»

«Datenschutz!» lachte Dr. Jederitz. «Damit ich Ihre intimsten Geständnisse nicht mitanhören muß.»

«Ich hab nichts zu gestehen.»

«Noch nicht, aber wer weiß...»

Er schnippte ihr eine herabgefallene Kiefernnadel von der pinkfarbenen Bluse, strich sie, es war zwischen Schulter und Brustansatz, ganz zart wieder glatt. «Welch schönes Rabenschnabelbein...» Er trat ein Stück zurück und sah nach unten. «Aber auch die anderen Beine... Lagerfeld sei Dank, daß die Röcke wieder kürzer sind.»

«Natalie!» rief Tatjana nach hinten.

Dr. Jederitz lächelte. «Schade, daß Natalie noch nicht zu Hause ist. Müssen wir wohl alles selber machen... Mit Anästhesie oder ohne, gnädige Frau?»

Sie gingen ins Haus.

Es mußte etwas geschehen. Klara Kublank war fest entschlossen.

Und sie wußte auch schon was. Mit dem Atzmann mußte es gelingen.

Sie ging in Totzkes Arbeitszimmer, in dem sie nach seinem Tode nichts verändert hatten, und nahm die wunderschöne hölzerne Figur vom Bücherbrett, die sich ihr Schwiegersohn 1989 aus dem Erzgebirge mitgebracht hatte, aus Wolkenstein. Da waren sie bei einem überaus netten Holzbildhauer einquartiert gewesen, Günther

Schmied, und der hatte für wenig Geld Karl-Ernst Totzke so, wie er war, im Trainingsanzug, aus einem Holzblock geschnitzt. Unheimlich echt.

Und Claire tat es auch leid um dieses kleine Kunstwerk, als sie die Totzke-Statue in den Keller trug und dort mit Spiritus übergoß. Aber es mußte halt sein. Er oder sie.

Sie nahm die Figur, nahm Totzkes Abbild, den Atzmann, noch einmal hoch.

«Totzke, ich wünsche dir den Tod!» sagte sie. «Endgültig. Verbrenne ebenso, wie dein Ebenbild verbrennt! Und verschone uns von deinem Übel!»

Damit stellte sie den Atzmann in das gußeiserne Ausgußbecken, riß ein Zündholz an und steckte ihn in Brand. Es qualmte gewaltig und dauerte lange, bis die Flammen keine Nahrung mehr fanden. Dann nahm sie den verkohlten Klotz heraus, legte ihn auf den Boden und pulverisierte ihn mit der stumpfen Seite einer Axt.

Natalie Totzke stand auf dem trüben Platz vor dem ORA-Stahlgelände und wartete auf Giancarlo Bolgheri. Die Pflastersteine, vor allem die Betonplatten allüberall, hatten den Platz vor der ORA-Stahl zu einem Backofen gemacht, und obwohl an der Toreinfahrt schon die Neonleuchten aufflackerten, war es noch so hell, daß man ohne Lampe lesen konnte. Das Werk war weiterhin besetzt. Im großen Sitzungssaal rangen Pecciolo und seine Leute, die Nachfolger ihres Vaters in der Geschäftsführung, der Betriebsrat und die IG Metall weiterhin um die Zahl der Arbeitsplätze, die erhalten werden sollten, um die Höhe der vorzunehmenden Investitionen, die Modernisierung und Umstrukturierung des Unternehmens und nicht zuletzt auch um die Frage der betrieblichen Mitbestimmung. Dies alles konnte Natalie den Flugblättern entnehmen, die auf den Tischchen vor *Lecke's Leckerbissen* mehr oder minder zerknüllt herumlagen. Gestern hatte es Krawalle gegeben, das Kopfsteinpflaster neben dem Werkstor war zum Teil herausgerissen.

Natalie war hungrig nach Giancarlo. Sie brauchte ihn wie eine Droge. Es war eine Sache des Körpers. Vom Kopf her wußte sie genau, was Sache war. Daß er sie nur benutzte, um sich zu entspannen, wenn der Stress der Sitzungen auch ihm zuviel wurde, daß er gevögelte Frauen wie Jagdtrophäen sammelte, daß er nie im Leben fragte, was wohl mit seinen Gefährtinnen passierte, was sie fühlten, was sie dachten, wie sie litten, wenn er sie über hatte. Und dennoch: Er gab ihr etwas, das sie bei einem Deutschen nicht bekommen konnte. Was immer das war. Ja, was denn eigentlich...? Sie hatte Zeit genug, sich das zu fragen. Der Schuß Exotik, der zum letzten Kick gehörte. Vor allem aber, daß es in den Minuten, in denen er mit ihr zusammen war, für ihn absolut nichts anderes gab als sie, daß er sie zur Göttin machte.

Vorerst blieb ihr nur, den Ketchup von der Currywurst zu lutschen, die Karsten Lecke ihr herüberreichte.

«Nicht viel los heute?» Sie sah den blassen Jungunternehmer mitleidig an.

«Ich werd am Montag am Bahnhof meine dritte Filiale aufmachen. Investitionen, das ist es!» Er sagte es so, wie es der Mercedes-Chef nicht anders gesagt hätte.

Thorsten Stechert kam im großen Firmenwagen und wurde von den Stahlwerker-Posten mit Jubel empfangen. Sie sollten keine Angst haben, versicherte er, die EUROMAG werde für sie kämpfen. Er fände es zum Kotzen, daß sich die Italiener in Brandenburg und Hennigsdorf festgesetzt hätten. Oranienburg und Eisenhüttenstadt müßten unbedingt in deutscher Hand bleiben. Es reiche doch wohl, wenn die Spaghettis die besten deutschen Fußballer kauften, die besten deutschen Stahlwerker sollten sie auf keinen Fall bekommen. Damit, seinen Attachékoffer schwenkend, verschwand er im Innern des Verwaltungsgebäudes.

Natalie stellte sich vor, wie ihr Vater mit solchen halben Hähnen umgegangen wäre. Rausgeschmissen hätte er ihn.

Sie sah auf die Uhr. Schon 21 Uhr 30. Langsam machte sie sich auch Sorgen um ihre Großmutter. Claire allein in dem großen Haus, wo ringsum dauernd eingebrochen wurde, wie bei der Pfannenschwarz. Ihre Mutter hing noch bei den Proben rum, im Schloß unten.

Konnte es sein, daß Giancarlo das Werk durch das Nebentor verlassen hatte, hinten am Oranienburger Kanal, und dann über die B 273 weg war Richtung Kremmen? Hatte er sie satt? Oder hatte er sich schon mit Rabea eingelassen, dieser Planschkuh, dieser stinkenden?

Sie fand, daß sie dabei war, unter ihrem Niveau zu denken. Gab es nicht etwas aus Claires Trickkiste, um diesen verdammten Giancarlo Bolgheri aus Mailand nach draußen zu locken. Sie dachte nach, was sie zum Thema Liebeszauber alles schon gehört hatte.

Man mußte dem Angebeteten von einem Liebeskuchen zu essen geben, dessen Zutaten man in der Nacht des neuen Mondes gestohlen hatte. Oder ihm einen Blutstropfen vom kleinen Finger der linken Hand ins Haar tropfen. Hatte sie beides nicht getan. Kein Wunder, daß er da nicht kam. Eine weitere Möglichkeit war, die Strümpfe dessen, den man liebte, auszukochen und das Wasser zu trinken. Sie schüttelte sich.

Stechert kam zurück. Offensichtlich hatten sie ihn abblitzen lassen. Wütend warf er sich in seinen Firmen-BMW und raste davon.

Das hatte sie derart erfreut, daß sie gar nicht mitbekam, wie eine Gruppe Jugendlicher Leckes gelben Kioskwagen umkreiste. Fast alle trugen schwarz-weiß-rote Jacken mit der Aufschrift *Boetzow Lions* und wiesen sich nicht nur durch die abrasierten Schädel als *defensive liners*, *receivers* und *quarterbacks* aus, *American Football* nun auch in Oranienburg, sondern auch durch die mitgeführte Lederzigarre, die sie sich unter lautem Geschrei mit ziemlicher Wucht gegenseitig zuwarfen.

Als Natalie einen Fehlwurf in den Rücken bekam, schrie sie auf. «Idioten ihr!»

Der Quarterback nahm sie in den Arm. «Wir können auch zärtlicher sein, Baby.»

Sie stieß ihn zurück. «Versuch's mal, wenn du deinen IQ verdoppelt hast. Von fünfzig auf hundert.»

Der Quarterback wußte nicht genau, was sie gemeint hatte, glaubte aber instinktiv, daß sie seine Potenz abgewertet hätte, und guckte böse.

Natalie hatte keine Lust, sich von diesen Ärschen weiter anmachen zu lassen, und ging zum Werkstor, um dort nach Bolgheri zu fragen, ob sie wohl mal zu ihm dürfe.

Das mußte der Quarterback mitbekommen haben, denn auf einmal hörte sie ihn schreien, daß das doch die Nutte sei, die es mit den Mafialeuten treibe.

Als sie sich umdrehte, sah sie, daß die Boetzow Lions schon Pflastersteine aufgeklaubt hatten.

Der erste kam herangeflogen und traf sie, so schnell konnte sie sich gar nicht abwenden, links unten am Kinn.

Tatjana Totzke kam von ihrer Probe im Oranienburger Schloß und fuhr mit surrendem Dynamo die Straße des Friedens in Richtung

Lehnitzschleuse hinauf. Ihre Gedanken waren bei Jochen. Ihr Kopf war voll von vorbeihuschenden Sentenzen.

Die Menschen, die nennen es – Liebe.

Ich hab geliebet; nun lieb' ich erst recht!

Hat dich die Liebe berührt, / Still unterm lärmenden Volke / Gehst du in goldener Wolke...

Heine, Goethe, Paul Heyse. Aus Rollen, die sie in ihrem ersten Leben irgendwann einmal gelernt hatte. Jetzt hatte das zweite Leben begonnen.

Eine neue Liebe ist wie ein neues Leben.

Wach ich oder träum ich?

Der Krebspatient. Jochen war zurückgefahren nach Tegel. Alles wie in einer amerikanischen Serie. Liebe. Die kleinen Schreie im Bett. Die Pflicht, die rief. Der Abschied. So kitschig und melodramatisch, wie sie es mochte, seit sie als Zwölfjährige Schmöker wie *Vom Winde verweht* oder *Angelique* gelesen hatte.

Nichts war vorbei, alles war noch zu gewinnen.

In gewisser Weise war sie Totzkes Sklavin gewesen, und so schrie sie es jetzt wie mit einer Formel des autogenen Trainings: «Das ist das Ende aller Sklaverei, ich bin frei!»

Hatte auf ihrem Rad plötzlich soviel Power wie eine Düsenmaschine, die losraste, um gleich abzuheben, flog auch dahin...

...und stürzte ab, explodierte, war im Nu ein Feuerball.

Ein Auto hatte sie gestreift und auf die Fahrbahn geschleudert.

## 4.

Klara Kublank war wütend und riß den Stinkenden Storchenschnabel büschelweise aus dem Boden. Da hatte sie nun den hölzernen Totzke verbrannt, um endlich Ruhe zu haben, und was war geschehen: Er hatte postwendend wieder zugeschlagen. Zweimal sogar. Tatjana lag im Bett, hatte sich das Schlüsselbein gebrochen und die Knie aufgeschlagen, und Natalie konnte mit ihrer stark geschwollenen und aufgeplatzten Lippe kaum sprechen. Beide hatten einiges an Blut verloren, die Tochter nach dem Radunfall, die Enkelin, nachdem man sie fast gesteinigt hätte. Blut, das Totzke brauchte. Ausbluten sollten sie, damit sie bald neben ihm lagen.

Etwas anderes ärgerte sie und lenkte sie sekundenlang von Totzke ab. Harnischfeger, der Nachbar, entblödete sich nicht, in einer alten Blechtonne wieder einmal all das zu verbrennen, was seine Mülltonne nicht faßte, neben Altpapier auch Plaste. Es stank bestialisch.

«Alte Sau!» schrie Claire. «Pyromane. Aufhören!»

«Ich zahl doch nicht die teuren Gebühren für die Müllabfuhr», rief Harnischfeger.

«Ausmachen!»

«Ich denk ja gar nicht daran. Auf meinem Grundstück kann ich machen, was ich will.»

«Ich auf meinem auch.» Und schon hatte Claire den Gartenschlauch vom Rasen gerissen und den Hahn voll aufgedreht, spielte Feuerwehr.

Der Nachbar stellte sich mit breitem Rücken vor seine Tonne und hätte sie am liebsten weggetragen, wenn sie nicht so heiß gewesen wäre. Außerdem steckte sie knietief im Boden. Claire stellte den Strahl auf scharf und traktierte damit Harnischfegers Rücken, dann, als der partout nicht weichen wollte, zielte sie gen Himmel und ließ es steil von oben herabregnen, um so die Flammen zu ersticken.

Nach etwa drei Minuten stummen Kampfes hatte sie gesiegt, und Harnischfeger rannte fluchend ins Haus, sich umzuziehen. Und sofort wieder begannen Klara Kublanks Gedanken um Totzke zu kreisen, um Totzke und das Feuer. Warum um alles in der Welt hatten sie sich auf eine Erdbestattung eingelassen!? Wäre er im Krematorium verbrannt worden, dann hätte er keine Chance gehabt, zum Nachzehrer zu werden.

Die Frage war, warum der alte Trick mit dem Atzmann in ihrem Falle nicht funktioniert hatte. Vielleicht wirkte es nur, wenn der, gegen den sich das Verbrennen der Atzmann-Puppe richtete, noch lebte, und war wirkungslos bei toten Personen. Ja, sicher, denn wie sollte es wohl angehen, daß Totzke bei sich im kühlen Grabe unten zu verbrennen anfing. Sie hatte die Sache nicht richtig zu Ende gedacht.

Etwas anderes fiel ihr ein, als sich die Assoziationen Totzke und Verbrennung gleichsam kreuzten: die Witwenverbrennung, wie sie einige traditionsbewußte Inder noch immer praktizieren sollten. Denn Totzke hatte ihre Tochter mit einer solch krankhaften Eifersucht geliebt, wie sie nicht einmal im Buche stand. Allein die begehrlichen Blicke eines anderen Mannes, von Tatjana nicht einmal erwidert, hatten ihn in Raserei versetzt. Und als sie mit Harnischfeger bei einer Grillparty einmal etwas zu eng getanzt hatte, war es zu einer Schlägerei gekommen. Zuletzt war das alles kaum mehr auszuhalten gewesen. Da lag es auf der Hand, daß sich Totzke nichts sehnlicher wünschen konnte als die Witwenverbrennung. Die Frau verbrennt auf seinem Sarg, gibt sich ihm zum letzten Male hin, opfert sich für ihn, zeigt ihm an, daß sie nie mehr einem anderen Manne gehören will. Für Totzke war das der einzige wirkliche Beweis, wenn man von Liebe sprach. Nicht einmal der Tod konnte zwei Liebende scheiden, im Gegenteil: Er erst vereinte sie in einmaliger Weise. Ich liebe dich mehr als mein Leben...

Claire hatte Tränen in den Augen, als sie dies dachte, erschrak dann aber. Wenn dem so war, was würde Totzke dann tun? Doch eines nur, alles daransetzen, daß seine Witwe den Feuertod starb. Claire wußte es: In den nächsten Tagen würde ihr Haus in Flammen stehen, würde das Feuer ihre Tochter verschlingen.

Sie holte sich die Heckenschere aus der leeren Garage und trat auf die Straße hinaus, um die herausgewachsenen Zweige zu kappen. Es war kein elektrisches Modell, sondern eines, das kräftige Arme verlangte, und bei jedem Schnitt stellte sie sich vor, Totzkes Körper zu zerteilen.

Das ging so lange so, bis sie Mannhardt um die Ecke biegen sah. Na, endlich, die Kripo! Doch zu ihrer Enttäuschung machte Mannhardt einen großen Bogen um sie herum und fiel dabei fast in einen Ausläufer des Bombentrichters, den sie immer noch nicht wieder neu gepflastert hatten. Anstatt daß er sich dafür interessierte, wer letztendlich am Unfall Tatjanas und dem Attentat auf Natalie schuldig war, tat er so, als hätte er sie gar nicht gesehen. So etwas von Ignoranz. Andererseits aber: Was hätte Mannhardt im Falle Totzke denn auch tun können? Wie sollte er denn einen Toten vernehmen und verhaften? Eins war klar: Die Kripo würde ihr nicht helfen können, mit Totzke mußte sie ganz alleine fertig werden. Aber wie? Vielleicht fuhr sie doch zu ihrem Vater und fragte den nach einem Abwehrzauber, der auch gegen Nachzehrer half.

Ehe sie das Für und Wider erwogen hatte, kam Dr. Jederitz. Sie wußte, daß er mit Tatjana im Bett gewesen war – und spätestens seit sie über Totzke und die Witwenverbrennung nachgedacht hatte, mißbilligte sie dies. Aber auch schon vorher war er ihr irgendwie nicht ganz koscher erschienen. Einer, der ein Geheimnis mit sich herumtrug.

Er gab ihr kurz die Hand. «Grüß Gott, Frau Kublank. Kann ich wohl bitte Tatjana sprechen...»

«Die liegt schon im Bett und wartet auf Sie», brummte Claire.

«Ich bin heute mehr als Arzt gekommen», lachte er.

Sofern du überhaupt einer bist, dachte Claire, als sie ihn im Haus verschwinden sah.

Natalie Totzke saß im Wartezimmer und nutzte die Zeit, um mit ihrem Referat über «Franz Marc und die ‹Neue Secession›» voranzukommen. Mit der Literatur darüber tat sie sich schwer, denn was war das wohl: die «mystisch-innerliche Konstruktion» der Welt, von der Maler wie El Greco, Cézanne und auch Franz Marc immer wieder gesprochen hatten. Ein Bild war zu analysieren, und sie hatte sich das «Getötete Reh», ein Aquarell von 1913, herausgesucht. Als Kunstpostkarte hatte sie es vor sich auf den Knien liegen. Während ringsum die älteren Damen ihre Gesundheitsbulletins abgaben und die Sprechstundenhilfen herumwieselten, um «die nächste, bitte» zu «Frau Doktor» zu geleiten, zum Spritzen abzuführen oder zum Bestrahlen, hatte sie es schwer, sich auf ihr Reh zu konzentrieren und ihre Gedanken zu Papier zu bringen. Zusammengekrümmt wie ein abgetriebener Fötus lag es da. Aus dem schwärzlichen Grund flammte reines Rot. Dieses Rot, das wußte sie, galt als Symbol der inneren Ergriffenheit und der lebendigen Glut. Es erinnerte schon an glühende Kohlen in einem schwarzen Ofenloch. Wie bei den Stahlkochern... Giancarlo... Die Steine vor dem ORA-Stahl-Gelände... Ihre aufgeplatzte Lippe... Sie selber war das tote Reh. O Gott! Sie schreckte auf, als am Fenster vorn der Name Pecciolo fiel.

«... das ist der Oberste von der Mafia da», führte der Rentner mit der Baskenmütze aus.

«Die Italiener sollen ja jetzt alle Morddrohungen bekommen haben», sagte eine Kopftuchoma, «daß se hier verschwinden tun.»

Natalie mußte sich um Giancarlo keine Sorgen machen. Der war gestern zur Treuhand nach Berlin gefahren, also erst einmal aus dem Oranienburger Schußfeld heraus, und wollte dann nach Eisenhüttenstadt. Was ihr passiert war, hatte er noch gar nicht mitbekommen.

So konnte sie zu Franz Marc zurückkehren. Was hatte die Wasserlache zu bedeuten, in dem sich milchig-blau der Himmel spiegelte, was das komplementäre frische Grün über dem Reh? War es nur dazu da, das Karminrot noch intensiver leuchten zu lassen? Was sollte hier die Oberhand gewinnen, das Schöne, die poetische Vision – oder der Schmerz, das Elegische? Natalie wußte es nicht.

Sie hätte gesagt: Beides ist hier gleichgewichtig, Leben ist schön und grausam zugleich. Wie das, was sie mit und durch Giancarlo erlebt hatte. Aber hatte Franz Marc das auch selber gemeint, diese Ambivalenz zum Ausdruck bringen wollen? Es war daran zu zweifeln, denn was hatte sie in der letzten Stunde als eine seiner wesentlichsten Aussagen mitgeschrieben: «Laß Dich *nie* von der Traurigkeit überwältigen – traurig sein und sehnsüchtig wie ein Adagio ja, aber Form muß man im Innern behalten.»

«Fräulein Totzke, bitte...»

Natalie raffte ihre Sachen zusammen und ließ sich ins Sprechzimmer weisen.

Gudrun Pfannenschwarz kam ihr entgegen. «Du hättest doch nicht warten müssen. Ein Wort und...»

Natalie vermied es, der Ärztin ins Gesicht zu sehen. «Schimpfen doch die andern nur. Ich kann auch ganz gut arbeiten beim Warten.»

«Dann setz dich mal...»

«Danke...» Natalie rückte sich den Stuhl zurecht. Vom Fach Design verstand sie ein wenig und wußte, daß dieses Gebilde aus glasartig-bräunlichem Kunststoff, wie Geschirr sah es aus, und Stahl sehr viel gekostet haben mußte. Sie plazierte sich auf der vorderen Kante und wartete, bis die Ärztin wieder in ihren Drehsessel hinabgesunken war. Wie eine allmächtige Ratsherrin sah sie darin aus, eine Frau Minister, die Chefin einer großen Firma.

«Sind wir also beide Opfer geworden», sagte die Ärztin. «Und womöglich waren es dieselben Burschen. Aber Glück im Unglück haben wir auch beide gehabt. Mich hätten sie ja auch ermorden können...»

«...und bei mir, wenn mich der Stein direkt getroffen hätte.»

«So ist er erst gegen den Betonmast – und dann abgeprallt und dir ins Gesicht?»

Natalie nickte.

«Gut...» Die Pfannenschwarz stand auf und besah sich die Wunde. «Nicht sehr schön genäht, aber wenn die Fäden gezogen sind, sagen wir: übermorgen, dann wird auch die Schwellung zurückgehen, und du kannst nächsten Monat schon wieder Miss Oranienburg werden. Die Zähne werden wieder fest.»

«Ich hab kaum geschlafen seitdem und Alpträume gehabt...»

Die Ärztin griff nach der schwarzen Manschette. «Sehen wir mal, was der Blutdruck macht...» Sie stutzte, als sich draußen, wo an einem Tresen die Angestellte saß, die die Krankenscheine annahm, die Rezepte verteilte und die Termine ausmachte, Stimmen erhoben, jemand schrie, ein Stuhl umfiel.

Ehe sie irgendwie reagieren konnte, wurde die Tür aufgestoßen, und Giancarlo Bolgheri stürzte herein. Mit einem riesigen Blumenstrauß in der Hand sank er vor Natalie auf den Boden und umarmte sie.

«*Amore mio!* Was hast du meinetwegen gelitten!» Und er küßte ihre malträtierte Lippe, störte sich nicht an dem zinnoberroten Desinfektionsmittel. «Ich habe vorhin erst von allem gehört. Du Arme du! *Bocca baciata non perde ventura, anzi rinnova come fa la luna.*» Er suchte ihre Zunge und liebkoste sie mit der seinen.

Natalie saß im Korb eines Ballons und flog über Wiesen und Felder und über die Alpen. Bilder, untermalt von Tschaikowskis ‹Capriccio italien›. Ein Videoclip.

Er lief so lange, bis draußen Giancarlos Fahrer hupte. «Ich muß…»

Und ehe Natalie Atem holen konnte, war er schon wieder draußen. Sie war sich nicht im klaren, ob sie das alles nur geträumt hatte, vielleicht nach einer Spritze, die sie gar nicht bemerkt hatte.

«Schön», sagte die Pfannenschwarz ein wenig spitz. «Muß Liebe schön sein. Und dies in einer Welt, wo die Menschen sonst nur schießen und erschossen werden.»

Natalie sah auf die Straße des Friedens hinaus, wo Giancarlo winkend in den schweren und sicherlich gepanzerten Firmenwagen stieg. Sie war zu keiner Reaktion mehr fähig, brachte ihn überhaupt nicht mehr in Zusammenhang mit sich und der Szene eben.

Die Pfannenschwarz pumpte Luft in die schwarze Manschette. «Hoffentlich ist dein Blutdruck nicht so hoch, daß mein Gerät den Geist aufgibt.»

«Ich gehe mit ihm nach Italien. Dieses Deutschland kotzt mich derart an…»

Tatjana Totzke und Klara Kublank saßen vor dem Fernseher und warteten darauf, daß der ORB, der neue Ostdeutsche Rundfunk Brandenburg, noch einmal den *Jenny-Treibel*-Film aus den siebziger Jahren wiederholte, in dem die junge Tatjana Blank – das Ku hatten sie unterschlagen – die Corinna spielte.

Tatjana konnte auf Stühlen, die eine hohe Lehne hatten, schon wieder ohne Schmerzen sitzen, der Schulterverband störte nur noch wenig.

«Ich muß toll gewesen sein damals... Die Kritik hat mich mit Lob wirklich überschüttet.»

Claire verzog das Gesicht. «Das war es ja eben. Zuviel Lob und offene Bewunderung – weißt du nicht, daß man damit ‹beredet› werden kann...?»

«Was?»

«Verhext. Daß einem nun nichts mehr gelingt. Wer lobt, der will den anderen ‹beschreien›.» Claire war stolz darauf, daß sie diese tieferen Geheimnisse des Lebens alle kannte. «Das Loben entspringt dem Neid, und der Schmeichler will damit die gelobten Eigenschaften an sich reißen.»

«Unsinn, ich hab mich zu sehr auf Totzke und meine Ehe konzentriert. Darum hab ich dann nichts mehr bekommen – außer der Tochter...» Sie griff zur Bierflasche, echtes Budweiser, um sich noch etwas einzugießen.

Claire schrie fast hysterisch auf. «Nicht doch! Nur in ein ausgetrunkenes Glas darf nachgeschenkt werden, sonst droht Pech in der Liebe.»

Tatjana lachte nur und kümmerte sich nicht um die warnenden Worte. «Eher umgekehrt. Jochen hat bemängelt, daß ich an den Hüften nichts zum Anfassen habe, und mir jeden Tag zwei Flaschen Bier verordnet.»

«Es scheint dir ganz schön ernst zu sein...»

«Ach, Mutti...!»

Wenn dem so sei, fuhr Claire fort, müßten sie nachher mal den Test mit einem ihrer Schuhe machen. «Wenn du den in den Apfelbaum wirfst – und er bleibt oben hängen, dann steht bald eine Hochzeit ins Haus.»

«Die wird es wohl auch ohne geben...»

Das Fernsehspiel um Jenny Treibel begann, wie sie aufgestiegen war vom Materialwarenladen ihres Vaters zur Kommerzienrätin mit der Villa an der Köpenicker Straße in Berlin, mit Bolognerhündchen und Kakadu, und Tatjana erinnerte sich an ihren Haß, mit der sie nicht nur der Figur begegnet war, sondern auch der Kollegin, die sie spielte. Die bourgeoise, korpulente, trotz ihrer hohen Fünfzig noch mächtig aufgedonnerte und im Kern verlogene Frau Jenny Treibel, die alles daransetzt, daß Corinna nicht in ihre Familie einheiratet.

Am schönsten fand Tatjana auch jetzt noch die Szene zwischen

Marcel Wederkopp, der ein Schatz war und ein Juwel, und seine Cousine Corinna, die er heiß und innig liebte, aber nicht erobern konnte.

Das Telefon klingelte, und obwohl sie eigentlich ungehalten war, daß man sie störte, lief sie hin, denn... Und er war es in der Tat.

«Störe ich?» fragte Dr. Jederitz.

«Wirke ich verstört?»

«Ganz im Gegenteil: mächtig aufgedreht. Und ich weiß auch warum: weil's gerade den *Jenny-Treibel*-Film gibt.»

«Acht, neun, klasse!» rief Tatjana in alter DDR-Manier.

«Bei mir läuft der Recorder, ich guck mir's heute abend an. Ich wollte auch nur Bescheid sagen, daß ich am Mittwoch nicht zur Fortbildung ins Krankenhaus fahre, sondern zu dir rauskomme, um endlich mal deinen Garten in Ordnung zu bringen, die alten Äste abzusägen und...» Er brach ab, weil im Hintergrund jemand nach ihm rief. «Du ich muß, 'ne Schockreaktion nach 'ner Allergiespritze... Tschüß dann!»

Tatjana warf sich wieder in den Fernsehsessel. Im Film war Marcel inzwischen dabei, Corinna vor der Ehe mit Leopold Treibel zu warnen.

«Corinna, du weißt ja recht gut, wie's liegt und daß er zu unbedeutend für dich ist. Du bist eine aparte Person, vielleicht ein bißchen zu sehr, und er ist kaum Durchschnitt. Du wirst doch nicht eigentlich dein Lebensglück wegwerfen wollen, bloß um in einer Villa zu wohnen.»

Von neuem fühlte sich Tatjana getroffen. Totzke war in der alten DDR auf dem Weg nach ganz oben gewesen, und sie hatte schon gehofft, daß er ihr Rollen und Einfluß verschaffte. Doch dann hatte er sie quasi eingesperrt, um zu verhindern, daß sie andere Männer kennenlernte.

«Telefon!» rief ihre Mutter. «Dein zweiter sicherlich wieder.»

«Ah, ja...» Tatjana sprang auf und riß den Hörer hoch. Doch es war nicht Dr. Jederitz, sondern eine etwas nölige Frauenstimme, die sie mit einem Herrn Grützmacher verbinden wollte.

Tatjana war wenig begeistert, erwartete einen höheren Finanzbeamten, einen Vertreter der Gauck-Behörde oder einen Treuhand-Oberen. Wahrscheinlich ging es wieder um eine der Minen, die Totzke hinterlassen hatte und die nun geräumt werden sollte.

Doch zu ihrer großen Überraschung entpuppte sich dieser Grützmacher als Chef der Minerva-Film.

«Ich bin alter Babelsberger, liebe Frau Totzke, und sehe gerade diesen wunderbaren alten *Jenny-Treibel*-Film. Da war ich Regieassistent damals und hab Sie sehr bewundert. Und seh Sie nun wieder...»

Tatjana konnte sich beim besten Willen nicht mehr an einen Jüngling namens Grützmacher erinnern, riet aber, daß er der mit dem Lenin-Bart gewesen sei.

«Richtig!» Grützmacher freute sich. «Wir drehen jetzt einige Serien für die Privaten, darunter auch etwas aus den neuen Bundesländern, und ich könnte mir vorstellen, daß Sie da eine Rolle finden, die Sie wieder ganz nach vorne bringt. Mittwoch sind die Drehbuchschreiber bei mir. Wenn Sie da Zeit hätten, halb eins...»

«Freude, schöner Götterfunken!» rief Tatjana. «Ich könnte Sie umarmen. Klar steh ich bei Ihnen Punkt zwölfe auf der Matte.»

Statt des Produzenten umarmte sie ihre Mutter und tanzte mit der, so sehr Schulter und Knie auch schmerzten, durch den Raum.

Plötzlich erstarrte Claire und zog die Luft schnaubend in die Nase. «Du, das riecht so brenzlig hier... Riechste nichts?»

«Das Fleisch draußen?» fragte Tatjana.

«Hab ich ausgemacht.» Claire ging zur Tür und klinkte sie auf. Dunkler Qualm quoll herein. «Es brennt, Feuer oben...!»

Natalie Totzke, die ihn als einzige mochte, hatte sich Harnischfegers Trabi geliehen und war aus Oranienburg geflohen. Giancarlo hatte ihr erzählt, wie 1730 auf seinem Lanzarote die Vulkane ausgebrochen waren, wie Explosionen und Eruptionen im Schoß der Erde, wie Asche, Rauch und feurige Lava die Einwohner von Timanfaya und Yaiza in Angst und Schrecken versetzt und bis nach Venezuela, übers Meer hin, gejagt hätten. So wie den Lanzarote-Leuten damals, so war auch ihr zumute. Raus hier, weg von hier. Obwohl es schmerzlich war. Aber... Wie die meisten ringsum hatte sie verdrängt, was Oranienburg auch war: die Stadt des KZs Sachsenhausen. Nahm man einen Zirkel, stellte ihn auf einen Kilometer ein, steckte die Spitze in den Quader, der auf dem Stadtplan ihr Elternhaus markierte, und zog dann einen Kreis, stieß man genau auf den Turm A, den Eingang zum KZ. 100000 Menschen waren hier getötet worden.

Bei Havelhausen überquerte sie den Oder-Havel-Kanal und kam auf der B 96 nach Borgsdorf hinein, fuhr weiter Richtung Süden.

Es herrschte gewaltiger Verkehr, und Natalie mußte aufpassen, mit ihrem Trabi nicht zerquetscht zu werden. Auch hatte sie den Führerschein erst Ostern dieses Jahres gemacht, gegen den starken Widerstand ihrer beiden Mütter. Ihr Vater war im Auto gestorben, sicher, aber was hieß das denn für sie? Nichts. Außer daß sie sich mehr konzentrieren mußte. Als Schändung seines Andenkens sah sie das nicht und hatte auch kein Schuldgefühl deswegen. Sie hing an ihm, sie liebte ihn, er war irgendwie ein Gott für sie. Ein *Mann* in dieser DDR mit ihren Greisen an der Spitze und den biederen Prolotypen allüberall. Einer, der es, was Cleverness betraf, mit jedem Wessi, jedem Ami und jedem anderen Manager aus dem kapitalistischen Ausland aufnehmen konnte, aber dicke.

Sie merkte gar nicht, daß sie das alles in der Gegenwartsform gedacht hatte.

«Dabei ist alles schon Geschichte...» sagte sie so überzogen elegisch, wie es ihre Mutter immer machte, wenn sie Romy Schneider imitierte.

Immer bewußter wurde ihr, daß Giancarlo ihrem Vater irgendwie sehr ähnlich war. Ihrem Vater, wie er zwanzig Jahre jünger war. Konnte das sein, was verklärte sie da?

Gen Süden. Berlin, Leipzig, München, Mailand. Wo anders als in Italien ließ sich Kunstgeschichte richtig studieren. Giotto, Botticelli, Leonardo, Raffael, Michelangelo, Tizian, Tintoretto, Caravaggio, Canaletto. Jeder Name wie ein Gedicht.

Wenn sie in Mailand studierte, war sie immer in Giancarlos Nähe. Und wenn die Italiener den Zuschlag für Oranienburg bekamen, konnte sie oft genug mit ihm nach Norden reisen und ihre beiden Mütter besuchen.

Natalie sah in den Rückspiegel. Seit sie Oranienburg verlassen hatte, folgte ihr ein dunkelblauer BMW mit einem Mann am Steuer, der so aussah wie die Karikatur eines Mafia-Killers oder eines Geheimdienst-Mannes: Schnauzbart, Schlapphut, Sonnenbrille. O nein! Erst glaubte sie zu spinnen, dann aber, als sie durch Birkenwerder fuhr, bog der silberne Audi 80, der sich zwischen sie geschoben hatte, zum Bahnhof ab.

Zufall, sagte sie sich, und es ist ja unmöglich, auf dieser schmalen Straße und bei diesem Gegenverkehr jemanden zu überholen. Auch wenn er im Trabi sitzt.

Dennoch blieb sie beunruhigt. Zuviel war in letzter Zeit passiert. Mysteriöses. Voll hirnrissig war es für sie, dafür, wie Claire es tat, ihren toten Vater verantwortlich zu machen, daß der noch im Grabe... O Gott! Wahrscheinlich hatte ihre Mutter recht, wenn sie befürchtete, daß da bestimmte Leute – Ex-Stasi-Männer, westliche Privatdetektive oder SPIEGEL-Journalisten, wie auch immer – hinter Unterlagen her waren, die mit der ORA-Stahl zu tun hatten. Mit deren Verkauf, mit deren früheren Geschäften im Nahen Osten.

Warum aber, wenn dem wirklich so war, ließ sie der Kerl da nicht mehr aus den Augen? Unwillkürlich schoß es ihr durch den Kopf: Entführung, Erpressung.

Ein anderer Gedanke versetzte sie noch stärker in Panik: Wenn Giancarlo sie nicht wirklich liebte und begehrte, sondern nur auf sie angesetzt worden war, um an die geheimnisvollen Unterlagen ihres Vaters zu kommen.

«Hör auf!» schrie sie sich an. So etwas gab es nur im Film.

Sie hatte inzwischen das Berliner Stadtgebiet erreicht, und nach etwa zwei Kilometern Fahrt durch dichten Kiefernwald kam sie zum Frohnauer Pilz, einem ortsbekannten Unterstand mit großer Reethaube obenauf. Hier riß sie, ohne zu blinken, den froschgrünen Trabi scharf nach links herum und schlüpfte ins Labyrinth der kleinen Wege und Pfade.

Geschafft. Der BMW mit dem komischen Menschen am Steuer hatte ihr nicht folgen können. Sicherheitshalber wechselte sie noch nach Glienicke hinüber, in den Kreis Oranienburg zurück, wendete auf dem früheren Grenzstreifen und wartete runde zehn Minuten im Schatten der hier noch immer nicht abgetragenen Mauer.

Natalie aß einen Schokoladenriegel und überlegte sich, was sie alles einkaufen wollte. Ein Paar Schuhe zum Joggen. Giancarlo wollte endlich einmal damit anfangen. Ein Shirt, Sandalen, einiges an Kosmetika. Und sehen, ob sie in der Buchhandlung im Katalog noch etwas über Franz Marc hatten, von dem sie nichts wußte.

Das lenkte sie ein wenig ab, doch als nahebei ein Motor angelassen wurde, hatte sie sofort wieder ihren Verfolger vor Augen. Noch immer war sie sich nicht klar, ob sie sich den Mann mit Sonnenbrille, Schlapphut und Schnauzer nur eingebildet hatte oder ob da tatsächlich einer scharf darauf gewesen war, ihre Bekanntschaft zu machen. War sie Figur in einem Spiel, das sie nicht verstand – oder wollte sie nur, um ihr ereignisloses Leben etwas anzureichern, daß da etwas ablief, was es ansonsten nur in Romanen gab, in Filmen, in der Phantasie?

Wie auch immer, es ließ sich derzeit nicht entscheiden. Und so warf sie Harnischfegers alten Trabi wieder an und tuckerte ins Frohnauer Zentrum am Zeltinger und Ludolfinger Platz. Als sie den Trabi hinter dem Frohnauer Kasinoturm abgestellt hatte und über die Brücke ging, die beide Plätze verband, drehte sie sich noch einmal um, weil ihr die sprühende Fontäne so gut gefallen hatte.

Da kam der blaue BMW direkt auf sie zu.

Klara Kublank schritt mit ihrem Vater durch den Park des Rheinsberger Schlosses.

«Schlurf nicht so!» mahnte sie ihn. Fast zwanzig Jahre ihres Lebens hatte sie das von ihm zu hören bekommen, und sie ließ keine Gelegenheit aus, ihm das noch heimzuzahlen, solange es ging.

«Kind, sei du mal fünfundneunzig...» mümmelte der alte Mann, der einmal ein sehr gefragter Kunsttischler gewesen war, bekannt für seine wunderschönen Intarsienarbeiten. Er hatte sich angewöhnt, ständig an den Lippen zu kauen und am Zahnfleisch zu saugen. «Noch aus'm vorigen Jahrhundert.»

«Du willst doch noch das nächste Jahrtausend erleben. Hier in Rheinsberg.»

«Wie...» Gustav Kublank kam mit dem neuen Hörgerät, das im rechten Bügel seiner Brille steckte, heute nicht so richtig klar.

«Nicht Wien, sondern Rheinsberg», sagte Claire und erbebte gleichsam, als sie sich bewußt wurde, daß sie ihre Füße genau auf dieselben Wege setzte, über die zwischen 1734 und 1740 Tag für Tag auch Friedrich geschritten war, der Große. «Das Unglück hat mich immer verfolgt. Ich bin nur in Rheinsberg glücklich gewesen.»

«Wieso?» fragte ihr Vater. «Du hast doch hier nie was verloren gehabt...»

«Der Alte Fritz hat das gesagt, nicht ich!»

«Dann ist ja gut. Ich bin nämlich nicht so glücklich hier.» Er zeigte ihr seine gichtkrummen Finger, zwischen denen frisch herausgerissene Brennesseln steckten. «Hast du mir Friedhofserde mitgebracht?»

«Ja. Im Marmeladenglas. Hab ich dir vorhin schon in den Schrank gestellt.»

«Danke. Ich komm ja hier nicht mehr zum Friedhof raus. Und

das ist ja das einzige, was gegen Gicht noch wirklich hilft.» Der Alte bückte sich, um eine Scharfgarbe aus dem Boden zu reißen, schaffte es aber nicht und mußte niederknien.

«Vater! Was soll'n das. Laß das.» Claire zog ihn wieder hoch. «Dein Rücken, deine Knie.»

Gustav protestierte. «Kind, ich bin nicht dein Kind, ich bin selber majorenn.»

«Dann laß das Unkraut stehen.»

«Das will ich dir doch geben, gegen deine Furcht. Vor dem Aufhocker. Brennesseln und Scharfgarbe, das ist das beste, was es gibt gegen alle Furcht.»

«Da ist 'ne Bank frei. Setzen wir uns erst mal...» sagte Claire.

«Der Blick auf den See ist immer so schön.» Mühsam ließ er sich auf die dunkelgrünen Bretter hinab. «Man soll Toten ja nichts Schlechtes nachsagen, aber ich hab Totzke nie gemocht. Ein Herrenmensch. Und das im Sozialismus. Ich bin ein alter Sozialist, und ich weiß, wer einer ist. Ideale, mein Kind! Der Mann aber, der war kein Sozialist, der war eiskalt, der hat nur Karriere machen wollen.» Erschöpft hielt er inne.

Claire sah auf den Grienericksee hinaus. Ein kleines weißes Fahrgastschiff zog seine Furchen durch das grünende Wasser. Es wurde ringsum eigenartig still. Sogar das Scharren der Käfer unter dem Laub war deutlich zu hören.

Claire begann von dem zu berichten, was sie bewegte, was ihr, Tatjana und Natalie alles widerfahren war. Wie sie vom Aufhocker fast in den Kanal gestürzt worden wäre, wie sie sich an Totzkes Grabstein den Kopf aufgeschlagen hatte. Wie Tatjana auf ihrem Rad vom Auto angefahren worden war, wie sie Natalie angefallen hatten. «Und gestern ist unser Dachstuhl zur Hälfte abgebrannt. Ihr Schlafzimmer: alles in Flammen. Tatjana sollte umkommen darin.»

Der Greis zerbiß das Fleisch in seiner Mundhöhle immer erregter. Sein Atem ging nur noch stoßweise. «Totzke!» stieß er hervor. «Totzke ist ein Nachzehrer!»

«Ja. Ganz meiner Meinung!» Claire sprang auf. «Ich habe seine Statue verbrannt. Aus Holz die, aus'm Erzgebirge...»

Ihr Vater stieß seinen Stock rhythmisch auf den Boden. «Die Atzmann-Puppe, richtig so, gut so!»

«Es hat bloß nichts genutzt. Was soll ich machen, sag es mir, sag's!»

Ihr Vater schloß abermals die Augen, dachte lange nach. Dann hatte er die Antwort gefunden.

«Klara, ihr müßt ihn pulverisieren, zu Asche verwandeln.» Er wirbelte mit seinem kreisenden Stock Sand und Schotter auf. «Erde zu Erde, Staub zu Staub.»

Claire stieß einen Laut des Unmuts aus. «Er hat sich in seinem Testament ganz ausdrücklich eine Feuerbestattung verbeten. Nur noch Honecker könnte dafür sorgen, daß wir ihn exhumieren lassen und ins Krematorium schaffen. Aber Honecker is nich mehr! Und heutzutage kriegt das kein Mensch mehr durchgesetzt.»

«Als Kind ist dir doch auch immer was eingefallen. Man muß nur wollen, Klara.»

Tatjana Totzke saß im postmodern gestylten Chefzimmer der Berliner Minerva-Film und fühlte sich vom FLOW erfaßt, genoß das Einssein mit dem Leben, den Augenblick der größten Endorphin-Ausschüttung: *Verweile doch! du bist so schön!*

«Sie sind die ideale Gräfin Riddeck für uns», betonte Grützmacher immer wieder von neuem. «Sie haben sowat Westliches an sich, und jeder nimmt Ihnen ab, daß Sie nach der Flucht aus der DDR in Hannover uffjewachsen sind. Sind Se aba nich, sondern in Oranienburg. Und darum kommt das dann ooch rüber, wenn Sie mit Ihrem Mann nach Riddeck zurückkommen und mit den Ossis so gut umgehen können.»

Grützmacher hatte eine große Serie im Sinn, zumindest zwei Staffeln zu je 13 Folgen. *Von Riddeck zu Riddeck im Havelland*, so lautete der Arbeitstitel. Von Riddeck, Manager einer Keksfabrik mit vorzeigbarer Midlife-crisis, will auf das Gut seiner Väter zurück und dort den Karren wieder aus dem Dreck ziehen. Wie seine Vorfahren, die von den Askaniern im 13. Jahrhundert ins Land Brandenburg geholt worden waren, fühlt er sich als Ost-Kolonisator, als Retter. Doch in Riddeck, fünfzig Kilometer vor den Toren Berlins, sieht man ihn zunächst als Eroberer, als bösen Besserwessi, als neuen Sklavenhalter, und legt ihm Steine über Steine in den Weg. Es kommt sogar zu einem Mordversuch. Erst dem Einfluß und dem Wirken seiner Frau Viviane ist es zu verdanken, daß sich von Riddeck und die Riddecker zusammenfinden und ihr großes Dorf gemeinsam vom Schandfleck zum blühenden Marktflecken machen.

«Eine Geschichte, die von selba läuft, herrlich, nich!» Grützmacher, ein studierter Literaturwissenschaftler, der sich aber das Berlinern noch nicht vollends abgewöhnt hatte, geriet immer mehr ins Schwärmen. «Alles frei nach Fontane, wenn auch da mit doppeltem b statt wie bei uns mit d. Der von Ribbeck mit dem berühmten Baum im Garten. Wo die ärmere Dorfjugend immer ihre begehrten Birnen herbekommt.» Und er zitierte einige Verse.

So ging es viel Jahre, bis lobesam
Der von Ribbeck auf Ribbeck zu sterben kam.
Er fühlte sein Ende. 's war Herbsteszeit,
Wieder lachten die Birnen weit und breit.
Da sagte von Ribbeck: «Ich scheide nun ab.
Legt mir eine Birne mit ins Grab.»

«Das machte man dann auch», fuhr Grützmacher fort. «Und siehe da, nach drei Jahren wächst ein neuer Baum aus dem Grab heraus und trägt schließlich leuchtende Früchte. Was besonders gut ankommt, weil der neue Gutsherr 'n totaler Geizkragen is.»

Und kommt ein Jung übern Kirchhof her,
So flüsterts im Baume: «Wiste 'ne Beer?»
Und kommt ein Mädel, so flüsterts: «Lütt Dirn,
Kumm man röwer, ich gew di 'ne Birn.»
So spendet Segen noch immer die Hand
Des von Ribbeck auf Ribbeck im Havelland.

Grützmacher, ein alter Haudegen im beinharten Filmgeschäft, oft bärbeißig und verbittert, hatte Tränen in den Augen. Fing sich wieder, überspielte seine Rührung mit leichtem Spott. «... das war's aus dem hochmodernen Gedicht vom Lob des Mannes, der auch an die Nachfahren denkt und deren Bedürfnisse. Das ist der Stoff, aus dem die Serienträume sind.»

«Meine auch», sagte Tatjana. «Ich als Gräfin von Riddeck...»

Sie begossen den Vertragsabschluß mit einem Glas Champagner, und dann lief Tatjana zur nächst gelegenen Telefonzelle, um Jederitz zu sprechen. Er war in Oranienburg, bei ihr zu Hause, um im Garten zu werkeln. *Gardening*, das war sein großes Hobby. Ihre Mutter war ja sicher noch in Rheinsberg, aber vielleicht war Jochen zufällig in der Nähe der Terrasse und ahnte, daß sie es war. Das absolut Unfaßbare sollte ja in diesem Sommer möglich sein, daß man von

Westberlin aus nach Oranienburg telefonieren konnte, und zwar von jeder Zelle aus. Beim vierten Versuch klappte es auch, und sie kam durch. Sie ließ es lange klingeln. Und in der Tat, nach etwa zwei Minuten war er am Apparat.

«Du, Jochen, ich hab's, ich hab die Rolle bekommen. Die Gräfin von Riddeck. Du, ich könnt vor Glück die ganze Welt umarmen!»

«Fang an mit mir.»

«Ich steh noch mitten auf'm Kurfürstendamm.»

«Nimm dir 'ne Taxe, und komm so schnell wie möglich her.»

«Mach ich.»

«Ich freu mich mit dir. Ich bin stolz auf dich!»

An der Ecke Leibnizstraße standen reihenweise Taxen, und sie stürzte auf die erste zu, riß die Tür auf und schwang sich auf den Hintersitz. «Nach Oranienburg bitte.»

«In de DDR fahr ick nich. Aus Prinzip!»

«Meines Wissens gibt's die nicht mehr – oder?»

«Für mich immer noch!»

«Idiot!»

Sie stieg wieder aus und versuchte es beim nächsten. Aber auch der zeigte wenig Begeisterung, eine Tour zu übernehmen, die ihren Schätzungen nach an die hundert Mark kosten mußte, sprach von der kostspieligen Leerfahrt wieder nach Berlin zurück und der Mühe, hinter der Stadtgrenze den Sondertarif aushandeln zu müssen.

Als der dritte in der Schlange abwehrend fragte «Oranienburg, wo is'n dette?», schäumte sie vor Wut. «Und das will 'ne Metropole sein! Det letzte Kuhkaff is det hier! Posemuckel hoch drei!»

Endlich fand sie einen Mit-Ossi aus Marzahn, der Oranienburg kannte und die Fahrt auch wollte. Außerdem fuhr er nicht wie ein verhinderter Formel-I-Rennfahrer, sondern defensiv und mit Gefühl.

Tatjana kam langsam wieder zur Ruhe. Ihr Puls schnellte jedoch abermals hoch, als ihr bewußt wurde, daß sie zum ersten Mal nach Totzkes Tod wieder in einem Wagen saß. Sie hatte sich geschworen, wenn auch nicht ganz so ernst wie ihre Mutter und mit einem Gelübde, in den drei ersten Jahren nach seinem Unfall nicht mehr Auto zu fahren. Nun also doch. Weil sie so schnell wie möglich zu Jochen wollte. Um ihr Glück so richtig zu genießen, brauchte sie ihn. Als Projektionswand. Damit ihre Gefühle nicht ins Leere gingen und verlorengingen, sondern zurückgeworfen wurden. Um ein Vielfaches verstärkt.

Sie kamen auf die Stadtautobahn, rollten am Funkturm vorbei, am ICC und SFB. Sie sah sich in den Talk-Shows sitzen. *Von der Gattin eines roten Fast-Ministers in der DDR zur Gräfin Riddeck. Wie fühlen Sie sich dabei?* Der Flughafen Tegel. Nach Rom, nach London und Paris, nach Hollywood. *Damals, als wir die Serie angefangen haben, hätte ich natürlich nie daran gedacht, daß das der Beginn einer Weltkarriere sein würde. Ganz so jung bin ich ja auch nicht mehr gewesen.*

Es war ein wunderbarer Rausch. Wittenau und Waidmannslust, Hermsdorf, Frohnau. Sie fuhren die alte ‹96› hinauf, und sie hatte das Gefühl, fest auf ihrer Terrasse zu sitzen, während die einzelnen Ortsteile wie ein bunter Film an ihr vorbeigezogen wurden. Mit dem Glücksgefühl, von dem Bergsteiger berichteten, die viele hundert Meter tief abgestürzt waren. Alles, weil sie Jochen hatte. Totzke hatte sie eingesperrt, Jochen ließ ihr ein eigenes Leben, gönnte sie auch anderen. Und liebte sie dennoch. Hohen Neuendorf, Birkenwerder, Borgsdorf, Riddeck, nein, Riddeck nicht, Lehnitz und Oranienburg. Der Fahrer mußte zweimal nach der Straße fragen, bis sie sich wieder eingeklinkt hatte.

Sie hielten vor dem Gartentor, und Tatjana gab ein riesiges Trinkgeld, nur um nicht auf das Wechselgeld warten zu müssen, bat den Fahrer noch, dreimal lange zu hupen, sprang dann hinaus.

«Jochen!»

Bis sie das Gartentor aufgeschlossen hatte, war er noch nicht nach vorne gestürmt.

Konnte er auch nicht.

Denn er lag tot am Fuße der mächtigen Kiefer, lag in einer beachtlichen Blutlache, eine Axt unter dem Rücken, das gelbe T-Shirt aufgerissen.

## 5.

Natalie Totzke fühlte sich gar nicht wohl, als sie die stillgelegte Malzer Schleuse passierte, um am Oder-Havel-Kanal weiter nach Liebenwalde und Bischofswerder zu radeln. Hier mußte es gewesen sein, wo Claire vom Rad gefallen war. Nicht daß sie die Phantasien ihrer Großmutter irgendwie ernstgenommen und auch nur im entferntesten an diesen Aufhocker geglaubt hätte, aber beunruhigend war es schon, was sich seitdem alles ereignet hatte. Bis hin zum Tode von Dr. Jederitz. Ganz zu schweigen von jenem komischen Menschen, der sie bis nach Frohnau hin in seinem dunkelblauen BMW verfolgt hatte. Als sie auf ihn zugesprungen war, eher in einer Kurzschlußhandlung und mit dem Impuls eines Angstbeißers als wirklich mutig, hatte er Gas gegeben und war davongerast. Nicht einmal die Autonummer hatte sie erkennen können.

Ich weiß nicht, was soll es bedeuten... Sie kam sich vor wie die Ameise, die gerade über die Karte kroch, die sie vorne auf dem Lenker liegen hatte. Die verstand die Zeichen darauf ebensowenig zu deuten, wie sie das alles, was seit kurzem mit ihr und ihren beiden Müttern geschah. Auch mit der Pfannenschwarz und mit dem Jederitz. Beide waren sie Mediziner...

Natalie pustete die Ameise in den Sand. Vielleicht kam bald einer, der sie selber in den Sand pustete. Sie hatte Angst und trat in die Pedale, daß es schmerzte.

Wahnsinn, hier alleine durch die Landschaft zu fahren. Aber sie hatten, um Ruhe vor den aufgebrachten Stahlwerkern zu haben, die Verhandlungen zur Übernahme der ORA-Stahl durch die Italiener nach Bischofswerder verlegt, und wenn sie Giancarlo sehen wollte, dann mußte sie halt den kleinen Ausflug machen. Diesmal hatte der Nachbar seinen Trabi selber gebraucht.

Auf der anderen Seite von Kanal und altem Havelstrom, nach Osten zu, lag mitten im Wald Bernöwe mit seinen Häusern und Datschen. Still, bescheiden und verträumt. Kühle Schatten. Die Szene erinnerte sie an vieles, was von John Constable war, vor allem aber an *Das Haus von W. Lott*. Malen sei für ihn nichts anderes als fühlen, hatte er gesagt, und er mußte beim Malen dieses Bildes Geborgenheit gespürt haben, Nestwärme, unendliche Ruhe, die Ruhe des Unendlichen. Wie einer, der am Ende seines Weges angekommen war. Vielleicht war das der Ort, wo sie, Natalie, nach fünfzig Jahren das Häuschen fand, den Garten, wo der Kreis sich schloß, sie wieder in einem Maße eins wurde mit sich selber, wie sie es als Kind gewesen war.

Von den Kilometern her schien sie sich ein wenig verrechnet zu haben, und so beschloß sie, da sie unbedingt zur Mittagspause an der neuen Tagungsstätte sein wollte, quer durch den Wald zu fahren. Zwar war es wegen der großen Trockenheit verboten, die Wälder zu betreten, und zwischen Lehnitz und Summt brannte es auch, doch das verdrängte sie. Sie freute sich auf Giancarlos Erstaunen, wenn er sie sah. Wie er dann auf sie losstürmte, sie packte, fast erdrückte. *Natalie! Amore mio! Fila che è un piacere!* Vielleicht war Zeit genug, ein wenig durch die Wiesen zu schlendern, ein Bett im Kornfeld zu finden. Sie rieb sich ein wenig am Sattel.

Es ging über hervorstehende Kiefernwurzeln hinweg und immer wieder grob zermahlenem Bauschutt, den Forstarbeiter oder Bauern in die Furchen dieses mehr als gottverlassenen Weges gekippt hatten, um mit ihren Fahrzeugen nicht gänzlich zu versinken.

Sie ahnte es fast, und nach fünf Minuten war es dann trotz aller Vorsicht auch soweit: Sie hatte einen Platten. Hinten auch noch, so daß sich jedes Weiterfahren verbot. Mit dem stereotypen Gedanken aller von einer Panne betroffenen Radfahrer – *Wer sein Rad liebt, der schiebt* – ließ sie sich auf den Waldboden hinunter.

Erst als sie merkte, um wie vieles sie nun hilfloser war als ehedem im Sattel, da kam die Angst. Panikartig. Archaisch. Rotkäppchen und der böse Wolf. Im Wald da sind die Räuber. Paß auf, da stehen Männer hinter den Bäumen und entblößen sich. Wenn dich einer vergewaltigen will, dann versuche, ganz ruhig mit ihm zu reden.

Mehr noch aber fürchtete sie etwas anderes, etwas, das um einiges realer war. Daß plötzlich der Mann wieder auftauchen konnte, der sie neulich verfolgt hatte. Bis auf die Frohnauer Brücke. Dieser Mafia-Typ mit dem Schnauzer und dem Schlapphut und der Sonnenbrille. Ob die auch ihr Rad manipuliert hatten, damit sie hier...

Natalie lief immer schneller, rannte, bis die Lungen schmerzten. Und wußte doch, daß sie keine Chance hatte, wenn... Ihr Klavier, ihre Bücher, ihre Bilder, sie hatten ihr nie Zeit gelassen, Sport zu treiben, vom Reiten einmal abgesehen. Sie haßte es, am Stufenbarren zu hängen oder auf Aschenbahnen Staub zu schlucken.

Jetzt erst fiel ihr ein, daß sie ja Flickzeug in der Satteltasche hatte und das Werkzeug dazu. Sie stoppte, drehte ihr Rad herum, nahm den ‹Knochen› heraus und versuchte, die beiden Schrauben zu lösen, die das Hinterrad im Rahmen fixierten. Doch so sehr sie sich auch anstrengte, sie bekam sie nicht los.

«Scheiße!» schrie sie in den Wald.

Also weiter! Vielleicht gab es in Liebenwalde eine Werkstatt.

Für einen Augenblick war es nicht mehr ganz so sengend heiß, denn die Sonne war hinter einer der raren Wolken verschwunden.

Sie machte sich wieder auf den Weg. Da sah sie zwei junge Männer auf sich zukommen. Sollte sie das Rad fallen lassen und loslaufen? Sollte sie schreien? Sollte sie die Luftpumpe vom Rahmen reißen, um wenigstens etwas als Waffe zu haben? Sollte sie ruhig und bestimmt auf die beiden zugehen und sie einzuschüchtern suchen?

Die beiden kamen immer näher, sahen wild aus, ungewaschen, durchnäßt und gierig.

Laß Giancarlo hier entlangkommen, einen Bauern, einen Förster!

Natalie trat ein wenig zur Seite, um das Rad zwischen sich und den beiden Männern zu haben.

«Hallo!» sagte der eine, der sich Rastalocken gedreht hatte und einen Ring im linken Nasenflügel trug. «Ich bin der Sascha.»

«Und ich der Philipp», sagte der andere. «Wir sind mit dem Faltboot gekentert und suchen 'n Telefon.»

Natalie fühlte sich, als hätte sie im Flugzeug gesessen und gerade eine Notlandung überlebt.

Sascha sah sofort, was Sache war. «Machen wir den Deal. Ich reparier dir dein Rad – und du rufst von der nächsten Zelle Philipps Mutter an, in Hermsdorf...»

«Okay. Klar, mach ich.»

In einer Viertelstunde war die Sache erledigt, und nach einem herzlichen Dankeschön konnte Natalie ihre Fahrt fortsetzen.

Als sie aus dem Wald kam, brach die Sonne wieder durch, und zwar mit solcher Kraft und Fülle, daß die Farben explodierten und sprühten. Das war wie bei Vincent van Gogh auf der *Straße mit Zypressen.* Alles züngelte und kreiste. Natalie war high.

Kurz vor Liebenwalde fand sie ein Bauernhaus, in dem man sie ans Telefon ließ. Philipps Mutter war zu Hause und bereit, die beiden gescheiterten Paddler an der Malzer Schleuse abzuholen, wohin sie von Natalie geschickt worden waren.

Wunderbar, das wäre abgehakt.

Besser hätte sie gar nicht drauf sein können. Es war gerade halb zwei, und in zehn Minuten konnte sie in Bischofswerder sein. Ganz sicher hatte Giancarlo da noch Pause.

Vom Jubel ihrer Vorfreude erfüllt, schoß sie den Damm am Vosskanal entlang.

Da kam ihr Giancarlos Alfa Romeo auch schon entgegen. Sie stoppte, um zu halten und die Arme auszubreiten...

...und stutzte, denn urplötzlich bog er in einen Seitenweg ab, in eine Insel aus Buschwerk, die sich inmitten der flachen Wiesen erhob, einen Horst.

Natalie war sich sicher, daß das ein kleiner Gag von ihm war. Hatte er sie also schon erkannt und wollte sie seinerseits gehörig überraschen.

Doch als sie näher kam, sah sie, daß er nicht allein im Auto saß. Sie kehrten ihr den Rücken zu, und dennoch erkannte Natalie sofort, daß eine Frau neben ihm saß. Eine, die gerade die Lehne des Beifahrersitzes nach unten schraubte, um ihm das Vögeln möglich zu machen. Ihren Rock hatte er schon nach oben geschoben.

Das allein hätte Natalie nicht ausrasten lassen, da wäre sie nur schluchzend umgekehrt und nach Hause gefahren, aber diese Frau war nicht irgendeine x-beliebige schöne, attraktive Frau, die sie einem Mann wie Bolgheri vielleicht verziehen hätte, sondern es war keine andere als ihre Freundin Rabea Pfannenschwarz.

So aber schrie Natalie auf und stürzte auf den Wagen los.

«Ihr Schweine ihr! Ich bring euch beide um!»

Tatjana Totzke lag im Bett und starrte gegen die Decke. Stundenlang verfolgte sie den Schöpfungsprozeß, der sich dort vollzog. Zwischen zwei großen Kontinenten entstand ein Archipel aus vielen Inseln unterschiedlichster Größe und Formen. Halbinseln streckten ihre Finger aus, Küsten fransten aus oder wechselten von konkaver zu konvexer Linienführung, Lagunen von der Größe Berlins wuchsen zu Tümpeln zusammen, und ihre zusammengedrückten Wassermassen tropften nach unten.

Tatjana schreckte hoch, als sie diese Tropfen auf die Stirn bekam. Nur mühsam kehrte sie aus ihrer Südsee-Inselwelt, durch die sie eben noch mit ihrem Schiff gefahren war, in die Wirklichkeit zurück und realisierte, daß die braunen Wasserflecken an der Decke immer größer wurden, daß über ihr auf dem Dachboden der Boiler, der zur Heizung gehörte, undicht geworden sein mußte. Von der Hitze sicher, als es gebrannt hatte.

Na und. War er eben undicht geworden, lief es eben durch.

Dr. Jederitz unter der Kiefer. Die Pfannenschwarz kniet neben ihm und spricht ihr grausames Urteil: Exitus!

Ihr wird schwarz vor Augen, und sie stürzt, wird ins Haus getragen und will nie wieder aufwachen. Liegt nun im Bett und will nie wieder aufstehen. Wozu denn? So ging das schon den dritten Tag.

Claire kam herauf. «Du kannst dich nicht so gehenlassen!»

«Mutti, laß mich!»

«Denk an deine Rolle. Wenn du nichts mehr ißt und trinkst, dann bist du keine Gräfin mehr, ausgemergelt, wie du bist. Hier...» Ihre Mutter stellte ihr ein Glas mit Kirschsaft neben das Bett.

«Es liegt ein richtiger Fluch über uns», sagte Tatjana, und unter dem Einfluß ihrer Medikamente begann sie Schiller zu zitieren. «Das eben ist der Fluch der bösen Tat, / Daß sie, fortzeugend, immer Böses muß gebären.»

«Was für 'ne böse Tat?» fragte Claire.

«Daß Totzke die Leute, die hier drin gewohnt haben, böse unter Druck gesetzt hat, daß sie das Haus für 'n Appel und 'n Ei verkaufen und in den Westen gehen.»

«Ach», Claire machte eine abwehrende Handbewegung. «Ohne ihn wären sie noch in Bautzen gelandet und auf ewig dort geblieben, die Quappendorfs, so konnten sie alles mit rübernehmen in'n Westen. Das ist es nicht.»

«Was dann?»

«Weißt du doch: daß Totzke ein Nachzehrer ist.»

Tatjana schloß die Augen. «Langsam fang ich auch an, an deine Märchen zu glauben...»

Claire zeigte auf die Fliege, die sich schon seit langem mühte, durch das Fensterglas hindurch wieder ins Freie zu gelangen. «Was versteht die von der Welt? Nichts. Was verstehen wir von der Welt? Ebensowenig. Wo bleibt unser Geist, wenn wir sterben? Werden wir verbrannt, dann ist das klar: Dann muß er raus aus dem Körper und frei umherschweben. Aber bei der Erdbestattung, was da? Da ist er ja noch drin im Körper, auch wenn der nicht mehr bewegungsfähig ist. Und wenn einer ein Nachzehrer ist, will sein Geist, daß er wieder lebendig wird. Dazu braucht er das Blut der anderen. Und wirklich glücklich ist er erst, wenn die anderen neben ihm liegen.»

«Ja, ja, ja!» schrie Tatjana auf. «Hör auf.»

«Und Totzke ist ein Nachzehrer. Er gönnt uns unser Leben nicht. Der Dr. Jederitz hat als erster dran glauben müssen.»

«Mach doch was dagegen!»

«Mach ich auch, ich...»

Claire kam nicht weiter, weil in diesem Augenblick Natalie in der Tür erschien. Völlig verheult.

«Ich bin wieder zurück...»

«Was ist denn, Kind?» fragten die beiden wie aus einem Munde.

«Nichts...» Sie warf sich zu Tatjana aufs Bett und schluchzte.

Claire ahnte etwas. «Hast du diesen Italiener mit 'ner anderen erwischt?» Natalie antwortete nicht.

Unten klingelte es. Claire ging zur Gegensprechanlage und nahm den Hörer ab. «Ja, bitte...»

«Mannhardt», quäkte es. «Kripo Oranienburg.»

Natalie sprang auf und rannte in ihr Zimmer.

«Momentchen», sagte Claire. «Ich komme nach vorn.»

Während ihre Mutter zum Gartentor ging, richtete sich Tatjana ein wenig auf und versuchte, ihre Haare in Ordnung zu bringen.

Mannhardt kam alleine nach oben und begrüßte sie. «Tut mir leid, daß ich Sie... Ihre Mutter wollte nicht mit...»

«Nehmen Sie meine Sachen vom Stuhl...» Tatjana freute sich, daß der Kripomann ihre Höschen, Hemden und Strümpfe offenbar nicht anfassen konnte, ohne sich Erotisches zu denken. Für die Gräfin von Riddeck war es wichtig, daß sie ab und an auch mal einen Ex-LPGler, PDS-Genossen oder Bauernburschen becircen konnte. Zugleich schämte sie sich, das schon wieder gedacht zu haben.

«Ich bin wegen Dr. Jederitz hier», sagte Mannhardt.

«Ah, ja...» Tatjana hatte Mühe, sich auf ihn einzustellen. Schwer zu glauben, daß das ein Kriminaler war. Und wenn sie nicht mehrmals den Schimanski im *Tatort* gesehen hätte, wäre er ihr noch viel eher als Hochstapler erschienen. Nein, ein Schimanski war er nicht, dazu wirkte er viel zu intellektuell. Wenn dies ein Film gewesen wäre, hätte sie Mannhardt als glatte Fehlbesetzung gewertet. Fern jeder Realität in Deutschland-West wie -Ost. Die wirklichen Kommissare waren im allgemeinen eher dumpf und hatten den Sprachschatz eines *Super-Illu*-Lesers. Der hier aber redete daher wie ein Studienrat für Deutsch und Geschichte und hatte auch nicht das übliche breiige Beamtengesicht.

«Sie waren mit Herrn Dr. Jederitz...?»

Mannhardt schien angesichts des Bettes, in dem sie lag und jetzt auch Bein und Knie zeigte, ein wenig Angst vor ihr zu haben.

«Was meinen Sie?» fragte sie zurück.

«Liiert, intim...?»

Sie rief sich zur Ordnung und beließ es bei einem kargen «Ja...»

«Ich muß Sie das fragen...» Mannhardt sah, weil der Stuhl bedrohlich wackelte, nach unten und rückte ihn ein wenig von der Teppichkante weg.

«Denken Sie an Mord?»

«Wieso?»

«Weil hier bei uns in letzter Zeit so viel passiert ist, daß das sozusagen die Krönung wäre. Also, das ist nicht das richtige Wort, aber...» Tatjana zählte ihm einiges auf.

«Nein, nein...» Mannhardt drehte sich so, daß er nicht andauernd sie oder ihre Unterwäsche ansehen mußte. «Dr. Jederitz ist unseren Erkenntnissen zufolge ganz eindeutig von der Kiefer gestürzt und mit dem Kopf gegen den Findling unten geschlagen.»

Tatjana stöhnte auf. «Und die Axt…?»

«Hat er selber benutzt. Keine fremden Fingerabdrücke.»

Tatjana sah aus dem Fenster und zum Türmchen des Nachbarhauses hinauf. «Baumeister Solness kann's doch auch nicht gewesen sein?»

Mannhardt staunte. «Solness… Ist das auch 'n Nachbar von Ihnen, ein Freund, ein Dritter, der Sie auch…?

Tatjana lächelte. «Nein, nein, das is 'n Stück von Ibsen. *Baumeister Solness*. Ein alternder Mann, der sich einer sehr viel jüngeren Frau, die ihn verehrt und liebt, noch einmal beweisen will, auf einen Turm klettert, den seine Firma baut, und dabei in die Tiefe stürzt.» Sie machte eine kleine Pause. «Aber Jochen war einundvierzig, ich bin neununddreißig, da scheidet das wohl aus…»

«Ich glaub schon, er hat Ihnen imponieren wollen… Kein Wunder… Oh, aua!» Mannhardt, von einem Wassertropfen getroffen, starrte nun seinerseits an die Decke und entdeckte das Insellabyrinth aus braunen Flecken. «Hier bei Ihnen ist wohl einiges nicht mehr so ganz dicht…»

Tatjana lebte immer weiter auf, genoß den Ansatz ihres Flirtes und war ihm dankbar, daß er sie langsam aus der Hölle ihrer Depressionen rettete. Sie wurde fast albern, als sie ihn fragte, ob er damit wohl ihre Mutter Klara Kublank meinte. «…die mit ihrem Nachzehrer…»

«Eben…» Mannhardt grinste. «Totzke steigt aus dem Grab, klettert auf die Kiefer – unsichtbar natürlich – und stürzt seinen Nachfolger in die Tiefe. Mordmotiv Eifersucht.»

Als er es ausgesprochen hatte, war Tatjana das Schmunzeln wieder vergangen. Zu logisch hatte es geklungen. *Totzke ist alles zuzutrauen*. Mit diesem Satz hatte sie zwanzig Jahre lang gelebt. Auch Mannhardt war plötzlich um einiges ernster geworden.

«Nicht ganz auszuschließen ist aber, daß ein anderer ihn hinuntergestoßen haben könnte…»

«Wieso? Wer denn?»

«Weiß ich nicht. Fakt ist aber, daß Dr. Jederitz Republikflüchtling war, ein sogenannter…»

Tatjana war erstaunt. «Hat er mir gar nichts von erzählt.»

«Doch. Er ist 1982 mit dem Faltboot über die Ostsee rüber nach

Dänemark. Soll damals bei uns groß in den Zeitungen gestanden haben.»

«Sie meinen, daß da noch irgendwelche Verwicklungen…?»

«Auszuschließen ist doch heutzutage nichts.»

«Ach, das war 'n Unglücksfall wie 'n Dutzend andere jedes Jahr.»

Mannhardt stand auf. «Ja, davon geh ich auch mal aus. Zumal Ihr Nachbar hier, Harnischfeger, außer Dr. Jederitz niemand bei Ihnen im Garten gesehen hat.»

«Aber irgendwie ist doch in Oranienburg der Teufel los.»

«Jede Gesellschaft weist ein bestimmtes Maß an Verbrechen auf», dozierte Mannhardt. «Bei den einen ist das in staatlicher Hand zusammengefaßt, sprich: Stasi, Mauerschützen, Bautzen, bei den anderen eher Privatsache. Was soll man machen?»

«Nichts.»

«Das aber auf hohem wissenschaftlichem Niveau und mit bestens ausgebildeten und gutbesoldeten Beamten.» Mannhardt empfahl sich.

Tatjana starrte wieder zur Decke, wo eine Riesenflutwelle ihre schöne Inselwelt gerade völlig überschwemmte. Dann krachte es, und diese ganze Welt zerfiel. Ein Quadratmeter Putz war heruntergekommen.

Klara Kublank erwachte, ohne daß ihr Wecker geklingelt hätte, programmgemäß um vier Uhr morgens. Drei Minuten früher sogar. Um nicht zu verschlafen, hatte sie gestern vor dem Einschlafen viermal mit den großen Zehen gegen die Bettpfosten geklopft. Das funktionierte immer. Der Wecker, ein altertümliches Monstrum, hätte nicht nur sie, sondern auch Tochter und Enkelin geweckt. Die aber brauchten ihre morgendliche Unternehmung nicht mitzukriegen.

Claire stand auf, mit dem rechten Bein zuerst, und selbstverständlich deckte sie das Bett sofort wieder ab, da ansonsten die Gefahr bestand, daß sich tagsüber ein unguter Geist darin breitmachen konnte.

Schnell hatte sie sich angezogen. Heute nicht so bunt und schrill wie sonst, sondern braun und erdfarben, was Rock und Jacke betraf. Nicht auffallen.

Sie kämmte ihr panthergraues volles Haar, das sie an der linken

Schläfe mit einigen hennaroten Strähnen geschmückt hatte, und steckte den braun und bernsteinfarben changierenden Kamm in ihre ausgebeutelte schwarze Handtasche. Er hatte sich seit Jahren darin bewährt, Hexerei und bösen Zauber abzuwehren, und gab ihr, immer wenn sie unterwegs war, Sicherheit.

Nebenan hörte sie Tatjana husten. Wahrscheinlich machte sie sich wieder Vorwürfe, am Tod ihres Arztes mitschuldig zu sein. Was für ein Leichtsinn, ihm dieses gelbe T-Shirt zu schenken, in dem er dann auch prompt vom Baum herabgefallen war, denn schenkte man einem geliebten Menschen etwas Gelbes, dann bedeutete das nun mal Unglück, Streit und sogar Tod.

Aber keiner hörte ja auf sie.

Sie begann, einen anklagenden Monolog mit ihrem Spiegelbild zu führen.

Die Claire, die ist ja meschugge.

Sie dachte daran, wie sie Totzke gewarnt hatte.

Karl-E., fahr heute lieber nicht mit dem eigenen Wagen. Ich hab im Traum dein Auto gesehen und viele Krähen darüber kreisen. Da steht immer ein Unglück bevor.

Furchtbar gelacht hatte er.

Nun ja...

Keiner hört ja auf mich, alle lachen mich aus.

Darum mußte sie das, was nun nötig war und was allein noch half, auch in aller Stille tun.

Aber...

Als sie einen Augenblick zögerte, daran dachte, vielleicht doch noch alles abzublasen, spürte sie ein heftiges Jucken in der rechten Hand. Das wies auf eine größere Geldausgabe hin. Ein klares Zeichen.

Claire machte sich daran, aus verschiedenen Verstecken blaue Hundertmarkscheine herauszuziehen, die alten Riesen wie die neuen mit Clara Schumann und dem Flügel darauf. Beim Währungsumtausch hatte sie einiges an Erspartem und – von wohlhabenden Cousinen – Ererbtem in die neue Zeit hinüberretten können, ihre Rente war nicht schlecht, und außerdem hatte sie sich von Tatjana einiges geliehen. Geld war in diesem Haus nie das Problem gewesen. Die goldene Brosche ihrer längst verstorbenen, aber noch immer irgendwie gehaßten Schwester – endlich weg damit! – hatte allein zweitausend Märker gebracht. So konnte sie also eine ganze Menge investieren.

Viel Geld, Claire, aber besser, als wenn wir alle den Jordan runtergehen.

Was sein muß, muß sein!

Hunderter steckten in der Matratze und in einem ausgehöhlten Deckenbalken, unter einer lockeren Tapetenbahn und unter dem ausgelegten Teppich, im Nähkästchen mit seinem doppelten Boden wie im hinten aufgeschraubten Radioapparat.

Es dauerte, bis sie alles zusammengetragen und abgezählt hatte, und ihre Handtasche konnte die vielen Scheine kaum fassen. Ein bißchen prall sah sie aus. Wenn das man gutging... Quatsch, morgens um fünf lief noch kein Räuber durch Oranienburg. Trotzdem spuckte sie dreimal in Richtung möglicher Handtaschendiebe.

Wie eine Diebin schlich sie sich nun nach unten zum Flur. Anfangs ging auch alles gut. Dann aber, als sie schon die Haustürklinke fassen wollte, quietschte oben eine Tür. Sie erstarrte, denn es galt als sicher, daß sich unerlöste Seelen bevorzugt in Türen aufhielten. Deren Knarren und Quietschen waren ihre Klagen.

Totzke also, der viel Dreck am Stecken haben sollte, wie manche sagten. Politisch.

Nein, ihre Enkeltochter.

«Oma, du...?» Natalie stand auf der kleinen Galerie im ersten Stock.

«Ja, ich...» Claire hatte nie und nimmer damit gerechnet, daß man sie entdecken würde, mußte also jetzt in aller Eile eine passende Ausrede finden. Es fiel ihr schwer. «Ich wollte nur...»

«Wieder was mit deinen Geistern, was?» kam der Spott von oben.

«Ja.» Das war die Rettung. Danke. «Ich will runter in den Garten, Schneckenschleim sammeln.»

«Wie...?»

«Von den Schnecken, wenn die nachts über die Steine kriechen. Ehe es warm wird und alles eintrocknet.» Claire freute sich, darauf gekommen zu sein. «Gegen meine Hühneraugen und wenn du mal wieder Warzen hast.»

Natalie faßte sich an die Stirn und verschwand wieder in ihrem Zimmer.

Claire konnte aufatmen. Ohne weiteren Zwischenfall kam sie zum *Eiscafé Dietrich* hinunter, wo Totzkes Ruderboot, ein besserer Angelkahn, seit Jahren lag. Da sie mehrmals in der Woche zur ‹Medizin nach Noten› vor dem Fernseher ihre gymnastischen Übungen machte, hatte sie keine Mühe, in den Kahn zu klettern. Auch die Kette zu lösen, schaffte sie leicht. Insofern hätte sie recht beschwingt zu Werke gehen können, wenn da nicht offen gewesen wäre, wie die Wassergeister zu ihr standen. Von ihrem Vater wußte sie, daß ein Nix mit rotschwarzer Kapuze im Lehnitzsee hauste. Seine Spezialität war es, Schwimmer derart abzulenken, daß sie in die Fahrrinne der großen Schlepper gerieten, nicht mehr rechtzeitig reagierten und ertranken, oft noch von den Schiffsschrauben zerstückelt wurden. Der Nix fing dann ihre Seelen ein und hielt sie auf dem Grund des Sees unter Töpfen gefangen.

Gleichviel, es mußte gewagt werden. Claire griff sich also die Ruder und stieß sich ab. Da das Wasser um vieles wärmer war als die noch nachtkalte Luft, dampfte der See. In Schwaden und Schlieren waberte der kalte Dunst der aufziehenden Sonne entgegen. Es war so still, daß sie die Stimmen der Ertrunkenen zu hören glaubte: Komm und rette mich. Komm und rette mich. Es war eine Erlösung für sie, als am südlichen Ende des Sees ein Fernzug über die Kanalbrücke röhrte.

Wie von Claire erwartet und erhofft, hatte Wolfhard Schrepkow seinen Angelkahn am anderen Ende des Sees an zwei langen, in den Boden gerammten Stangen festgemacht. Hier weitete sich der Lehnitzsee im Vorfeld der Schleuse nach Osten hin zu einer kleinen Tasche, um den von Schmachtenhagen kommenden Stintgraben aufzunehmen. Zwar führte im Verlauf der B 273 eine Brücke über den Oder-Havel-Kanal, und gleich dahinter war auch die Kehrschleife des Busses, aber wer sollte sie aus dieser Entfernung schon erkennen.

Der ehemalige NVA-Oberst warf seine Angel in weitem Bogen aus, und Claire sah den weiß-roten Schwimmer in Nähe eines aufflatternden Bleßhuhns aufs Wasser klatschen. Schrepkow und die kleinen Fische. Vor drei Jahren noch Hecht beziehungsweise Hai, ein mächtiger Mann in einer gewaltigen Uniform, die schon an Göring denken ließ, nun hoffte er, einen Schuppenkarpfen zu fangen, um die Rente seiner Mutter ein wenig aufzubessern. Selber bekam er noch nichts, weil man zu verschiedenen Punkten Anklage gegen ihn erhoben hatte. Vom Schießbefehl an der Mauer war die Rede und von illegalen Waffenverkäufen an die Irakis. In der Oranienburger Gerüchteküche hieß es außerdem, daß die Bundeswehr seine Übernahme vor allem aber seiner Stasi-Mitgliedschaft wegen abgelehnt hätte. Claire war da bestens informiert. Das alles aber hatte sie an ihrer Bootsfahrt nicht gehindert. Einmal mochte sie Schrepkow ‹als Menschen›. Ein tapsiger Bär war er, einfältig trotz sicherlich vorhandener ‹formaler Intelligenz›, wie Natalie das nannte, und mit seiner Hasenscharte, die vom Lippenbärtchen nur schlecht kaschiert wurde, schon geschlagen genug. Als Versicherungsvertreter war er kläglich gescheitert. Nimm dir 'n Strick, flüsterten alle. Seine Schuld an aller Scheiße war unbestritten, aber dann hätten sich, fand Claire, hunderttausend andere mit ihm aufhängen müssen. Er wenigstens saß nicht wieder, von CDU und Treuhand klammheimlich gefördert, in einer Firma und kassierte dort ein Spitzengehalt. Zum anderen war er der einzige, der ihr noch helfen konnte.

Schrepkow hatte sie bemerkt und sich zu ihr umgewandt.

«Guten Morgen...» rief Claire. «Keine Angst, ich bin's nur.»

«Für einen Flugzeugträger hätt' ich Sie auch kaum gehalten», brummte Schrepkow. «Aber... Woll'n Se auch angeln hier?»

«Nee, höchstens Sie.» Claire hielt ihr linkes Ruder so starr ins Wasser, daß sich ihr Schiffchen drehte und längsseits kam.

Schrepkow zog es vollends zu sich heran. «Ich bei Ihnen an der Angel...?»

Claire schmunzelte. «Ich weiß, daß Sie erst vierundfünfzig sind. Aber jüngere Männer sind ja heute große Mode bei verrückten Hühnern wie mir...»

Schrepkow war das sichtlich peinlich, und er starrte auf seine weiß-rote Pose, die sich sanft in der Strömung wiegte. «Ihre Tochter hat Sie doch nicht etwa...»

«Nein, das war doch nur so gesagt. Ich bin wegen 'ner ganz anderen Sache hier...» Claire zog ihre Ruder vollends ein und legte sie auf den Rand des Bootes.

«Die Fische hätt' ich Ihnen doch nach Hause gebracht und, wenn keiner da ist, unter die Veranda gelegt, ins Kühle... Das Geld dann...»

«Geld – das ist das Stichwort...» Claire hakte ein. «Von Gretchen weiß ich, daß Sie verdammt knapp bei Kasse sind. Und aus Ihrem Haus, da müssen Sie auch bald raus, im September...»

«Ja, das gehört einem aus Kassel...»

«Ich hätte einen kleinen Auftrag für Sie...»

Schrepkow war verdutzt. «Einen Auftrag, Sie...?»

Claire fand es zunehmend peinlicher, was sie da machte.

Schrepkow litt augenscheinlich ebenso wie sie, und so schwiegen sie so lange, bis das erste Schubschiff vorüberkam und mit seinen

Wellen für viel Arbeit sorgte. Sie mußten sich an ihren Booten festhalten und gleichzeitig aufpassen, daß an den Rümpfen kein Schaden entstand. Ohne sich dabei die Finger zu zerquetschen.

«Geschafft!» Schrepkow hatte auch noch seine Angelruten retten müssen.

Claire mußte einen neuen Anlauf nehmen, wollte sie nicht erst dann zurück am Café sein, wenn sich halb Oranienburg auf den Weg zur Arbeit machte. «Sie wissen von Ihrer Mutter her, was bei uns in letzter Zeit alles passiert ist. Ein Schicksalsschlag nach dem anderen. Bis dahin, daß der Bräutigam meiner Tochter tot im Garten liegt...» Sie zählte ihm das alles auf.

Schrepkow nickte. «Schrecklich, ja...»

«Und wissen Sie, wer da schuld ist daran...?»

«Das Schicksal, der Zufall, die naturwissenschaftlichen Gesetze. Die Schwerkraft, daß er vom Baum gefallen ist. Der elektrische Strom, daß es bei Ihnen gebrannt hat, der Kurzschluß. Kraft gleich Masse mal Beschleunigung, daß Ihre Tochter den Verkehrsunfall hatte. Da gibt es für alles 'ne Erklärung...»

Claire richtete sich auf. «Eben nicht!»

«Wieso...?»

«Weil die Welt nicht so einfach ist, wie Sie das sehen. Hinter allen Ereignissen steckt mehr, nur sieht das keiner außer mir.»

Schrepkow guckte verwundert. «Sie sind doch nie für die Kirche gewesen...?»

«Nee, ganz im Gegenteil. Aber ich weiß, was ich weiß...» Claire hielt aber wieder inne, wagte es noch immer nicht, ihn mit dem zu konfrontieren, was die Wahrheit war. Bei so einfach gestrickten Menschen wie ihm war immer mit einem Ausbruch an Hohn und Spott zu rechnen. Ob sie sich mit Schrepkow letztendlich doch den Falschen ausgesucht hatte? Wer aber sonst hätte es tun können?

Schrepkow war damit beschäftigt, seine Angel einzuholen. Eine kaum mehr als daumenlange Plötze hing am Haken. «Davon soll'n wir nu leben...»

«Sie könnten auf einen Schlag dreitausend Mark verdienen...»

Schrepkow warf die Plötze wieder ins Wasser. «Schießen Sie mal los.»

«Wissen Sie, was ein Nachzehrer ist?»

«Nee. Was für'n Ding?»

Klara Kublank erklärte es ihm.

Schrepkow hörte wortlos zu und schüttelte schließlich nur verständnislos den Kopf. «An was die Leute alles glauben. Nach vierzig Jahren DDR noch so viel Aberglauben...»

«Sie müssen ja nicht alles verstehen, was es gibt auf der Welt!» Claire wurde unwillkürlich aggressiv. «Haben Sie doch bisher auch nicht getan. Oder!? Sonst wäre Ihnen vielleicht eher aufgefallen, daß es in der DDR so nicht klappen konnte. Und wenn Sie das mit dem Nachzehrer jetzt nicht begreifen, dann... Viertausend Mark!»

Schrepkow hob müde den Kopf. «Wofür denn?»

«Sie haben doch Zugang zu Sprengstoff und so...»

«Soll ich einen umbringen...?»

«Nein. Um den es geht, der ist schon tot.»

Schrepkow warf die Angel wieder aus. «Jetzt versteh ich gar nichts mehr...»

«Totzke ist ein Nachzehrer.»

Claire hatte es feierlich verkündet, und Schrepkow brauchte einige Sekunden, um zu verstehen, was sie damit gemeint hatte. Mehr als ein verächtlich geschnaubtes «Ach...!» brachte er indessen nicht zustande.

«Doch!» stieß Claire trotzig hervor. «Er will uns alle vernichten, nachziehen ins Grab. Darum muß er verschwinden, darum muß er pulverisiert werden! Anders können wir uns nicht mehr retten. Das heißt: Nur Sie können uns retten, Schrepkow, Sie!»

«Ich hab schon genug am Hals, soll ich mich da auch noch strafbar machen!»

«Das ist doch kein Mord, mein Gott! Und außerdem können Sie's doch so einrichten, daß es so aussieht, als wenn wieder einer von den Blindgängern da hochgegangen ist. Wie der bei uns vorm Haus. In der Zeitung steht, daß da Säurezünder drin sind. Also bauen Sie 'nen Säurezünder, Sie können das doch, Sie haben doch mal als Waffentechniker angefangen bei der NVA.» Claire warf ihre ganze Beredsamkeit in die Waagschale. «Und denselben Sprengstoff nehmen Sie wie die Amis und die Tommis damals für ihre Bomben. Was soll'n da schiefgehen bei? Nachts, wenn keiner weiter gefährdet wird, fliegt Totzke in die Luft. Mit seinem Sarg. Und keiner kommt auf Sie.»

«Nein», sagte Schrepkow.

«Fünftausend Mark.»

«Nein.»

## Italienischer Stahlmanager von Blindgänger zerfetzt

### Nächtliche Explosion in Oranienburg

Giancarlo Bolgheri, der 35jährige Chefunterhändler des italienischen Pecciolo-Konzerns, der seit Jahresbeginn in Oranienburg über den Kauf der maroden ORA-Stahl verhandelt, ist in der Nacht zum Freitag auf dem städtischen Friedhof Opfer einer Bombenexplosion geworden. Überlebt hat seine Begleiterin, mit der er sich kurz nach Mitternacht zu einem Schäferstündchen hinter die Friedhofskapelle zurückziehen wollte.

In Mailand hat man diesen tragischen Unglücksfall mit großer Bestürzung zur Kenntnis genommen, sieht aber dennoch keinen Grund, sich aus Deutschland zurückzuziehen.

Nach der Explosion auf einem Sportplatz am Lehnitzsee ist dies nun schon das zweite Mal, daß eine Hinterlassenschaft aus dem Zweiten Weltkrieg die Einwohner der Kreisstadt im Norden Berlins in Angst und Schrecken versetzt. Eine systematische Suche nach weiteren Blindgängern soll noch Anfang nächster Woche unter Mithilfe der bewährten Berliner Feuerwerker beginnen.

# TEIL II

## Giancarlo Bolgheri Opfer eines Attentats

### Blindgänger-Explosion ausgeschlossen

Nach neuesten Erkenntnissen der Kriminalpolizei ist der italienische Manager Giancarlo Bolgheri, der für den Mailänder Pecciolo-Konzern seit Wochen über den Kauf der ORA-Stahl verhandelt hatte, nicht von einem Blindgänger zerfetzt worden, sondern von einem Sprengkörper modernerer Bauart. Was die eingesetzten Feuerwerker angesichts des Bombentrichters auf dem Oranienburger Friedhof schon von Anfang an vermutet hatten, ist inzwischen durch erste Untersuchungsergebnisse der PTU Berlin bestätigt worden.

Über die möglichen Motive der Tat herrscht weiterhin Unklarheit. Rechtsradikale, die den Verkauf des renommierten Unternehmens an Ausländer verhindern wollen, werden in der Bevölkerung ebenso verdächtigt wie deutsche Konkurrenten und italienische Killerkommandos, da sich Bolgheris Vater zu Beginn der achtziger Jahre als Richter bei der Bekämpfung der Mafia hervorgetan hatte. In Oranienburg soll Bolgheri auch durch seine vielfältigen Damenbekanntschaften aufgefallen sein. Die aus 25 Beamten bestehende ‹Soko OR› hat inzwischen ihre Arbeit aufgenommen.

## I.

Hans-Jürgen Mannhardt schrie und schrie. Die Chance, daß es jemand hörte, war gleich Null, aber es betäubte irgendwie, nahm die Angst. Daß er sterben mußte, war ihm klar, jetzt galt es nur, die fünf Minuten seines Todeskampfes erträglicher zu machen, sie abzukürzen, sie hinter sich zu bringen. Und das ging am besten, wenn er sich aufbäumte und tobte. Das Wasser schoß gurgelnd durch die zentimeterweit geöffneten Fenster ins Innere des Wagens. Und damit sank er immer schneller. Sie hatten ihn an Händen und Füßen gefesselt und zudem an Sitz und Lenkrad festgebunden. Das Licht wurde immer diffuser, war erst noch milchiggrau, dann algengrün und immer schwärzlicher, bald nur noch Erinnerung. Es war Nacht geworden. Die Reifen berührten den Schlamm, gruben sich in den Boden des Sees. Das Wasser schwappte Hals und Kinn hinauf, geriet ihm in den Mund. Er verschluckte sich und hustete in seiner Panik, schrie abermals…

…und war endlich erwacht.

Sein Herz raste, und er hatte Mühe, sich zurechtzufinden. War er wieder in der Psychiatrie. Nein. War er bei Heike im Bett? Nein. Gitarren aller Arten hingen über ihm und etliche Sombreros, Hüte der Schutztruppen in Deutsch-Südwest, texanische und australische Kopfbedeckungen. Harken und Spaten lehnten an der Wand, Hekkenscheren und Rasensprenger lagen am Boden. Da checkte er endlich, daß er in Oranienburg war, in der Blockhütte eines seiner Kollegen lag, bei Volker Vogeley im Garten.

Uff. Mannhardt setzte sich auf die Bettkante. Sein Standardalptraum wieder einmal. Tagsüber kam er mit dem Leben schon zu Rande, nachts aber war er den Dämonen schutzlos ausgeliefert. Er nahm seine Dienstwaffe aus dem Bett und zielte auf ein Foto, das er aus der Westberliner *BZ* herausgerissen hatte, auf Karin Aurak, seine geliebte Kriminaldirektorin, die ihn hierher in die Verbannung geschickt hatte. Angeblich um die Oranienburger Kripo auf Vordermann zu bringen, in Wahrheit aber, um ihn für einiges zu strafen, was er in Berlin ‹verbrochen› hatte.

Nun ja, es gab Schlimmeres. Sibirien war es nicht, und mit S-Bahn und Bus konnte er in einer knappen Stunde zu Hause sein in Tegel, und wenn es einmal sehr spät wurde, wie gestern beispielsweise, fand er bei Vogeley Quartier.

Er tippte mit dem Zeigefinger auf den roten Knopf seines alten Kofferradios und holte sich mit *Info Eins-null-eins* ein Stück Heimat ans Bett. *Alle zehn Minuten neu: Wetter, Verkehr und mehr. Ihre Ohrenzeitung.* Seit gestern nachmittag wiederholten sie alle Stunde die Meldung, daß Giancarlo Bolgheri nicht Opfer eines Blindgängers, sondern eines Attentats geworden war. AUS.

Mannhardt schnupperte. Es roch wieder stärker nach Guano, Vogelmist. Wahrscheinlich hatten sie den, bevor er gekommen war, unter seinem Bett gelagert.

Egal. Mit einem Kraftakt ohnegleichen drückte er sich hoch und kam auf die Beine, stöhnte und wankte dabei wie ein Gewichtheber beim Weltrekordversuch. Erst nachdem er sich ein paarmal gereckt hatte, war er imstande, zum eigentlichen Häuschen der Vogeleys hinüberzugehen und sich in einer Art Badezimmer von Angst- und Nachtschweiß zu säubern, sich zu rasieren und die Zähne zu putzen.

Volker Vogeley war nicht mehr da, hatte, wie ein Zettel auf dem Tisch verriet, seine Frau zum Bahnhof gekarrt und sich dann gleich ins Büro begeben. Mannhardt war es recht. Mit dem *Oranienburger Generalanzeiger* und der *Märkischen Allgemeinen* auf dem Tisch konnte er so in aller Ruhe sein Frühstück zu sich nehmen. Nein, erst war Heike anzurufen und zu wecken. Das mit dem Telefonieren von Ost nach West, wenigstens das, ging jetzt reibungslos.

«Hier ist der automatische Anrufbeantworter des christlichen Vereins obszöner Männer. Sie wollten Punkt acht Uhr erweckt werden.»

«Du scheinst ja gut drauf zu sein heute...»

«Gut drauf bin ich nur bei dir.»

«O Gott!»

«Danke.» Mannhardt zerklatschte eine Mücke, die auf seinem Unterarm gelandet war. «Haste Lehrveranstaltungen heute?»

«Nur 10–12 ‹Einführungen in das Rollenspiel›. Und du?»

«Nur 9–14 ‹Suche nach Bolgheris Mörder› und 15–23 ‹Tod Dr. Jederitz – Unfall, Mord oder Suizid?›.»

«Du Ärmster», kommentierte Heike, ohne daß er heraushören konnte, ob sie es ernst meinte oder ihn nur auf den Arm nehmen wollte.

«Zeit, an dich zu denken, wird noch bleiben…» Mannhardt bemühte sich um ein wenig Liebesgeflüster, doch es glückte nicht. «Die haben ja da ihre Sonderkommission mit all den hochkarätigen Kollegen, von überall her herangekarrt, und wir Ortsansässigen dürfen nur die Wasserträger spielen. Aber anderer Leute Wasser zu tragen, ohne sich naß zu machen, das ist sicherlich die höchste Lebenskunst.»

«Jetzt weiß ich endlich, warum ich dich liebe», höhnte Heike.

Mannhardt überhörte es. «Und… Was machst du heute abend…? Willst du nicht noch rauskommen nach O-Burg? Ich hab Sehnsucht nach dir…»

«Ich auch, aber wir wollen alle in die Disco heute.»

Wo er als Greis natürlich nichts zu suchen hatte. «Viel Spaß dann und: Tschüß.»

Auch ihre Abschiedsworte klangen so, als würden zwei Kollegen, die sich nicht riechen konnten, das Büro verlassen.

Mannhardt legte auf. Aus den Augen, aus dem Sinn. Besseres wollte ihm nicht einfallen. Was für ein beschissener Tag.

Er setzte sich an den gedeckten Tisch, schmierte sich märkische Butter auf das schon etwas pappige Brötchen, goß sich gekrönten Jacobs-Kaffee in den Becher und schlug die Zeitung auf, die oben lag, den *Oranienburger Generalanzeiger*. Was gab's denn Neues in OR und den sogenannten S-Bahn-Gemeinden ringsumher?

Gewerbepark der Superlative in Hennigsdorf
Grundstein für 5000 Arbeitsplätze

Jugend und Gewalt in Brandenburg
55 Prozent geben Ausländern die Schuld an
Arbeitslosigkeit und fehlender Perspektive

Denkmalschutz für Klinkerwerk des KZ
Sachsenhausen

Milchverkostung als Unterrichtsfach
Oranienburger Kinder zur
Verbraucherberatung

Die *Märkische Allgemeine* informierte ihn im Lokalteil über anderes. Die Havelbrücke im Zuge der B 96 hatte sich als so verrottet erwiesen, daß die Rekonstruktionsarbeiten viele Wochen länger als geplant dauern würden. Der Fahrrad-Klau nahm weiter zu. Herr Facharzt Paethe sprach vor Senioren im «altersgerechten Wohnhaus in der Robert-Koch-Straße» über Osteoporose (Knochenschwund). Weiterhin erfuhr er, daß die Stadt die ehemalige Heinkel-Siedlung schon vor dem Abzug der GUS-Truppen übernehmen wollte und an einer supermodernen BP-Tankstelle das Waschwasser schon recycelt wurde.

Und das im Lande der SED und des Sudel-Ede Schnitzler, der Stasi und des *Neuen Deutschland*. ‹Ich kann's nicht fassen!› Was blieb ihm, als Heikes Lieblingsspruch zu murmeln. Alles ein Traum. Nein, er saß noch immer in der Psychiatrie Bad Brammermoor und hatte wieder einen neuen schizophrenen Schub erlitten.

Genieß es doch!

Er bemühte sich darum, und es ging ihm auch zunehmend besser. Er machte sich zu Fuß auf den Weg zur Dienststelle. Den guten Kilometer bis dorthin marschierte er gerne. Zeit zum Schauen, Zeit zum Denken. Manchmal mit einem kleinen Umweg am Seeufer entlang. Gestern noch, so schien es ihm, war es ihm als Angehörigem der Westberliner Polizei quasi untersagt gewesen, in die DDR zu fahren. Einen Passierschein hätte er bekommen, das schon, aber seine eigene Behörde sah es gar nicht gerne, wenn er es tat, und man hatte auch jedesmal Meldung zu erstatten. Zu groß waren die Ängste und Wahrscheinlichkeiten, von der Stasi in eine Falle gelockt und angeworben zu werden.

Und heute war er hier, den Leuten beizubringen, wie sie richtig zu arbeiten hatten, nach westlichen Mustern.

Es freute ihn schon, auf der Seite der Sieger zu sein. Was wäre denn umgekehrt gewesen, wenn die DDR Westberlin erobert hätte. Dann hätte er sich in Bautzen wiedergefunden, hinter Gittern, oder als Kolchosbauer nebenan im Havelland. Und die ganze Scheiße lernen müssen: Mit der Wahl Erich Honeckers zum Ersten Sekretär des ZK der SED wurde ein Kommunist an die Spitze der Parteiführung berufen, der seine ganze Kraft, sein ganzes Leben dem Wohl des werktätigen Volkes widmet...

So aber hatten Vogeley und Yaiza Teetzmann das einzupauken, was er ihnen mitgebracht hatte: Rechtsgrundlage der polizeilichen Tatortarbeit zum Zwecke der Strafverfolgung ist § 163 StPO.

Mannhardt setzte sich für ein paar Minuten ans Ufer des Lehnitzsees und sah einem sandbeladenen Schubschiff hinterher, das eben aus der Schleuse kam und nun in Richtung Hauptstadt zog. Er stellte sich genüßlich vor, dort oben auf dem Buddelsand mit Heike zu liegen und den lieben Gott einen guten Mann sein zu lassen. Wie sein Vater immer gesagt hatte. Der war seit gut zwanzig Jahren tot, aber Mannhardt verspürte mit jedem Tag stärker den Wunsch, wieder einmal mit ihm zu reden, und sei es auch nur für zehn Sekunden. Es war grausam, das nie wieder zu können.

Langsam erhob er sich, durchquerte ein ungepflegtes Stückchen Wald und kam auf die Straße des Friedens. Vor ihm lag ein kasernenartiges Areal, das seiner Einschätzung nach das Wachpersonal des dahinterliegenden KZs beherbergt hatte. Genau zu wissen schien es keiner.

Eine Fahrradklingel ließ ihn aufschrecken. Er fuhr herum und sah Yaiza Teetzmann auf sich zuhalten. Sie tat so, als würde sie ihn über den Haufen fahren wollen, und er mußte in gespielter Panik zur Seite springen.

«Von Fahrradlenker durchbohrt», kommentierte Mannhardt. «Ungeliebter Besserwessi von Kollegin eiskalt ermordet.»

Yaiza Teetzmann hielt und wartete, bis er herangekommen war. «Fremdet Jewebe wird ehm abjestoßen. Nie wat jehört von Transplantationen und ihren Schwierigkeiten.»

Noch immer staunte Mannhardt, wie eine Abiturientin, und Yaiza Teetzmann war eine solche, derart berlinern konnte. In Westberlin hätte man solche Typen schon in der 8. Klasse scheitern lassen. Sie hätten es tun müssen, um ihre *proletarische Herkunft* immer wieder unter Beweis zu stellen, hatte Yaiza ihm erklärt, ansonsten sei da nichts gelaufen.

Sie begrüßten sich. Yaiza Teetzmann stieg wieder auf ihr Rad und fuhr mit geringstmöglichem Tempo, und Mannhardt mühte sich, im olympischen Gehertempo neben ihr zu bleiben. Dienstliches wurde nicht erörtert, es ging um die alltäglichen Sorgen. Steigende Mieten, Westdeutsche, die ihre Häuser und Grundstücke zurückhaben wollten, Freisetzungen und Abwicklungen bei Freunden und Verwandten, das Schicksal der ORA-Stahl. Immer wieder wurden Sätze mit *vor* und *nach* begonnen oder zu Ende gebracht, und Mannhardt fühlte sich lebhaft an die Zeit nach '45 erinnert, wo seine Eltern und Verwandten auch so geredet hatten. Nur daß damals vor und nach dem Krieg gemeint gewesen war.

Sie kamen ins Dienstgebäude, wo sich die SoKo-Kolleginnen und -Kollegen gerade zur Dienstbesprechung versammelten. Was Mannhardt immer wieder erschrecken ließ, war die karge Ausstattung der Diensträume. Über die hier aufgestellten Schreibtische und Schränke hätte sich das Deutsche Büromuseum über alle Maßen gefreut. Vordrucke waren Mangelware, Klebestifte gab es nicht, die Handfunkgeräte reichten kaum weiter, als ein Mann zu schreien vermochte.

«Macht nischt», sagte Yaiza Teetzmann. «Dafür kriegen wa ooch nur sechzig Prozent von euerm Jehalt.»

«Wovon ihr aber auch nur die eine Hälfte selber erwirtschaftet und die andere Hälfte von uns geschenkt bekommt», brummte Mannhardt. «Jammern und kassieren!»

Was Yaiza Teetzmann darauf erwiderte, konnte er nicht so genau verstehen, es hatte aber sehr nach Arschloch geklungen. Mannhardt fühlte sich natürlich angegriffen und gekränkt und hätte schon liebend gerne zurückgeschlagen, wußte aber, daß er das einzustecken hatte, wenn es hier in O-Burg keine Katastrophe für ihn geben sollte. Auch hatte er Respekt vor ihrer Unabhängigkeit und mochte ihre offene Art, gab ihr auch in vielem recht.

Die gespannte Atmosphäre schlug ihm aber auf den Magen, und er mußte noch vor Dienstantritt die Toilette aufsuchen.

Als Mannhardt in sein Dreier-Zimmer kam, war Volker Vogeley gerade dabei, Yaiza sein neues Liedchen vorzutragen. Seit Jahren verdiente er sich sein Zubrot als Amateur-Kabarettist und Sänger, war in regelmäßigen Abständen bei NVA- und Vopo-Festen aufgetreten, scharf gewesen auf jede *Mugge*, auf jedes musikalische Gelegenheits-Geschäft. Und nun sang er wieder.

Hast du am Körper schon Ekzeme,
Weil dich dein neuer Chef so quält,
Weil dir dein volles Geld noch fehlt,
*Ein Mord löst alle Probleme...*

Hast du im Kopf nur noch 's Extreme,
Weil die Wessis alles besser wissen,
Weil sich die alten SEDler nicht verpissen,
*Ein Mord löst alle Probleme...*

Das also war der Kriminalhauptkommissar Volker Vogeley, der in zwei Jahren vierzig wurde, ein liebenswerter Kauz, gedrungen und von so rötlicher Hautfarbe, daß Mannhardt seinen Spitznamen *Häuptling Bison* anfangs von seiner Indianerähnlichkeit abgeleitet hatte. Bis er eines Tages dahintergekommen war, daß Vogeley nicht nur deshalb ständig Orangensaft trank, um Vitamine zu sich zu nehmen, sondern ihn sozusagen als Container für seinen Wodka brauchte, seinen polnischen Wodka der Marke *Bison*. Das war die mit dem Grashalm in der Flasche.

Mannhardt fand den Song nicht schlecht, regte sich aber innerlich schon wieder auf. Auch ein Mann wie Volker Vogeley, der aufgrund seines christlichen Elternhauses nie ein glühender Sozialist gewesen war, machte sich nun daran, die alte DDR nach Kräften zu verteidigen.

«Als hätte es bei euch früher nie so was wie Verbrechen gegeben», sagte Mannhardt.

«Guck dir doch an, wie nach der Wende die Kriminalitätsraten überall bei uns gestiegen sind. Die Einbrüche, die Diebstähle, die Morde.»

«Ha, ha! Früher hat der Staat das alles gemacht: an der Mauer, in den Stasi-Kellern, bei Schalck-Golodkowski. Jede Gesellschaft hat ihr kriminelles Potential; nur: Bei den einen lebt sich das individuell aus, bei den anderen kollektiv.»

Sie kamen wieder einmal ins Streiten und mußten erst von ihrem Chef zur gemeinsamen Sitzung mit einigen Herren und einer Dame vom BKA, vom Generalbundesanwalt und vom Potsdamer Staatsschutz abgeschleppt werden. Das übliche Kompetenzgerangel im Fall Bolgheri begann. Wer was und wie in der ‹Soko OR› tun sollte, durfte oder mußte.

Nach anderthalb Stunden war man soweit, auch der Oranienburger Truppe wegen der möglichen Verzahnung mit ortsbezogenen Delikten einiges zu überlassen, und Mannhardt bekam die Order, mit den Damen Rabea Pfannenschwarz und Natalie Totzke zu reden.

Mannhardt spazierte die Straße des Friedens entlang und wurde das Gefühl nicht los, im Urlaub zu sein. Alles, was hier in Oranienburg an Todes-, Über- und Unfällen zu registrieren war, interessierte ihn wenig. Das war deren Bier. Und ob sie nun den Mörder des Italieners fanden oder nicht fanden, den Lauf der Welt tangierte beides in keinster Weise.

OR verwestlichte zusehends. Die *Berliner Bank* hatte in einem Container ihre Filiale eröffnet, *Quelle* war nicht weit entfernt, und *Leiser* verkaufte seine Schuhe jetzt auch hier. Wohl den Besiegten.

Mit den neuen Autokennzeichen hatte er noch Mühe. Mit KW und FW, NAU und BRB. Es kam ihm irgendwie anmaßend vor, daß sich die DDRler bundesrepublikanische Schilder an ihre Wagen schraubten.

Als er die Praxis Dr. Pfannenschwarz erreichte, staunte er über deren geradezu luxuriösen Standard. So was sah man selten in den neuen Bundesländern. Schläfrig und unkonzentriert nahm er die Stufen, trat in den Flur und ging durch die erstbeste Tür weiter ins Innere des Hauses hinein.

«Hallo, halt!»

Mannhardt zuckte zusammen und fühlte, wie er zur Größe eines zehnjährigen Knaben zusammenschrumpfte. Kein Wunder, denn die Dame, die ihm da entgegentrat, glich der Hauswartsfrau aus dem Mietshaus, in dem er aufgewachsen war. ‹Runter von den Müllkästen!› Den fleischig-kraftvollen Arm zum Schlag erhoben. ‹Raus aus dem Keller! Wer von euch Schweinen hat wieder Sand auf die Treppe geschmissen! Wer hat das Klofenster im ersten Stock zerschossen! Du wieder? Ich werd mit deiner Mutter sprechen!› Daraufhin hatte es immer Stubenarrest gegeben, manchmal war er auch ins Klo oder in den Keller eingesperrt worden. ‹Bitte, bitte, laß mich raus, ich will's auch nie wieder tun...› Abbitte leisten, hatten sie diese Demutsgeste genannt, und ohne dieses Ritual war keine Erlösung möglich gewesen. Das Klosett als Knast war ihm stets lieber gewesen, weil da die Chancen auf vorzeitige Entlassung größer gewesen waren, des ewigen Durchfalls seiner Großmutter wegen.

«Ich war es nicht», sagte Mannhardt und duckte sich unwillkürlich, denn es sah wirklich so aus, als wollte die resolute Frau mit den Kugelstoßerinnen-Armen ihm kräftig eine runterhauen.

«Zum zweiten Mal überfällt mich keiner mehr!»

«Ah, Sie sind die Frau Dr. Pfannenschwarz...» Mannhardt machte eine kleine Verbeugung und gab sich alle Mühe, kultiviert zu erscheinen. «Ich bin erst kurze Zeit allhier und freue mich, eine Frau zu hören und zu kennen, die alle mir mit Ehrfurcht nennen.» Was nach *Faust* klingen sollte.

«Waren Sie schon mal bei mir in Behandlung», fragte die Ärztin, und Mannhardt sah ihr an, daß sie nachdachte, welcher Kollege Psychiater wohl für ihn in Frage käme.

«Nein...» Mannhardt schwankte einen Augenblick, unterließ es dann aber, ihr von seinem Aufenthalt in der Nervenheilanstalt Bad Brammermoor Bericht zu erstatten. «Ich bin von der Kripo...» Er stellte sich vor.

«Ah, Sie sind das. Gehört hab ich schon von Ihnen. Sie kommen wegen des Überfalls auf mich?»

«Nein, wegen der Sache mit Bolgheri und Ihrer Tochter...»

«Rabea sitzt oben in ihrem Zimmer. Noch immer der Schock. Quälen Sie sie nicht.»

Mannhardt nickte. «Nein. Aber was sein muß, muß sein.»

«Hier die Treppe hoch... Das Zimmer mit dem Pferdekopf an der Tür.» Sie zeigte ihm den Weg.

Mannhardt bedankte sich, stieg nach oben und klopfte dem Pferd auf die Blesse.

«Ja, bitte...»

Mannhardt klinkte die Tür auf und fand Rabea Pfannenschwarz auf dem Teppich liegend, wie sie in einer Pferdezeitschrift blätterte. Ihre Stereoanlage verstreute Musik, die sich nach Prince anhörte.

«Entschuldigung, daß ich Sie störe...» Mannhardt wandte sich schnell wieder um, denn Rabea Pfannenschwarz trug, da es draußen auf die 30 Grad zuging, nichts weiter als einen geblümten Slip.

«Macht nichts...» Sie drehte sich um und streifte sich ein blauschwarzes T-Shirt über. «Sie sind der Wessi von der Kripo, nich?»

Mannhardt nickte und wußte, warum Giancarlo Bolgheri auf dieses Mädchen so scharf gewesen war. Der Italiener mußte früh auf Rubens geprägt worden sein, Peter Paul. Wahrscheinlich hatten ihn seine Eltern als Knaben zu oft in die Museen mitgeschleppt.

Komisch. Auf ihn selber hatte Rabeas Üppigkeit eine eher kastrierende Wirkung. Dazu kam der totale Altersheim-Look ihres Altmädchenzimmers. Wahrscheinlich lag das an den viel zu dunklen Spanplattenmöbeln und den Lampen vom VEB Gemütlichkeit. Vielleicht aber auch an jenem stilbildenden Desinfektionsmittel, das ihm das Reisen in den DDReigenen D-Zug-Wagen immer so vermiest hatte.

Er trat ans Fenster und zog es einen halben Meter weit auf. «Das Schlimmste haben Sie schon überstanden...?»

«Wenn Sie das Trommelfell meinen, das ist wieder in Ordnung.»

Mannhardt stutzte. Was sich ihm eben noch als Pfannkuchengesicht dargeboten hatte, zeigte nun eine gewisse reizvolle Ähnlichkeit mit der Monroe aus *Manche mögen's heiß*. Es war totaler Quatsch, daß Volker Vogeley im Hinblick auf Bolgheri von totaler Geschmacksverwirrung gesprochen hatte. Diese Rabea Pfannenschwarz war ganz sicher ein Fall für Kenner. In einem aufregenden Ambiente zumindest. Was die einen fett und träge nannten, war für die anderen lasziv. Er sah sie an. «Ich meine die Psyche, der Schock...»

Rabea Pfannenschwarz kehrte ihm den Rücken zu, bewegte sich auf den Knien in Richtung ihrer Liege und vergrub ihr Gesicht in den aufgetürmten Kissen.

Mannhardt wartete, bis sie nicht mehr weinte, ging dann hin zu ihr und streichelte sie, fuhr ihr mit den Fingerspitzen sanft über die Schultern. Wie seiner Tochter. «Es muß schrecklich gewesen sein.»

«...ich bin gerade hinter der Friedhofskapelle... Und er wartete zwischen den Gräbern...»

«Als die Explosion...?»

«Ja...»

Mannhardt ließ ihr Zeit. Daß es Bolgheri gerne auf Friedhöfen tat, hatten seine italienischen Kollegen schon durchblicken lassen, danach war nicht mehr zu fragen. Höchstens noch, warum sie hinter der Kapelle verschwunden war. «...um ein Diaphragma einzusetzen...» Richtig stolz war er, daß er das wußte. Andererseits war die Frage, das merkte er sofort, natürlich Quatsch, denn in der Pathologie hatten sie ja, wie ihm wieder einfiel, an Bolgheris Schwanzresten ein Kondom gefunden.

So tragisch das auch alles war, Rabea Pfannenschwarz konnte nicht dagegen an, trotz der Tränen an dieser Stelle ein wenig zu grinsen. «Nein, ich mußte dringend pinkeln. Wie immer vorher. Und mit 'ner vollen Blase, da...» Sie brach ab, obwohl sie an solchen Szenen generell viel Spaß zu haben schien.

«Was einem so alles das Leben retten kann», sagte Mannhardt, und er fand, daß sie sich nun weit genug stabilisiert hatte, um nicht gleich zusammenzubrechen, wenn er sie mit der Version des einen BKA-Kollegen konfrontierte. «Es gibt da allerdings Leute, die das ein wenig anders sehen...»

Rabea Pfannenschwarz setzte sich auf ihre Couch. «Wie... anders sehen?»

Mannhardt ging vor ihr auf und ab und rieb die Handflächen

gegeneinander. «Daß Sie der Lockvogel gewesen sind und sich mit einem Vorwand entfernt haben, damit ein Unbekannter irgendwo im Auto den Sprengkörper per Funk zünden konnte.» Die PTU-Spezialisten hatten zwar die Reste eines solchen Zünders noch nicht finden können, allgemein ging man aber davon aus, daß es so gewesen war.

Rabea Pfannenschwarz starrte ihn an, schien den Sinn seiner Worte gar nicht zu verstehen. «...als Lockvogel?»

«Ja. Es gibt die These, daß Sie von jemandem bezahlt worden sind, Giancarlo Bolgheri in die von ihm bevorzugte Grabreihe zu locken...»

«Das ist doch idiotisch!» Rabea Pfannenschwarz stieß dazu einen empört-höhnenden Öööhhh-Laut aus, der sich für Mannhardt wie das Muhen einer aufgestörten Kuh anhörte.

«Schön... Haben Sie denn irgend jemand gesehen, als Sie mit Bolgheri auf den Friedhof gegangen sind, trotz der Dunkelheit, einen Mann, einen Verdächtigen, der die Fernzündung ausgelöst haben könnte?»

Sie überlegte einen Augenblick. «Nein...»

«Okay». Mannhardt hatte zuwenig Phantasie, um sich die eher lieb-doofe Arzttochter als Köder von Mafia oder irgendwelchen deutschnationalen Spinnern vorstellen zu können. Aber, Gott... «Wer könnte denn Ihrer Meinung nach ein Interesse daran gehabt haben, Bolgheri aus der Welt zu schaffen...?»

Rabea Pfannenschwarz zuckte nur mit den Schultern. «Weiß ich doch nicht...» Dann kam nichts mehr.

Mannhardt war zu lange im Geschäft, um nicht mißtrauisch zu werden. «Danke für Ihr beredtes Schweigen. Unseren bisherigen Erkenntnissen zufolge hat der liebe Giancarlo dem Klischee vom *latin lover* so ziemlich entsprochen, das heißt, die Zahl der deutschen Damen, die ihn mal ausprobieren wollten, liegt so zwischen vier und fünf. Aber wehe der, die das mit wahrer Liebe verwechselte, der berühmten. Könnte es da eine gegeben haben?» Er war sich hundertprozentig sicher, daß Rabea etwas wußte, denn so verkrampft, wie sie dasaß, konnte das nur heißen, daß sie alle Kraft aufwandte, um etwas zurückzuhalten. «Verdammt noch mal, es geht hier um Mord! Soll ich dich erst festnehmen...!?»

Da sagte Rabea Pfannenschwarz ganz leise, daß sie an ihre Freundin denke, an Natalie Totzke, und als Mannhardt immer weiter nachhakte, erzählte sie ihm schließlich, was sie in Bischofswerder an der Schleuse erlebt hatte. «‹Ihr Schweine ihr! Ich bring euch beide um!› Hat sie uns gedroht.»

Mannhardt fragte Natalie Totzke, ob sie ihre Freundin Rabea Pfannenschwarz und ihren zumindest Exfreund Giancarlo Bolgheri mit den Worten ‹Ihr Schweine ihr! Ich bring euch beide um!› bedroht habe.

«Ja, das habe ich.»

Nach diesem filmreif vorgetragenen Geständnis herrschte wieder Schweigen zwischen beiden. Mannhardt konnte mit der kapriziösen DDR-Elitentochter das nicht herstellen, was die Psychologen den Rapport nannten, den guten intellektuellen wie emotionalen Kontakt zwischen zwei Gesprächspartnern.

Sie saßen auf der Terrasse vor der Totzkeschen Villa. Sein Blick ging zum Lehnitzsee hinunter, und er suchte sich an das zu erinnern, was er jüngst beim Fortbildungslehrgang III/91 «Neuro-Linguistisches Programmieren» (NLP) gelernt hatte.

**PACING** Stell dich in Sprachstil und/oder körperlichen Äußerungen so auf den anderen ein, daß durch dieses Nebeneinanderhergehen der Rapport aufgebaut wird.

So atmete er im selben Rhythmus wie Natalie Totzke, schlug die Beine übereinander wie sie und bemühte sich um eine leicht nasale bis arrogante Upper-class-Sprache. «Ich habe Videoaufnahmen mit Bolgheri gesehen und bin ebenso fasziniert von ihm wie Sie. Als androgyner Mensch, als Mann, der sich nicht scheut, auch von Männern angezogen zu werden, obwohl...» Durch tiefes Lufthölen und einen recht eindeutigen Blick auf ihre Knie und Schenkel gab er ihr zu verstehen, daß er sie sehr begehrenswert fand. «...aber nicht nur, weil ich so weg bin von Ihnen, möchte ich anmerken, daß wir gegen Sie trotz Ihrer... hm... Morddrohung nicht den geringsten Verdacht hegen. Im Affekt wird so etwas unzählige Male am Tag gesagt oder gedacht, ständig irgendwo in Deutschland, und nur ganz, ganz selten folgt darauf die Tat. Und wie sollten Sie sich einen Sprengkörper dieser Art beschafft haben...? Das ist völlig undenkbar für uns.»

LEADING Geh jetzt nicht mehr nur neben einem anderen her, sondern schlage eine neue Richtung ein, sei ihm einen Schritt voraus.

Also kam er darauf zu sprechen, daß sie ja beide ein gemeinsames Ziel haben müßten. «Nur mit Ihrer Hilfe können wir es schaffen, den oder die Mörder Bolgheris ausfindig zu machen. Ihnen wird er sicherlich auch über seine Ängste berichtet haben.»

ANKERN Verankere ein positives Gefühl in dem anderen.

So wie er das in seinem Crash-Kurs gelernt hatte, hob Mannhardt beide Arme und schob die Hände kammartig ineinander. «Ich will Ihnen dabei helfen, daß Sie nicht mehr unter Tatverdacht stehen.»

«...so schlimm ist das also.» Natalie Totzke senkte den Kopf und schlang die Hände um ihre Knie.

Mannhardt freute sich, daß sie so langsam von ihrem hohen Roß herunterkam. «Ja. Sie haben ein Motiv, und Sie haben ganz genau gewußt, daß Giancarlo es gerne auf Friedhöfen tat.»

«Doch nicht genau am Grab meines Vaters!» rief Natalie.

«Ob das in der Dunkelheit so genau auszumachen war. Nein.»

«Ich denke, Sie wollen mir helfen.»

«Will ich auch.» Mannhardt lehnte sich zurück. «Wer käme denn Ihrer Meinung nach wirklich in Frage?»

Natalie Totzke zögerte nicht lange. «Fragen Sie doch mal diesen Stechert von der EUROMAG. Oder die Glatzen, die mich steinigen wollten, weil ich mit Giancarlo... Außerdem bin ich neulich 'ne ganze Weile von so 'nem komischen Typen verfolgt worden.» Sie erzählte ihm davon. «Hätte durchaus einer von der Mafia sein können.»

Mannhardt machte sich Notizen. «Hat denn Bolgheri mal etwas davon durchblicken lassen, daß ihn eigene Landsleute bedrohen würden, Stichwort...»

Weiter kam er nicht, denn in diesem Augenblick tauchte Klara Kublank am Gartentor auf, und er hatte das Gefühl, daß sie bei seinem Anblick zusammenzuckte und am liebsten die Flucht ergriffen hätte. Doch mit einem lauten und freundlichen «Hallo!» stoppte er ihre Bewegung wieder zur Straße hin.

«Ah, der Herr...» Sie kam zur Terrasse hoch.

Mannhardt stand auf und ergriff die Hand, die sie ihm entgegenstreckte. Sie war ziemlich feucht. «Freut mich, Frau Kublank.» Ein Name wie dieser war nicht zu vergessen. Er erinnerte sich noch ganz genau an ihren Besuch in seinem Büro und lachte. «Na, jetzt sind Sie ja die Sorgen mit Ihrem Schwiegersohn endlich losgeworden.»

Klara Kublank sah ihn an, als stammte das Wort Schwiegersohn aus einer ihr gänzlich fremden Sprache.

«Na: Totzke, der Nachzehrer!» Mannhardt freute sich wieder einmal über diesen Unsinn. «Daß er alle aussaugt und zu sich nachzieht ins Grab. Nun auch Bolgheri, seinen designierten Nachfolger bei der ORA-Stahl.»

«Ach so...» Klara Kublank setzte sich auf einen der weißen Plastestühle. «Da ist was dran. Sag ich ja.»

«Zufall, nichts als Zufall. Wenn auch kein schöner...» Mannhardt fragte sich immer wieder, an wen die alte Dame ihn so lebhaft erinnerte. Es lag ihm auf der Zunge, und es tat richtig weh, daß er die Antwort nicht fand. Er sah auf die Uhr. «Gott, zwölf schon, ich muß dann mal wieder...» Heike war vom Bahnhof abzuholen. Er wandte sich wieder an die Enkelin. «Wenn Ihnen noch was einfallen sollte, hier...» Er zog seine Karte aus der Brusttasche und reichte sie ihr hin.

«Danke...» Natalie warf keinen Blick darauf.

Klara Kublank holte ein Rezept aus der Tasche. «Natie, ob du mir das mal fix aus der Apotheke holen kannst...»

Mannhardt hustete. «Ich darf mich dann...»

Klara Kublank fiel ihm ins Wort. «Ich komme grad von der Pfannenschwarz. Wissen Sie denn schon, wer bei der eingebrochen hat?»

«Nein.»

«Dann geb ich Ihnen mal einen guten Rat.» Sie strahlte ihn an. «Wenn Sie einen Verdächtigen haben und das Diebesgut, dann müssen Sie einen Teil davon unter einer Espe vergraben und ihn hinführen. Zittert er, ist er überführt.»

«Aha, daher kommt das: Er zitterte wie Espenlaub.» Mannhardt hatte wieder einmal etwas dazugelernt. Da fiel ihm noch etwas ein. «Ihre Tochter ist nicht zufällig auch zu Hause...»

«Nein, die ist weg wegen ihres Fernsehfilms. Herr von Riddeck auf Riddeck im Havelland.»

«Oh...» Mannhardt war hocherfreut, daß mal wieder einer etwas tat, den Leuten seinen geliebten Fontane ins Gedächtnis zu rufen. «Da komm ich gern mal wieder vorbei, um was zu hören davon. Mit Dr. Jederitz, da sind wir eh nicht weitergekommen.»

«Was kommt in diesem Lande schon voran», sagte Natalie Totzke.

Mannhardt ließ sich Zeit, zum S-Bahnhof zu kommen, denn wenn Heike pünktlich war, kam sie mindestens einen Zug zu spät. Für sie verriet Pünktlichkeit nicht nur einen faschistoiden Grundcharakter und war eine behandlungsbedürftige Sache, etwas Zwangsneurotisches, sondern auch der Anfang vom Ende der Menschheit. Mit systematisch unpünktlichen Menschen, so ihre Erkenntnis, konnte man keine Wälder abholzen, keine FCKW-Dosen vertreiben, keine Bomben bauen und keine Kriege führen. Daß sie diesmal aber zwei Züge später kam als avisiert, ganze vierzig Minuten, ließ auch ihn sauer gucken, und er begrüßte sie mit kühler Distanz. Händedruck statt Umarmung.

Sie lachte und umschlang ihn mit beiden Armen. «Tut mir leid, du, aber ich hab 'n Auftrag für 'n paar norddeutsche Blätter.»

Neben ihrem Psychologiestudium war sie, von zu Hause aus ja Journalistin, Korrespondentin des *Brammer Tageblatts* und freie Mitarbeiterin einiger Agenturen und Sender. «Hier in Oranienburg soll ein Mensch leben, der mitgeholfen hat, die PDS-Millionen ins Ausland zu bringen und auf irgendwelchen Konten zu parken. Dem soll ich mal ein paar Fragen stellen.»

Mannhardt küßte sie nun doch. «...kenn ich den, wie heißt'n der...?»

«Pessin, Hans-Peter Pessin, früher Hauptbuchhalter bei der ORA-Stahl.»

«Nie gehört.»

Heike zog einen bunten Zettel hervor. «Straße der Nationen...»

«Das ist die, die zum KZ hinführt, zur Gedenkstätte.»

«Da wollt ich sowieso mal hin.» Heike zog ihn mit.

Mannhardt maulte. «Ich dachte, wir gehen erst mal essen und dann...» Er verstellte ihr den Weg, nahm sie in die Arme und ließ seinen Körper sprechen.

«Nicht hier auf dem Bahnsteig, Mensch!»

Mannhardt zeigte auf den S-Bahn-Zug. «Dann im Triebwagen! Dem Wagen für den Trieb. Heißt doch extra so.»

Sie schimpfte ihn einen Sexopathen und ließ sich nicht beirren.

Mannhardt fühlte sich zurückgewiesen und gekränkt und rächte sich dadurch, daß er ihr ununterbrochen vorschwärmte, was doch Yaiza Teetzmann für eine wunderbare Kollegin sei.

«Komischer Name...» Heike tat so, als hätte sie gar nicht hingehört, und bewunderte das Oranienburger Postamt, als sei es das interessanteste Bauwerk zwischen dem Nordkap und dem Gibraltar-Felsen.

«Yaiza... Yaiza ist der schönste Ort auf Lanzarote, fast schon afrikanisch, und zugleich der Name einer wunderschönen Prinzessin aus grauen Vorzeiten.» Mannhardt gefiel sich in seiner Oberlehrerrolle. «Ihre Eltern haben jedes Jahr Postkarten von ihren Westverwandten bekommen, aus Yaiza, und immer geträumt davon, da mal hinzukommen. Und weil das in der DDR nicht ging, haben sie ihre Tochter Yaiza genannt.»

«Wie spannend», sagte Heike, gähnte und hielt sich in affektiert-gelangweilter Geste die Hand vor den Mund.

Mannhardt sehnte wieder einmal den Tag herbei, wo er endlich die Kraft haben würde, alle Kontakte abzubrechen und in eine Hütte am Wutzsee zu ziehen, oben bei Lindow. Kein Radio mehr, keine Zeitung, kein Fernsehen, keine Kollegen, keine Partei, keine Kinder, keine Frau und keine Heike. Die Nichts-mehr-Zeit, die Endzeit. Auswandern ins eigene Innere, nur zusammenleben mit den einzelnen Teilen seines Ichs. Nicht mehr abhängig sein von den Launen eines anderen Menschen. Von Heike. Was war er für ein Idiot, sich darauf einzulassen. Am besten, sie fuhr gleich wieder nach Hause.

«Is was?» fragte sie, während sie die Straße des Friedens erreichten.

«Nein.» Wie ein Fremder lief er neben ihr her.

«Was macht die Arbeit im Kreiskriminalamt?» fragte Heike.

Ihr Spott war wie ein Gift, das sich nicht nachweisen ließ. «Was soll sie machen?» Er schaffte es auch diesmal nicht, einfach alles abzubrechen und sie alleine weitergehen zu lassen. «Wir haben überall Steigerungen der Fallzahlen um zweihundert Prozent und mehr – bei den Eigentumsdelikten, bei den Einbrüchen, bei den Banküberfällen. Immer häufiger sind die Täter bewaffnet. Und der Trend geht von der Gelegenheitskriminalität zur Organisierten Kriminalität – OK ist in.»

«Und die Leute?»

«Die sind noch immer ganz schön verunsichert. Das war ja bei denen vorher alles ziemlich militärisch ausgerichtet, auch bei der K. Genosse Unterleutnant, Genosse Hauptmann, Genosse Major. Diplomkriminalisten gab's auch noch. Die mußten in der Offiziersschule ‹Wilhelm Pieck› in Aschersleben studieren. Ganz autoritärer Führungsstil überall. Jetzt sind sie auch Kommissare und müssen weg davon. Teamarbeit, Eigensteuerung und Bürgernähe sind angesagt, psychologisches Einfühlungsvermögen. Wie werd ich mit selbstbewußten Bürgern fertig? Soll ich ihnen alles beibringen. Und mit ihnen unsere Strafprozeßordnung pauken.»

Heike lachte. «Aber vielleicht werden sie ja doch nicht als Beamte übernommen. Wenn bei der Überprüfung durch die Gauck-Behörde was nicht stimmt...»

«...und wenn sie nicht der Umstrukturierung und der Rationalisierung zum Opfer fallen. Netto kriegen sie vielleicht zweitausend Mark. Was meinst du, wie motiviert die alle sind.»

«Könnt ihr nicht 'ne Polizeipsychologin gebrauchen?»

«Ja, dich!» Da war der Impuls, sie an sich zu pressen, ihre Haut zu spüren, ihre Wärme, den Schlag ihres Herzens. «Dich brauch ich...»

«Nein, ich dich...» Sie suchte seine Zungenspitze.

Als sie sich nach einer Ewigkeit wieder voneinander lösten, variierte Mannhardt einen alten Sportreporterspruch. «Durch Krampf zum Ziel.»

«Und was ist dein Ziel...?»

Er flüsterte es Heike ins Ohr.

Doch sie schüttelte den Kopf. «Ich kann jetzt nicht. Ich hab mich innerlich so auf Pessin konzentriert, das Interview, und aufs KZ...»

Mannhardt schwieg. Klar.

Als sie die Straße der Nationen erreichten, blieb er stehen. «Es ist schon besser, du gehst alleine hin. Wenn er mich als Kripomann erkennen sollte, dann blockt er vielleicht.»

«Okay.»

«Ich setz mich ins Restaurant drüben an der Ecke...»

Er küßte sie kurz und wartete, bis sie die Straße überquert hatte, zögerte dann aber, an den letzten freien Tisch zu treten, weil daneben die Pfannenschwarz mit drei anderen Frauen ihr Weizenbierchen trank. So ging er Heike hinterher und setzte seinen ganzen Ehrgeiz darein, von ihr nicht gesehen zu werden. Sie blieb vor einem Grundstück stehen, dessen alter Baumbestand ein respektables Einfamilienhaus verdeckte. Zweistöckig war es, und mit seinem flachen Dach sah es sehr funktionalistisch und nach Baujahr '38 aus. Die wenigen Backsteine, die den schmutzgelben Putz als Ornamente schmückten, hatten die Farbe einer Trinkernase.

Mannhardt duckte sich hinter einen Lieferwagen und sah, wie Heike am Gartentor stand und nach der Klingel suchte. An einem der hölzernen Zaunpfosten war neben dem Namensschild ein runder schwarzer Klingelknopf befestigt. Sie drückte drauf. Nichts. Zwei Drähte, ein roter und ein weißer, kamen hinter der Klingel hervor und hingen lose in der Luft, bevor sie in der Erde verschwanden. Heike sah nach, ob sie irgendwie locker waren. Offensichtlich nicht, denn sie versuchte es erneut. Nach dem dritten Versuch erschien oben in der Haustür ein dicklicher Mensch mit mürrischem Gesicht und grauer Tonsur, bekleidet mit dem Standard-Trainingsanzug der früheren Armeesportklubs, einem außerordentlich häßlichen Braun, für das Mannhardt keinen Namen finden konnte. Schokoladenbraun war es nicht, Kackbraun war es nicht, glich eher der Reibefläche einer Zündholzschachtel oder der Rinde eines Fichtenstammes.

Er hörte Heikes Stimme überdeutlich. «Guten Tag. Sie sind der Herr Pessin?»

«Ja. Wieso?»

«Heike Hunholz mein Name. Ich bin freie Journalistin und...»

«Danke. Kein Bedarf!» Und zugeknallt die Tür.

Heike konnte sich nicht beherrschen und riß, ehe sie sich davonmachte, die beiden Klingeldrähte ab.

Mannhardt kam hinter seinem Lieferwagen hervor, folgte ihr, ohne daß sie es bemerkte, und drückte ihr, als er direkt hinter ihr war, seinen Kugelschreiber in den Rücken. «Die Staatssicherheit. Bitte folgen sie mir.»

Heike fand das gar nicht witzig. «Mann, hab ich mich erschrokken! Im ersten Augenblick hab ich wirklich gedacht... Die DDR, die gibt's doch noch, das kann doch unmöglich alles vorbei sein...»

«Für diesen Pessin ist sie bestimmt noch nicht passé.»

«So ganz unrecht hat ja Honecker nicht, wenn er aus der chilenischen Botschaft verkündet, daß es sehr vielen seiner Untertanen früher sehr viel besser gegangen ist als jetzt.»

Schweigend gingen sie auf das Tor der Gedenkstätte zu. Sachsenhausen. Die brandenburgische Fahne, rot-weiß mit ihrem Adler, wehte neben der Bundesflagge. Böiger Ostwind bei strahlend blauem Himmel. Wie bei der Eröffnung eines Volksfestes. Vor einem Kiosk stand eine große bunte Tafel mit unzähligen Eissorten darauf. Bockwurst gab es, Salate, Bier und Nichtalkoholisches.

Sie gingen hinein und griffen sich ein kostenloses Informationsblatt. Im Konzentrationslager der Nazis waren von 1936 bis 1945 annähernd 100000 Menschen durch, wie es hieß, ‹zielgerichtete Vernichtung› ums Leben gekommen. ‹Einlieferung von Kommunisten, Sozialdemokraten, Gewerkschaftlern, Liberalen, Christen, Juden, Pazifisten, Zeugen Jehovas, Homosexuellen, als Asoziale bezeichneten Personen, Sinti und Roma, Kriminellen›. In den fünf Jahren nach Kriegsende hatte Sachsenhausen als Internierungslager der Sowjets gedient. Noch einmal 20000 Opfer. ‹Zunächst vorwiegend Mitglieder der NSDAP, SS und Wehrmachtsangehörige... zunehmend Unschuldige (Denunzierte, zufällig Aufgegriffene). Dann auch Sozialdemokraten, christliche und liberale Politiker, Gegner der Besatzungsmacht und des aufkommenden SED-Regimes.›

Auf dem Appellplatz blieben sie stehen. ‹...diente von 1936 bis 1945 für Zählappelle und Strafmaßnahmen (z. B. Strafstehen, Prügelstrafe, Exekutionen).› Da war die sogenannte Schuhprüfstrecke...

Mannhardt schloß die Augen und sah sich, wie er sich mit einer endlosen Reihe anderer Häftlinge dahinschleppte. 15 kg schwere Rucksäcke umgeschnallt. 10 Stunden am Tag, 40 Kilomter, ‹um Schuhsohlen auf ihre Haltbarkeit zu prüfen›. Es ging nicht mehr, die gnadenlose Sonne. Er brach zusammen. ‹Aufstehen!› Er wollte sich hochstemmen, kam aber nicht mehr auf die Beine. Zwei Schüsse.

«Heh, Simone, warte mal!»

Ein blondes Schulmädchen hatte den Anschluß an ihre Gruppe verloren, und alle lachten sich halbtot, als sie beim Laufen ihren knallroten Schuh verlor und nur dadurch einen Sturz verhindern konnte, daß sie wie eine Delphinschwimmerin mit den Armen ruderte.

Mannhardt saß auf seinem Bett und sah zu, wie sich Heike vor einem winzigen Spiegel die Haare kämmte. Da hatte er sich nächtelang die heißesten Szenen erdacht, und nun hingen sie gewaltig durch und redeten und redeten. Nur.

«Immer sind fast alle ungeschoren davongekommen. All die staatlichen Mörder in Argentinien, Chile, der Sowjetunion, in Nazideutschland, in der DDR. Hinterher soll man immer verzeihen und nicht Gleiches mit Gleichem vergelten. Das ist doch geradezu eine Einladung an die nächste Generation, genau dieselben Massenmorde zu begehen.» Das war es, was Mannhardt so hinunterzog. «‹Stasi in die Volkswirtschaft›, das war nicht machbar, und ‹Stasi nach Sachsenhausen› auch nicht. Liebe deinen Nächsten wie dich selbst – damit er dich besser umbringen kann.»

Heike hatte die alte Tüllgardine ein wenig zur Seite gezogen und nach draußen gesehen, wo Volker Vogeleys große Grillparty schon begonnen hatte. Jetzt kam sie zurück und nahm Mannhardt in die Arme. «Denk immer mal wieder daran, daß wir da schon einen hatten, der alle Last und alles Elend dieser Welt auf sich geladen hat, um uns zu erlösen. Du brauchst das nicht mehr tun, und an Jesus kämst du eh nicht ran.»

Mannhardt äffte sie nach. «Wie witzig.»

«Ich hab nur ein Leben, und die vom KZ, die haben schon hunderttausend auf'm Gewissen, von denen laß ich mir mein's nicht auch noch nehmen. Los, raus jetzt in den Trubel!» Sie schleifte ihn geradezu nach draußen.

Yaiza Teetzmann und Volker Vogeley begrüßten ihn mit geübtem Hallo, und er macht sich daran, Heike den anderen mit knappen Worten vorzustellen. «Meine älteste Tochter...» Es gab genügend, die es glaubten, und er hoffte, daß ihn einer von ihnen bei der Aurak denunzieren würde. Wegen inzestuöser Beziehungen.

Von den etwa 40 Gästen waren nach Mannhardts Schätzung gut und gerne 25 Polizeikollegen, denn auch Violetta Vogeley war im Kreiskriminalamt tätig, als Schreibkraft. Der Rest, Nachbarn und Verwandte, bestand überwiegend aus Stahlwerkern, abgewickelten wie noch beschäftigten, Verkäuferinnen, Krankenschwestern und etlichen Frauen, die sich in der Umschulung befanden. Nahezu alle waren sie, wie Mannhardt fand, vom Wendefrust befallen, und seine unmittelbaren Berufskollegen ließen keine Gelegenheit aus, darüber zu schimpfen, daß sie bei der Übernahme in die großdeutsche Polizei automatisch mindestens einen Rang zurückgestuft wurden.

Heike hatte sich sofort in die Menge begeben und Kontakte gesucht und gefunden. Klar, würde er ihr später sagen, als angehende Psychologin bist du ja schon auf so etwas programmiert: auf die Leute zugehen, sich öffnen, sich einbringen, sich nicht ausgrenzen. Er selber aber stand etwas verloren am Goldfischteich, hielt sich an seinem Bierglas fest und fing schon nach zehn Minuten an, sich mächtig zu langweilen. Nach zwanzig Minuten kam auch noch ein Schuß Eifersucht hinzu, denn Heike flirtete immer hingebungsvoller mit dem interessantesten der anwesenden Männer.

Mannhardt ging zu Yaiza Teetzmann, die am Grill die Würstchen wendete. «Sag mal, wer is'n das lange Elend da, das pockennarbige Genie, mit dem Heike ...?»

«Dr.-Ing. Ronald Schora, früher Forschungsdirektor der ORA-Stahl, jetzt bei der EUROMAG in der Chefetage und Honorarprofessor in Berlin. Totzkes Liebling und nach dessen Unfalltod auch abgesägt.» Sie spulte das gelangweilt runter. Ihre Grillwürste schienen ihr wichtiger.

«Danke...» Mannhardt kannte Heikes Vorliebe für solche Typen. Da sich Yaiza Teetzmann privat nicht sonderlich um seine Nähe mühte, ging er weiter, schlenderte von Gruppe zu Gruppe. Die einen sprachen von den steigenden Mieten und klagten über die egoistischen Wessis, die anderen schimpften über die Treuhand und den Kanzler. Jammern und kassieren, dachte er wieder. Wer bezahlt denn dafür, daß eure verrottete Welt in Ordnung kommt?

War das alles ätzend! Voll ätzend. Er dachte es in den Worten seines Sohnes. Was blieb ihm übrig, als zu Heike und Schora zu gehen.

«Na, Tochter, unterhältst du dich gut?»

«Ja, Vati. Darf ich dir Professor Schora vorstellen.»

«Schora und labora, ich weiß.» Obwohl es ihm bei ihr weitere Minuspunkte einbrachte, konnte er diesen Kalauer nicht unterdrücken. Sie stöhnte auch reflexhaft auf. Auch unter der Folter, so schien es Mannhardt, hätte er heute abgestritten, diese Frau einmal geliebt und x-mal mit ihr geschlafen zu haben. Undenkbar.

Schora konnte, was den Small talk betraf, mit jedem Westler mithalten. «Wenn sie schon einen guten Monat in Oranienburg sind, müßten Sie ja meinen Bruder kennengelernt haben, der ist Trassologe...»

«Ah», fiel Heike ein, die ihm viel zu aufgedreht war, überagiert, wie sie in der Psychiatrie dazu gesagt hatten. «Hat er die neue S-Bahn-Trasse nach Frohnau mit bauen helfen.»

Jetzt konnte Mannhardt sie endlich einmal schlecht aussehen lassen. «Gott, Kind! Ein Trassologe ist ein Spezialist bei uns, der Fachmann für Schuh-, Fuß-, Werkzeug- und Fahrzeugspuren.»

Da Schora nun ein wenig hämisch lachte, nahm Heike ihr Bowlenglas und ging zwei Gruppen weiter. Als Mannhardt ihren Arm nehmen wollte, schlug sie seine Hand zurück. «Laß mich.» Typischer Pyrrhussieg, dachte Mannhardt

Volker Vogeley erschien oben am Fenster und formte die Hände zum Megaphon. «Telefon für Wolfhard!»

«Welchen Wolfhard?» fragte Mannhardt.

«Schrepkow sicher», erklärte ihm Schora.

«Oberst Hasenscharte, NVA», lachte einer und schrie zu Volker Vogeley hinauf, daß der nicht da sei. «Wahrscheinlich ist er ab nach Tadschikistan und sucht sich da 'ne neue Stelle.»

Mannhardt gesellte sich nun zu Yaiza Teetzmann und einigen anderen Kripoleuten. Da war er wenigstens wer. Als Volker Vogeley auch noch dazugekommen war, wurde sofort wieder darüber diskutiert, wer wohl Giancarlo Bolgheri in die Luft gesprengt hatte.

«Ich bin weiterhin für den Blindgänger», erklärte Yaiza Teetzmann. «Trotz der ersten PTU-Ergebnisse. Die können morgen schon wieder falsch sein, haben wir ja oft genug erlebt.»

«Ein äußerst unwahrscheinlicher Zufall», sagte der BKA-Kollege, den sie aus Wiesbaden hergeschickt hatten. Da er von Hause aus Diplompolitologe war, gab man aber auf seine Meinung nicht viel.

Mannhardt hatte oft genug die Erfahrung gemacht, bei Partys wie bei Seminaren, daß es nur ein Mittel gab, sich wach zu halten: das Reden nämlich. Also resümierte er. «Ich sage: deutsche Konkurrenz, die rechtsradikale Szene oder die Mafia selber, ist doch ganz einfach. Die Frage ist nur, ob mit Rabea Pfannenschwarz als Lockvogel oder nicht.»

«Natalie Totzke nicht zu vergessen», meinte Volker Vogeley.

«Die Bombe wird sie sich damals im Chemieunterricht gebastelt haben», spottete Mannhardt.

Yaiza Teetzmann sah den BKA-Vertreter an, einen glatten Macher-Typ, *born to make career*, wie sie es manchmal mit dem ausdrückte, was sie Mannhardt zufolge ganz offenbar für Englisch hielt. «...'ne Nummer zu groß für uns hier, was?»

Der BKA-Mann gab sich diplomatisch. «Es ist im Leben wie im Skat, Sie kennen doch die Regel, wenn man Trümpfe spielt: Die Kleinen sagen es den Großen. Mit denen lockt man sie raus, um mit den eigenen Buben und Assen dann den anderen die Augen wegzustechen.»

Das war das Stichwort, und sie setzten sich in die Ecke vor Mannhardts Blockhaus, um ihren Skat zu dreschen. Von nun an war

Heike nur noch eine zu vernachlässigende Größe für ihn, und wenn sie dreist mit Schora ins Gebüsch gegangen wäre, hätte ihn das weniger geärgert, als ein Spiel mit sieben Trümpfen zu verlieren. Aber offenbar war Schora schon abgehakt bei ihr, denn als die Stereoanlage nun zu dröhnen begann und die ersten Disco-Profis so taten, als hätten sie das So-Tanzen in Harlem gelernt, ging sie mit Yaiza Teetzmann auf die Fläche. Seitenwechsel, dachte Mannhardt und gierte nach dem Skat, dem im engeren Sinne, den beiden Karten auf dem Tisch, denn zwei Buben, drei Asse und zwei Zehnen hatte er schon, und der ‹Grand-Hand-Schneider angesagt› war greifbar nahe. Das Spiel begann. Er war in der Vorderhand und brauchte nur bis 44 zu reizen, dann durfte er die beiden Karten aufnehmen. Und er jubelte innerlich, während er so tat, als schmerzten ihn zwei Sieben, denn die eine Karte war der Pik-Bube, die andere die dritte Zehn. Er drückte Sieben und Dame derselben Farbe und sagte an, was Sache war. Sieg und Führung waren ihm sicher. Mannhardt – uneinholbar der Beste.

Da klingelte drinnen im Haus das Telefon, und Violetta Vogeley rannte, da noch drei, vier Gäste fehlten, hinein, um einer weiteren gestammelten Absage zu lauschen.

Doch als sie nach drei Minuten wiederkam, war sie viel verstörter, als sie es bei einem solchen Anlaß hätte sein müssen.

Anfangs schien sie gar nicht sprechen zu können, setzte immer wieder an und kickste nur. «Bitte mal...» Sie mußte mehrmals husten. «Bitte alle mal herhören...!»

«Was ist denn...!?» Volker Vogeley war zu ihr hingelaufen.

«Eine traurige Nachricht...

...Wolfhard Schrepkow ist tot.»

## 2.

Mannhardt spazierte durch den Schloßpark und wartete auf Tatjana Totzke, die in einem der Flügel ihren Glaßbrenner probte. Es war noch einmal über Dr. Jederitz zu reden, vor allem aber über Schrepkow, der mit den Totzkes irgendwie verbunden sein sollte, in der Hauptsache wohl, so Yaiza, weil Schrepkows und Tatjanas Mutter schon seit Jahrzehnten inniglich befreundet waren. Mannhardt wünschte sich eine gute Fee herbei, die er bitten konnte, ihm ein Bild zu zeichnen, auf dem zu sehen war, wer hier am Ort mit wem zusammenhing. Oranienburger Vernetzungen. Black box OR. Nichts wußte er, Mannhardt, vom wahren Innenleben dieser Stadt, wie er auch eigentlich nicht wußte, was in seiner eigenen Behörde wirklich geschah. Diejenigen, die glaubten, es und alles zu wissen, waren Idioten.

Als Tatjana Totzke endlich auf ihn zukam, hatte er es eilig, zum Thema Dr. Jederitz zu kommen, obwohl sich seit ihrer ersten Begegnung nichts Neues ergeben hatte. «Er als ehemaliger DDR-Bürger, als Republikflüchtling... Könnte es nicht sein, daß er etwas gewußt hat, was bestimmten Leuten in den neuen Bundesländern heute gefährlich werden könnte...?»

Tatjana Totzke dachte nach. «Ich kann mich nicht erinnern, daß er jemals was davon gesagt hätte.»

Mannhardt hatte eine Idee. «Ihrem verstorbenen Mann, dem ist er nicht zufällig mal über den Weg gelaufen...?»

Tatjana Totzke lachte. «Jetzt fangen Sie auch noch an wie meine Mutter: Totzke, der Nachzehrer.»

«Nein, das ist doch Unsinn...» Er wollte sich nicht länger die Beine in den Bauch stehen und forderte sie mit einer kleinen Geste auf, die Unterhaltung mit einem Spaziergang im Schloßpark fortzusetzen. «Ist denn der Sarg Ihres Mannes bei der Explosion sehr stark beschädigt worden?»

Sie schüttelte sich. «Was noch zu finden war, ist ins Krematorium gekommen. Eine Feuerbestattung war zwar gegen seinen Willen, aber... Alle haben sie uns zu einer Urne geraten.»

«So was auch», war sein ganzer Kommentar, und sie gingen eine Weile schweigend nebeneinander her. Dann hatte Mannhardt seinen Faden wiedergefunden. «Verzeihung, aber ich wollte nur darauf hinaus, ob Dr. Jederitz nicht möglicherweise mit Ihrem Mann verwechselt worden ist.»

Tatjana Totzke blieb stehen. «Verwechselt – von wem?»

«Von dem ursprünglichen Besitzer Ihrer Villa. Das übliche Szenarium: Der Mann kommt nach vierzig Jahren zurück und ist voller Zorn und Haß. Er hält Dr. Jederitz für Ihren verstorbenen Mann und schreit los. Jederitz oben in der Kiefer kriegt einen Mordsschreck – und stürzt hinunter. Oder will schnell nach unten klettern, um alles klarzustellen, und rutscht ab dabei...» Mannhardt fühlte sich und führte sich auf wie der von ihm sehr geschätzte Kollege Columbo. «Der alte Eigentümer hat Angst, daß man ihm einen Mord anlasten würde, gerät in Panik und türmt.»

«Wär 'n schöner ‹Tatort›», sagte Tatjana Totzke, «kann ich nicht 'ne Rolle darin bekommen?»

Mannhardt ließ sich nicht ablenken. «Wie hieß denn der Vorbesitzer?»

«Weiß ich nicht. So 'n komischer Name. Mit Lurchen oder Fröschen was...» Sie dachte nach und kam darauf. «Nee, Quappen! Quappendorf. War 'n Apotheker und is nach Westberlin gegangen. Aber das muß doch 'n alter Mann jetzt sein. Ausgeschlossen, daß der...!»

«Ihr Nachbar hat nichts gesehen, zugegeben, aber...» Mannhardt verschluckte die zweite Hälfte des Satzes, daß doch hier in O-Burg vermutlich alle unter einer Decke stecken, niemand von außen die Vernetzungen erahnen konnte, und machte sich Notizen. «Es ist schon alles komisch. Daß man Sie mit dem Auto angefahren hat, könnte ja auch ein Mordversuch gewesen sein. Und Ihre Tochter hat mir auch erzählt, daß sie verfolgt worden ist. Glaubt sie jedenfalls. Der Dachstuhlbrand bei Ihnen...»

«Der Experte der Feuerwehr hat festgestellt, daß es ein schmorendes Kabel gewesen ist», wandte sie ein.

«Hat er», sagte Mannhardt, «aber...» Sollte heißen, daß der Mann durchaus in einer *connection* stecken konnte und den Auftrag hatte, etwas Falsches festzuhalten. «Tja, weiter als bei unserem ersten Gespräch sind wir wohl noch immer nicht...» Mannhardts kombinatorische Spielchen wurden immer absurder. «Mit diesem abgewickelten NVA-Obersten, diesem Schrepkow, mit dem hatte Dr. Jederitz nicht zufällig was zu tun gehabt?»

«Nein, wie denn.» Tatjana Totzke sah auf die Uhr, mußte wieder zu ihrer «Ah-und-Oh»-Truppe ins Schloß. «Was ist denn dran an den Gerüchten über ihn?»

«Erst hieß es, er sei tot. Aber das war wohl nur ein Hörfehler am Telefon, ein mißverstandener Ausruf seiner Mutter. Wahr ist aber, daß er seit Freitag mittag verschwunden ist. Weg von zu Hause, ohne eine Nachricht hinterlassen zu haben.»

Tatjana war ein wenig ungehalten. «Meine Mutter ist mit seiner seit ewig befreundet. Ich dachte nur, Sie wüßten mehr...»

«Auch nicht. Nur, daß die Fahndung läuft und ich mich...»

Tatjana Totzke zeigte zum Eingang des Parks. «Fragen Sie mal meine Mutter, die kommt da grade...»

Klara Kublank sprang vom Rad und rief schon von weitem. «Tatjana, du sollst die Filmleute anrufen. Dringend!»

Mannhardt fragte nach und war entzückt, als er hörte, daß sie die Gräfin spielen sollte. «Von Riddeck zu Riddeck im Havelland – Gott, wie das schon klingt!»

Während Tatjana Totzke in die Schloßverwaltung eilte, um sich bei ihrer Produktionsfirma zu melden, schüttelte Mannhardt Klara Kublank die Hand. «Na, was machen Ihre Geister heute?»

«Danke, keine Beschwerden...»

«Oh...» Mannhardt bemerkte, daß er mit seinen geflochtenen Slippern in Hundedreck getreten war, und bemühte sich, den Schuh im Gras wieder sauberzuwischen.

«*Grumus merdae*», sagte Klara Kublank.

«Wie...?» Mannhardt staunte.

Sie lachte. «Das ist der Kothaufen, den früher die Verbrecher am Tatort hinterlassen haben.»

«Aus Angst?»

«Nein, in der Hoffnung, nicht entdeckt oder nicht verfolgt zu werden.»

«Sieh an. Werden wir mal auf'm Friedhof suchen gehen, wo Bolgheri... Oder bei Ihnen im Garten... Oder bei Schrepkow zu Hause. Apropos: Schrepkow. Ihre Tochter hat mir eben gesagt, daß Sie mit seiner Mutter... Haben Sie da 'ne Ahnung, wo der stecken könnte...?»

Klara Kublank sah zur Havel hinunter. «Der wird beim Angeln, denk ich mir... Daß 'n Schubschiff über ihn hinweg ist... Ertrunken wird er sein.»

Mannhardt suhlte sich wieder einmal im Gefühl des einsamen Jägers, als er, angelockt vom selbstgemalten Schild *Lecke'r/s Bissen*, das ‹r› und das ‹s› übereinander, an den umgebauten Campingwagen trat und eine Currywurst bestellte. Im Westberliner *Tagesspiegel* hatte er von einer Umfrage über die Ausflugsgewohnheiten der Leute gelesen; danach wollten die, die in Oranienburg gewesen waren, kein zweitesmal dorthin ausfliegen.

«... 'ne Curry mit Pommes...?» kam es von einem kleinen quecksilbrigen Typen, wie Mannhardt sie vom Boxen kannte. So Welter- bzw. René-Weller-Gewicht. Großes Maul, dunkles Bärtchen auf der Oberlippe, smart und clever, aber Schlagkraft gerade mal soviel, daß es zum Zerquetschen einer Mücke reichte. Menschen aber, die er mochte.

«Aber nur, wenn der Chef persönlich kocht beziehungsweise brät.»

«Is ditte schon 'n Verhör jetze?»

Mannhardt wunderte sich immer wieder, daß man im Umland klassischer berlinerte als in der Metropole selber. Keine Spur mehr vom alten Platt. «Wieso? Haben Sie Rattenfleisch in Ihrer Wurst?»

«Bin ick 'n Tsching?»

Mannhardt verneinte das und blickte auf das Besitzerschild hinten über den wie in einem Schießstand aufgebauten Cola-Büchsen.

Karsten Lecke, An den Russenfichten 45 a, O – 1400 Oranienburg

Merkwürdige Adresse, dachte Mannhardt, erinnerte sich aber gleichzeitig auch an die Lieblingsdevise seines Vaters: Durch Reden kommt 'ne Unterhaltung zustande. Also fragte er, wieso Lecke denn auf die Idee käme, daß er ihn verhören wolle.

«Vonna Kripo sind Se doch, wat?» Lecke grinste ihn an.

Das hatte sich also inzwischen herumgesprochen. Mannhardt nahm die herausgereichte Dose Cola und drehte sich im Halbkreis nach hinten, streifte bei diesem gerissenen Schwenk gut und gerne über zwei Dutzend Gesichter. Spaziergänger, Autofahrer, Radler. Wer von ihnen mochte den speziellen Auftrag haben, ihn zu beobachten? Gab es unsichtbare Wellen hier, die sich alle im kollektiven Willen vereinten, ihn aus O-Burg hinauszutreiben oder zu vernichten? War das ein unerklärlicher Schutzmechanismus des sozialen Organismus hier?

«Von der Kripo bin ich, ja», hörte Mannhardt sich sagen. «Schließlich haben wir zwei Todesfälle hier: Bolgheri und Dr. Jederitz. Und Schrepkow ist verschwunden...»

Lecke beugte sich zu Mannhardt vor und flüsterte. «Ick sare nur eens: Stasi. Lieste ja überall, det die welche umbringen.»

Mannhardt erinnerte sich an einen SPIEGEL vom Juni und nickte. ‹Stasi: Auftragsmorde im Westen.› «Nun ja...» Warum nicht auch im Osten, wenn es um Leute ging, die die neuen Karrieren gefährden konnten. «Wissen Sie denn was über Schrepkow, was uns weiterbringen könnte?»

«Nee, außa detta öfta in die Wälda rinne is, hintam Lehnitzsee, wenn Se wissen, wat ick meine, nach Zühlsdorf hinne, wo't Pilze noch und nöcher jibt. Hatta mir oft verkooft. Brauch ick ja imma welche für mein Zijeuna-Stäik, wa. Dies Jahr is aba nich ville wejen die Dürre.» Damit drehte er sich weg, um die fertiggebräunte Wurst vom Grill zu nehmen, auf einen Pappteller zu legen, mittels eines Riesenmessers mit Kerben zu versehen, mit Ketchup zu bedecken und schließlich mit Currypulver zu bestäuben. Dann schöpfte er die Pommes frites aus der Friteuse und knallte sie neben die Wurst.

«Danke...» Mannhardt bezahlte, zog den Pappteller zu sich heraus und spießte sich mit einem Plastikstäbchen die ersten Kartoffelstäbchen auf. O Gott! Es schmeckte entsetzlich. Offensichtlich hatte Lecke seit der Eröffnung seines Feinschmeckermobils das Fett nicht mehr gewechselt. Den Leckerbissen aber wieder auszuspukken, verbot sich für einen Polizeimissionar wie ihn von selbst. Das hätte die heiligen Gefühle der Eingeborenen dann doch zu sehr verletzt. Also aß er tapfer weiter, während Lecke ihm die neuesten Oranienburger Nachrichten gratis servierte.

«Über vierzehn Tage hab ick nu keen Telefon, da is beim Uffbuddeln irjentwat... Die Telekom schafft det nich, det is Jeschäftsschädijung!»

Mannhardt nickte. «Bei uns wären manche froh, wenn's nicht dauernd klingelte.»

Lecke schimpfte weiter. «Die Berlina, Mann! In'er Albert-Buchmann-Straße is 'n Liefawajen jejen 'n Betonmast jeknallt – un der uff 'ne Kindestagesstätte ruft! Zum Glück keen Tota.»

Des weiteren erfuhr Mannhardt, daß die *Puhdys* nach Oranienburg kommen und im Gesellschaftshaus auftreten wollten und für die Schießwettbewerbe der Olympischen Spiele des Jahres 2000 Lehnitz vorgesehen sei. «Wenn uns die Tschings det nich wegschnappen, Peking!»

Endlich hatte Mannhardt seine Mahlzeit beendet und schwang sich auf das von Volker Vogeley geliehene Rad, um so schnell wie möglich zum nächsten Supermarkt zu fahren und sich drei kleine Fläschchen *Underberg* zu kaufen. Anders war dem Gefühl nicht beizukommen, jeden Augenblick alles wieder erbrechen zu müssen.

Ein wenig angetörnt stand er dann auf der Straße des Friedens und wußte nicht so recht, was er nun machen sollte. Es hätte ihm schon einiges an PR und Pluspunkten gebracht, wenn es ihm gelungen wäre, Wolfhard Schrepkow zu finden. Bei der Aurak in Berlin, bei Heike und bei den Leuten hier. Aber wie?

Da fiel im Leckes ‹Aussage› wieder ein, daß der Oberst a. D. ihm des öfteren Pilze zugeliefert habe. Er nahm es als den berühmten Wink des Schicksals. Den Seinen gibt's der Herr im Schlafe. Also...

Die Karte, die er im Gepäckträger festgeklemmt hatte, war schnell ausgebreitet. Zwischen Oranienburg/Lehnitz, Schmachtenhagen, wo man unlängst im Wald die Massengräber der sowjetisch/deutsch-demokratischen KZ-Opfer entdeckt hatte, Zühlsdorf, Summt und Birkenwerder erstreckte sich der Borgsdorfer Forst auf einer Fläche von schätzungsweise 100 Quadratkilometern. Dort als einzelner jemanden zu suchen, war mehr als hirnrissig. Aber gerade das gab Mannhardt den Kick, es ernsthaft zu versuchen. Schnell bastelte er sich, wie er es in der Psychiatrie gelernt hatte, die passende AT-Formel zusammen. *Mit Zufall und Instinkt dir alles gut gelingt.*

So fuhr er oben (‹*im Norden*›, hörte er reflexartig die Stimme seines Erdkundelehrers) um den Lehnitzsee herum und bog dann in eines der schnurgerade durch den Forst gezogenen ‹Gestelle› ein, wie diese Wege hießen. Nach guten neun Kilometern konnte er so in Zühlsdorf sein und von dort, wenn er Schrepkow wider Erwarten nicht gefunden haben sollte, ins nahe Wandlitz weiterfahren, um vielleicht endlich einmal die Erich-Honecker-Gedenkstätte in Augenschein zu nehmen. Wahrscheinlich war es wegen der drohenden Waldbrandgefahr verboten, diese Route zu nehmen (‹die vorgeschriebenen Wege nicht zu verlassen›, hatten sie im Radio gesagt), doch er tat's ja dienstlich. Und außerdem hatte er kein Schild gesehen. Also, ab!

Schon zehn Minuten hinter der Lehnitzschleuse war er auf einem ganz anderen Stern, einem reinen Waldplaneten. Und zwar als einziger Mensch. Wer hier schrie, der... Er brüllte los wie Tarzan. Ein paar Eichhörnchen regten sich auf, mehr nicht. *Du hast sie nicht mehr alle!*

«Schrepkow...!?» rief er immer wieder. «Schrepkow...!?»

Dreimal 20 ml *Underberg* in jener Nachmittagsglut, wie sie nur die märkischen Kiefernwälder erzeugen konnten, das hatte schon so seine Folgen. Er geriet in einen kleinen See aus Zuckersand und kam ins Schlingern, sah sich gezwungen, abzusteigen und zu schieben.

Eine Falle. Das war alles von langer Hand so eingefädelt worden. Die ungenießbaren Pommes frites, der Zwang, den Magenschnaps zu trinken, der Hinweis auf das Pilzesammeln... Alles, um ihn hier im Forst zu liquidieren. Der Schweiß brach ihm aus allen Poren, die Knie wurden weich, der Blutdruck schnellte hoch. Panik, Fluchtimpuls. Er warf sich wieder aufs Rad und trat in die Pedale, rutschte ab, ratschte sich den rechten Knöchel auf. Weiter. Dem Schützen kein festes Ziel mehr bieten. In Schlangenlinien, weil immer Sandlöchern auszuweichen und mal auf dem Höcker zwischen den beiden Furchen, mal an den Rändern beiderseits des Weges feste Bahn zu suchen war, fuhr er Richtung Ost-Südost.

Da waren sie, die Schüsse.

Eins, zwei, drei... und vier.

Mannhardt hielt, fiel fast vom Rad.

Sein Herz raste, das Blut hämmerte in den Schläfen, setzte das Trommelfell außer Betrieb. Halluzinationen, alles nur Einbildung, Folgen seiner Angst oder...?

*Du bist ganz ruhig. Du bist ganz ruhig, sicher, fest und frei. Dein Atem geht ruhig und gleichmäßig, dein Herz schlägt ruhig und gleichmäßig.* Mit den gewohnten Formeln des autogenen Trainings versuchte er, sich wieder in den Griff zu kriegen.

Der fünfte Schuß.

Aber nicht auf ihn abgegeben, sondern gute zwei-, dreihundert Meter von seinem Standort entfernt. Je nach Beschaffenheit des Waldes und des Geländes.

Mannhardt lauschte. Schreie waren nicht zu hören. Was blieb ihm, als sich wieder in den Sattel zu schwingen und in die Richtung zu fahren, aus der der Schall gekommen war.

Er kam an eine Weggabelung. Zeit, auf die Karte zu schauen, war wohl kaum. Seiner Erinnerung nach mußte links, also nach Norden zu, an der Straße zwischen Wensickendorf und Schmachtenhagen eine kleine Ansiedlung liegen, die sogenannte Kolonie Sauloch. Vielleicht war es das klügste, dort nach einem Telefon zu suchen und die Kollegen anzurufen.

Er folgte dieser Eingebung und war dreihundert Meter weit gefahren, als er aus einer dichtbewachsenen Senke einen feuerwehrroten Audi 80 kommen sah. Der Mann am Steuer, sofern das bei den verspiegelten Scheiben und im diffusen Licht überhaupt zu sagen war, riß den Wagen, als er ihn sah, abrupt herum und schoß in die entgegengesetzte Richtung davon.

Was Mannhardt blieb, war nichts weiter als ein Teil der Autonummer.

B-DD 24 und 83 oder 89 oder 88.

Mannhardt saß schon seit anderthalb Stunden im Wartezimmer der Praxis Dr. Gudrun Pfannenschwarz und suchte im Stapel alter Zeitschriften nach immer neuer Lektüre. Die Leute ringsum gaben nicht viel her, entweder sie schwiegen, oder sie sprachen über das, was er schon kannte, ihre Arbeitslosigkeit und ihre Sorgen um Haus und Hof. Ihm gegenüber wartete ein Mitarbeiter des Amtes für offene Vermögensfragen, und der erzählte, daß man bislang im Kreis Oranienburg 19784 vermögensrechtliche Ansprüche von Wessis registriert habe.

«Wir müssen runter von unseren Grundstücken», sagte eine gallenkranke Bibliothekarin, «aber die alten Bonzen bleiben weiter auf ihren Posten.»

Ein gehbehinderter Rentner stieß glucksend seinen Krückstock auf den Boden. «Kenn' Se doch das Motto: Ihr seid damals auf die Straße gegangen – wir schmeißen euch jetzt auf die Straße.»

«Fett schwimmt eben immer oben.»

Mannhardt blätterte im SPIEGEL 37/1991 und blieb auf der Seite 122 hängen.

> Überall in der Ex-DDR werden Bargelder und Immobilien verschoben, Bilanzen frisiert. Kleine und große Geschenke wechseln den Besitzer. Die Raffgierigen beider Deutschlands haben sich offenbar zuerst vereinigt. Treuhandsprecher Wolf Schöde sieht die Ostwirtschaft vom «Geschwür der Wirtschaftskriminalität» befallen. (...) Die Werktätigen im Osten erleben die neue Wirtschaftsordnung als Mischung aus Marx und Mafia. (...) «Wo ich hingucke», sagt ein Revisor, «stoße ich auf dubiose Machenschaften.»

Na und, *that's life*. Mannhardt fühlte sich in seiner Weltsicht bestätigt. Wer ja sagt zum Kapitalismus, muß auch ja sagen zu solchen Erscheinungen. Man kann das eine nicht ohne das andere haben. Die Freiheit des Westens war nicht nur die Freiheit des Andersdenkenden, sondern – und dies vor allem – auch die Freiheit, den anderen übers Ohr hauen zu dürfen und dafür auch noch hoch belohnt zu werden.

Mit einem melodischen Pling sprang die Anzeige über der Tür auf die Nummer 18; er war dran.

Er hinkte in die Ordination, und da es schon die zweite Begegnung mit Frau Dr. Pfannenschwarz war, zeigte er sich nicht mehr ganz so eingeschüchtert wie vor dem Gespräch mit ihrer Tochter.

«Nanu...» Sie kam hinter ihrem Schreibtisch hervor, um nach seinem rechten Bein zu sehen.

«Der Knöchel...» Mannhardt zog das Hosenbein hoch und erzählte ihr, wie er bei der Jagd nach einem vermeintlichen Mörder von der Pedale seines Rades abgerutscht war. «Jetzt schwillt das immer mehr an, und die Wunde eitert auch 'n bißchen...»

«Ziehen Sie mal Schuh und Socke aus und stellen den Fuß hier auf den Stuhl.»

Mannhardt tat es. «Eigentlich bin ich aber meines Magens wegen hier...»

«Erst mal das eine...» Sie untersuchte seinen Knöchel und stellte einen Bluterguß fest. «Haben Sie denn wenigstens Erfolg gehabt?»

«Nur die Autonummer. In Mannschaftsstärke haben wir das Waldgebiet durchkämmt, aber weder Schrepkow noch eine andere Leiche gefunden. Nichts außer ein paar Patronenhülsen und einigen Einschußlöchern in den Kiefernstämmen.»

«Ist schon was los hier in Oranienburg», lächelte die Pfannenschwarz, während sie ihm Salbe plus Stützverband verschrieb.

«Kein Wunder, daß da mein Magen rebelliert.» Er zählte ihr auf, was er alles zu beklagen hatte. «Immer so ein Völlegefühl, ein Brennen und dann Magenschmerzen, daß ich mich richtig krümmen muß.»

«Machen Sie mal den Oberkörper frei und legen sich auf den Rücken.»

Mannhardt tat es, ging zur Liege und stöhnte auf, als ihre Ringerhände auf seine Bauchdecke drückten. «Au...»

«Magenschleimhautreizung», diagnostizierte sie. «Auf dem Wege zum Magengeschwür. Ich verschreibe Ihnen zuerst einmal ein Aluminiumhydroxid zur Säurebindung, und dann sehen wir weiter. Tritt keine Besserung ein, dann bleibt uns nur die Magenspiegelung.»

«Nein, bloß nicht.» Mannhardt hatte gehört, daß das schon wie Foltern war.

«Dann arbeiten Sie nur halb soviel, und vermeiden Sie jede Art von Stress.»

Mannhardt zog sich wieder an. «Ich will aber aufklären, was hier aufzuklären ist. Zum Beispiel, wer Sie überfallen und fast erschlagen hat.»

Die Pfannenschwarz setzte sich wieder. «Lassen Sie mal, das ist doch fast schon vergeben und vergessen. Kümmern Sie sich jetzt bitte einmal um Ihr eigenes Wohlergehen. Bei einer Magenperforation besteht absolute Lebensgefahr.»

Mannhardt stand am Fenster seines Oranienburger Büros und telefonierte mit Heike. Sie hatte ihn überraschenderweise von zu Hause aus angerufen.

«Hat die Sehnsucht dich wieder einmal überfraut?»

«Ich wollte nur wissen, ob ich mein Telefonbüchlein bei dir liegengelassen habe.»

«Ja, hast du.»

«Was machst du heute?»

«Im Osten nichts Neues: Im Mordfall Bolgheri noch immer keine Spur, und Schrepkow ist und bleibt verschwunden. Wir wirbeln hier wie die Irren, und mein Magen beginnt schon wieder zu streiken, aber nichts als heiße Luft.»

Heike lachte. «Tröste dich mit dem größten Wort unseres großen Bundeskanzlers: ‹Entscheidend ist, was hinten rauskommt.›»

«Wichtiger ist doch, was vorne reinkommt.»

Peng. Sie hatte aufgelegt.

Er riskierte ein dienstliches Verfahren, wenn er private Ferngespräche führte, doch er konnte nicht anders, als pausenlos ihre Tegeler Nummer zu wählen. Beim zehnten Anlauf nahm sie ab.

«Ja, was ist denn noch?»

«Laß mich Abbitte leisten. Ich kann halt nicht anders. Und ohne Therapie hört das niemals auf bei mir. Darf ich dich heute abend heim-, also aufsuchen?»

«Nein.»

«Oder kommst du wieder nach Oranienburg raus?»

«Nein.»

Sieben Minuten lang mußte er brandenburgische Steuergelder verschwenden, um sie endlich soweit zu haben, daß sie sich am Donnerstag nachmittag auf halbem Wege mit ihm treffen wollte, am S-Bahnhof Frohnau.

«Genau in der Mitte, zwanzig Minuten Fahrzeit für jeden, auf der Frohnauer Brücke... Eine Brücke, das ist...»

«Ja, ich weiß. Bis dann.

«Bis dann.»

Mannhardt konnte aufatmen und sich nun endlich der Liste mit jenen Leuten widmen, die in Berlin rote Audi 80 mit der Buchstabenkombination DD und den ersten Ziffern 24 ihr eigen nannten. Eine Sache zum Einschlafen. Er legte den Kopf auf die Schreibtischplatte und tat es. Dies nicht einmal mit schlechtem Gewissen, denn die Pfannenschwarz hatte ihn ja krank schreiben wollen.

Yaiza Teetzmann und Volker Vogeley kamen herein und weckten ihn mit ihrer Freude, daß sich nun endlich eine rein ostdeutsche Partei, die ODP, zu formieren schien.

Mannhardt sah auf. «Hattet ihr nicht schon mal eine? Hieß die nicht SED oder so...?»

Die beiden fanden das gar nicht so witzig, und Mannhardt hatte Mühe, seine Aggressionen unter Kontrolle zu halten. «Schön, vielleicht hapert's mit dem Teilen bei uns, aber meint ihr denn, das wird besser, wenn 'ne reine Ossi-Partei das fordert? Dann können wir ja gleich wieder zwei Staaten bilden.»

Yaiza Teetzmann lachte. «Sind wir doch jetzt schon: Deutschland arm und Deutschland reich.»

«Verglichen mit den andern Ostblockländern geht's euch doch gold. Dank unserer Milliarden.»

«Die eure Industrie an uns verdient», sagte Volker Vogeley.

«Ich hab das satt, diese Diskussionen!» Mannhardt nahm den Computerausdruck mit den Audi-80-Eigentümern und ging damit in ein anderes, leeres Zimmer.

Endlich schaffte er es, sich zu konzentrieren. Der erste Name, bei dem er aufmerkte, war Stechert, Thorsten, denn der stand auch auf seinem Notizblock, und zwar mit der Bemerkung zusammen *Nach Verhältnis zu Bolgheri fragen*. Soviel wußte er schon, daß dieser Stechert zur EUROMAG gehörte und versucht hatte, die ORA-Leute auf seine Seite zu ziehen, was im Klartext hieß, aufzuhetzen gegen die Italiener vom Pecciolo-Konzern. Er erinnerte sich an den SPIEGEL-Artikel, den er bei der Pfannenschwarz gelesen hatte, und fragte sich, ob Thorsten Stechert wohl eine halbe Million und mehr Provision bekam, wenn seine Firma den Zuschlag beim Verkauf der ORA-Stahl erhielt. Wenn ja, dann konnte er ganz sicher eine fünfstellige Summe für einen Killer bezahlen.

Er mußte mit Thorsten Stechert reden. Und wo anders konnte der zu finden sein, als am ORA-Stahl-Gelände. Nach Bolgheris Tod war der Streik zwar ausgesetzt worden, aber die Verhandlungen zwischen Treuhand, Land Brandenburg, Pecciolo, EUROMAG und Gewerkschaften gingen in aller Härte weiter.

Bevor er das Haus verließ, war aber noch, er verspürte es deutlich, mit den beiden Ostlern Frieden zu schließen. So lief er schnell in die Kantine hinüber und kehrte mit zwei großen Eistüten in sein Zimmer zurück.

«Deutsche an einen Tisch!» rief er und verteilte sein Versöhnungsgeschenk. «Wer schon nichts zu beißen hat, sollte wenigstens was zum Lecken haben.»

«Wir wollen auch immer lieb sein, Papi», sagte Yaiza.

«Und nie mehr meckern, wenn ihr uns Gutes angedeihen laßt», fügte Volker Vogeley hinzu.

«Ruhe jetzt, ich muß mal telefonieren.» Mannhardt wählte die Nummer der ORA-Stahl und ließ sich die Chefetage geben. «Hier die ‹Soko Bolgheri›. Wir sind bei der Vernehmung möglicher Zeugen und hätten gerne auch Herrn Thorsten Stechert von der EUROMAG. Ja, ich weiß, die Sitzung... Sagen Sie ihm bitte, daß er in einer halben Stunde vor dem Werkstor sein soll. Ich warte an seinem Auto auf ihn. Ja, danke. Mannhardt mein Name, ja...»

Damit verließ er die beiden zu missionierenden Kollegen erneut, setzte sich auf Volker Vogeleys Zweitrad und fuhr zur ORA-Stahl hinaus.

Über dem Lehnitzsee zogen dunkle Gewitterwolken auf, und es wurde unerträglich schwül. Da er fünf Minuten zu früh ankam, hatte er nach dem Anschließen seines Rades noch Zeit, nach Thorsten Stecherts Wagen zu suchen. Auf dem VIP-Parkplatz fand er ihn auch.

«Ää, Scheiße!» Gehobener konnte er seine Enttäuschung nicht ausdrücken. Denn ein roter Audi 80 war es schon, doch die Nummer lautete nicht B-DD 24 und vielleicht 83, wie er es im Wald gesehen haben wollte, sondern B-DD 7705. Die Hitze war schuld, die fehlende Brille. Nun ja, egal...

Thorsten Stechert kam mit lediglich fünfminütiger Verspätung. Von einer Goldnasenfähigkeit wußte Mannhardt noch nichts, doch in puncto Arroganz konnte es Stechert schon jetzt mit der Politelite aufnehmen.

Mannhardt stellte sich vor und bat Thorsten Stechert, ihm alles mitzuteilen, was ihm während der langen gemeinsamen Sitzungen an Bolgheri aufgefallen war.

«Muß ich denn alles dreimal erzählen?» fragte Thorsten Stechert. Irgendwie ging sein Blick immer wieder über seinen Wagen hinweg, hastig und gegen seinen Willen, und gleich danach wurden die Augen hochgerissen zu einem Vogel, Flugzeug oder Baum.

Mannhardt bemerkte es, und es erinnerte ihn an sein eigenes Verhalten, wenn ihm eine Frau mit schönen Knien und kurzem Rock unnahbar gegenübersaß. Dasselbe zwanghafte Hinsehenmüssen und sofortige Wieder-Wegreißen des Blickes. Hm...

Er gefiel sich wieder als Columbo und kam auf Stecherts rhetorisch gemeinte Frage zurück. «Ich kenne Schauspieler vom ‹Kleinen Theater› Berlin, am Südwestkorso, ganz reizend, die haben schon anderthalbtausendmal dasselbe Stück gespielt.»

«Ich habe zu arbeiten.»

«Wir sind doch gerade dabei…» Mannhardt ärgerte sich, daß er dieses Jungarschloch nicht schärfer anpacken konnte. Tat er es, rannte Stechert sicherlich postwendend zu seinen Chefs, und dann hatte er morgen die Aurak am Halse. Dennoch. «Ich habe vorhin einen anonymen Anruf bekommen, daß Sie einen Amerikaner bezahlt haben sollen, Bolgheri in die Luft zu sprengen.» O Gott, daß klang verdammt nach Schülertheater.

«Was soll denn der Quatsch!?» Thorsten Stechert zeigte keine Wirkung.

«Haben Sie recht, haken wir's ab.» War nichts mit diesem kindischen Bluff. Mannhardt legte sein aufgeschlagenes Notizbuch demonstrativ auf die Kühlerhaube des roten Audi 80. Albern, sich so von seinen Gefühlen mitreißen zu lassen, vom Neid, daß dieser Jungmanager jetzt schon mindestens das Dreifache seines Einkommens hatte. «Die kleinste Kleinigkeit kann uns weiterhelfen, eine Bemerkung Bolgheris…»

«Tut mir leid. Und hier haben Sie eine Liste der Leute, mit denen ich zur Stunde der Tat in Berlin gewesen bin.» Er reichte Mannhardt einen vollgeschriebenen Bierdeckel und sah auf seine Armbanduhr. «Könnte ich dann wieder…»

Mannhardt kochte vor Wut und verlor die Kontrolle über sich. «Ja, wenn Sie mir vorher Ihre Autoschlüssel geben würden.»

Thorsten Stechert zuckte zusammen. «Wie…?»

Mannhardt war zu lange im Dienst, um nicht zu spüren, daß da was mit diesem Wagen war. Die Blicke immer wieder. Schön, im Borgsdorfer Forst mochte Thorsten Stechert mit seinem roten Audi nicht gewesen sein, aber todsicher hatte er mit ihm etwas angestellt, das nicht ganz koscher war. Was es gewesen sein konnte, da hatte Mannhardt nicht die geringste Ahnung oder Intuition.

«Die Autoschlüssel bitte. Weil der Verdacht besteht, daß mit diesem Wagen gestern nachmittag gegen 17 Uhr im Wald zwischen Schmachtenhagen und Zühlsdorf eine strafbare Handlung vorgenommen worden ist.»

«Nein!» Thorsten Stechert steckte seinen Schlüssel in die Tasche. «Bevor Sie nichts Schriftliches haben…»

«Okay.» Mannhardt wandte sich ab. «Ich werd's mir besorgen. Der Wagen bleibt aber solange hier stehen.»

«Nun gut.» Thorsten Stechert lief zur ORA-Stahl zurück, und Mannhardt war sich sicher, daß er nun die höchsten seiner Chefs anrufen würde. Er selber brauchte nur zum Pförtner gehen und sich mit Yaiza Teetzmann verbinden zu lassen.

«Du, mit Stecherts Wagen, da is was. Schick doch so schnell wie möglich mal 'n Team her zur Spurensicherung. Mit dem Hubschrauber möglichst, ja.»

«Ehrlich?»

«Nein, ganz leise und informell. Ich nehm's auf meine Kappe.»

Mannhardt saß mit Volker Vogeley, dessen Frau und einigen Nachbarn auf der Terrasse und genoß die märkische Mittsommernacht. Er war erstaunt darüber, endlich einmal wieder ein positives Lebensgefühl verzeichnen zu können. Sein Versuch, die letzte dienstliche Fortbildung über das Neuro-Linguistische Programmieren (NLP) konsequent für sich zu nutzen, trug Früchte.

**REFRAMING** Setze die Aspekte deines Lebens, die dir schwer zu schaffen machen, in einen neuen Rahmen. Deute Negatives um in Positives, denn wie sagte schon Epiktet, der großer Stoiker: ‹Nicht die Dinge sind positiv oder negativ, sondern unsere Einstellungen machen sie so!›

Also erwiderte Mannhardt, als Violetta Vogeley ihn fragte, wie er denn mit Oranienburg und dem ‹Wilden Westen› hier zurechtkäme, weise lächelnd, daß es ihm ganz ausgezeichnet ginge. «Warum auch nicht? Ich habe einen Beruf, der viel Prestige genießt, siehe Schimanski und Co., die vielen Bücher und Filme, in denen wir im Mittelpunkt stehen, ich bin gesund und munter, und ich habe eine äußerst attraktive Partnerin, mit der alles stimmt: Kopf, Herz und Bauch. Und viele liebe Kollegen und Freunde. Was will ich mehr.»

«Aber Sie sind doch machtlos gegen das, was hier passiert. Dauernd neue Verbrechen. Daß man sich nicht mehr auf die Straße trauen kann. Und die vielen Ausländer noch...»

Mannhardt lächelte. «Ach was! Sicher, wir haben zwar einen Ermordeten, in Klammern: Bolgheri, einen irgendwie Totgegangenen, in Klammern: Dr. Jederitz, einen Abgängigen, wie die Österreicher sagen, in Klammern: Wolfhard Schrepkow, eine Überfallene, Ihre Frau Dr. Pfannenschwarz, und die drei in der einen oder anderen Art geschädigten Frauen aus der Totzke-Sippe, sieben Opfer also, aber das sind bei – sagen wir – 30000 Menschen in Oranienburg gerade mal...» Er rechnete ein Momentchen. «...0,023 Prozent der Bevölkerung. Das heißt, aufgerundet geht es 100 Prozent der Leute, also faktisch allen, wirklich blendend, und es besteht objektiv nicht der allergeringste Anlaß, Angst vor einem Verbrechen zu haben. Vor Ausländern schon gar nicht...»

Seine Worte regten Volker Vogeley an, zur Gitarre zu greifen und ein Liedchen zu improvisieren.

Wir neuen Deutschen sind so helle
Und lieben alle nur das Multikulturelle
Das Multi-kul-tu-relle!
Nu, mach doch weider keene Mährde
Das Läben is das Scheenste of dieser Ärde!

Das führte er fort mit Versen, die sich auf die anderen neuen Bundesländer bezogen, Mecklenburg-Vorpommern, Sachsen-Anhalt und Thüringen, bis Mannhardt aufgefordert wurde, etwas zur Mark Brandenburg hinzuzudichten, und er zu schmettern begann: «Radle hoch, du ro-ter Stei-ger. Stolpe!»

Volker Vogeley ließ die Gitarre sinken. «Wie?»

«Äh: Steige hoch, du roter Adler, hoch übers Brandenburger Land. Stolpe!»

Befeuert vom einheimischen Pils, erreichte der Stimmungspegel immer höhere Marken, und Mannhardt berichtete, daß das «Stolper Jungchen» die absolute Lieblingskäsemarke seiner Kindheit gewesen sei. Jeder erzählte nun seine Geschichtchen, Volker Vogeley die seiner Zweitkarriere als Kabarettist, Liedermacher und Sänger.

«Grundstufe, Mittelstufe, Oberstufe, so ging das bei uns. A2, A1, das war die Solisteneinstufung, bis hin zum A1-Berufsausweis. Da konntest du dann bei den Brigadefeiern auftreten. Stichwort: Erich Weinert. Der große Traum war die Goldmedaille bei den Arbeiterfestspielen. Wo Harry Tisch, Paul Verner und Kurt Hager in der ersten Reihe gesessen haben. Am besten waren wir, als die Tatjana bei uns mitgemacht hat, die Frau vom Totzke. Der hat da sicher 'n bißchen nachgeholfen, aber immerhin haben wir's mal bis zum

‹Verdienten Volkskunstkollektiv› gebracht. Dann aber hat ja den Totzke die große Eifersuchtswelle gepackt, und er hat ihr verboten, bei uns mitzusingen. Und aus war's mit unserer Herrlichkeit.»

«Jetzt, wo er tot ist, soll sie ja wieder ganz groß rauskommen.» Auch Violetta Vogeley wußte schon etwas von der Gräfin von Riddeck zu Riddeck im Havelland.

Drinnen klingelte das Telefon. Violetta Vogeley eilte ins Haus.

Mannhardt leerte sein Glas und sagte lakonisch: «Der nächste Tote.»

«Mal mal nicht den Teufel an die Wand», warnte Volker Vogeley.

«Welchen Teufel soll ich malen?» Mannhardt wurde wieder einmal von seiner Assoziationslust mitgerissen. «Den Fritz von der Kommune Nummer eins oder den Erwin von Baden-Württemberg?»

Da war Violetta Vogeley zurück, und man sah ihr an, daß es etwas Ernstes war.

«Der Nächste hat dran glauben müssen, der Harnischfeger unten vom Lehnitzsee.»

## 3.

Mannhardt war sechs Wochen lang nicht mehr in Berlin gewesen, und als er am Savignyplatz aus der S-Bahn stieg, kam er sich als Touri vor. Schon die Reise in die potemkinsche Hauptstadt war anhand eines regionalen Kursbuches zu planen gewesen. S1 Oranienburg ab 7.46 – Friedrichstraße an 8.36, dann vom Tunnel zur Stadtbahn hoch, was, da es Rolltreppen an dieser Stelle noch immer nicht gab, ohne bergsteigerisches Training beziehungsweise Kollapsgefahr gar nicht zu schaffen war, und weiter mit der S6, ab Friedrichstraße 8.42 und an Savignyplatz 8.54. Mit dem Flugzeug wäre er in dieser Zeit längst in Paris gewesen, und auch mit dem ICE hätte er fast die halbe Republik geschafft.

Obwohl autochthoner Berliner, fühlte er sich fremd, als er zur schmalen Fußgängerpassage zwischen Bleibtreustraße und Savignyplatz hinabgestiegen war. Bleistreustraße, fiel ihm wieder ein, weil sich hier vor Jahrzehnten zwei Gangs einmal einen ansehnlichen Schußwechsel geliefert hatten.

Mannhardt litt unter den Blicken der Vorbeihastenden. Alle Gesichter schienen für ihn nur eines auszudrücken: Scheiße, schon wieder 'n Ossi! Hinterwäldler! Die Düfte aus der Mini-Pizzeria irritierten ihn ebenso wie die aufgemotzten Glasfronten der Galerien und der kleinen Restaurants, die sich in den backsteingelben Stadtbahnbögen aufgetan hatten. Folgten, im Freien vor einer Buchhandlung, etliche Tische mit prätentiösen Kunstbildbänden. Er hätte sie am liebsten umgestoßen, er haßte diese Stadt.

Mit dem Riesenfrust, den alle haben, die ausgeschlossen sind, bog er in die Knesebeckstraße, nicht ohne einen interessierten Blick hinüber auf die andere Seite des Platzes zu werfen, auf den Eingang eines Hotels. Sag mir, wo die Nutten sind. Zu so früher Stunde war noch keine im Dienst.

Das Café *rost* aber hatte schon geöffnet, und er gönnte sich einen Irish coffee und eine halbe Stunde Auszeit. Als Tourist war man verpflichtet, ein paar Mark in der nun auch noch von der Vereinigung heimgesuchten Stadt zu lassen. Heike fehlte ihm. Ob sie morgen zum historischen Treffen auf der Frohnauer Brücke kommen würde? Ein *Tagesspiegel* lag herum. Er nahm ihn auf und erfreute sich am Kleinklein der Berliner Tagespolitik. Wie Menschen, die bestenfalls als stellvertretende Leiter einer abgelegenen Bankfiliale taugten, Jahrhundertprobleme lösen wollten. Tauben schwirrten herum und bedrohten ihn mit ihrem verseuchten Schiß.

Er zahlte und schlenderte weiter Richtung Kurfürstendamm. Die ersten jugoslawischen Hütchenspieler lauerten auf übriggebliebene Dumme. Mannhardt blieb stehen und gab sich interessiert. Hielten sie ihn für einen Einfaltspinsel aus den östlichen Provinzen oder für einen schlecht getarnten Zivilfahnder, das war hier die Frage. Weder noch. Sie kümmerten sich nicht die Bohne um ihn. Auch nicht, als er seine Marke herausnahm und mit ihr spielte. Festnehmen und abschieben. Ein reflexartiger Impuls. Doch er ging weiter.

Fünf Minuten später hatte er die Apotheke von Dankward Quappendorf gefunden. Er trat ein und plazierte sich am Ende einer kleinen Schlange, gebildet von vier rezeptschwingenden älteren Damen, ‹Wilmersdorfer Witwen› wie aus dem Musical, der *Linie 1*. Sie hatten viele Fragen an die beiden Frauen, die mit ihren weißen Kitteln medizinischen Sachverstand verhießen. Noch mehr der Chef, der nach Mannhardts Schätzung zwischen 65 und 70 sein mußte und ihm mit seiner kühlen Würde, gleichzeitig aber auch bramarbasierender Plauderkunst, als gentechnisches Kreuzungswunder erschien: halb Richard von Weizsäcker, halb Rudi Carrell.

«Bitte sehr...?» Eine der Apotheker-Helferinnen sah Mannhardt fragend an.

Er war noch etwas abwesend. «Ich hätte gern den Chef...»

«Als Pulver oder in Tablettenform?»

Er schreckte hoch und grinste irritiert. Es war eine Frau, wie sie auf den nahen Boulevardbühnen auch nicht schöner anzutreffen war, und bei Mannhardt begann sofort der alte Wunschfilm anzulaufen: Liebe auf den ersten Blick, Verabredung, Rauschzustand und Bett. Humor hatte sie auch. Doch die Sache ging schon damit schief, daß er nicht wie Michael Douglas männlich-witzig Eindruck bei ihr machte, nicht einmal wie Woody Allen als Stadtneurotiker gefiel, sondern nur als Hans-Jürgen Mannhardt steif und hölzern wurde, einfallslos und fast debil. «Nein, ich bin nur meinetwegen hier...» Heike schien ihre Wellen auszusenden und ihn total zu lähmen.

«Haben Sie ein Rezept?»

«Wer hat heutzutage schon Rezepte? Das ist es ja, unser ganzes Elend...» Endlich kam er in Fahrt, und vielleicht wäre es doch noch etwas geworden, wenn sich nicht in dieser Sekunde der Eigentümer eingemischt hätte.

«Gibt es Schwierigkeiten, Fräulein Seehaus?»

Mannhardt war von Heike schon derart feministisch infiziert, daß er zusammenzuckte. Fräulein, o Gott! Ein Mann der alten Schule.

«Der Herr ist sich noch etwas unschlüssig», sagte die Gehilfin.

«Unschlüssig, ja, weil noch gänzlich ohne Schlüssel...» Jetzt fand Mannhardt den Ton, wie er ihn aus *Harry und Sally* und anderen von ihm an sich verachteten Ami-Filmen so schätzte. «... ohne den Schlüssel, um zu verstehen, was in Oranienburg passiert. Und da setzen die Kripo und die Soko OR ganz auf Sie, Herr Quappendorf.»

Der Apotheker reagierte, so formulierte Mannhardt es später, als sei er schockgefrostet worden, brauchte scheinbar Ewigkeiten, um zu realisieren, was da geschah. «So, Oranienburg...»

«Ja. Sie sind doch der Dankward Quappendorf, der am Lehnitzsee gewohnt hat. In der Villa, die dann Karl-Ernst Totzke von der ORA-Stahl bekommen hat...?»

«Der bin ich.» Quappendorf schien langsam wieder Boden unter den Füßen zu haben. «Kommen Sie.» Er führte Mannhardt in sein Kontor. «Fräulein Seehaus, wenn Sie uns bitte einen Kaffee...»

Mannhardt setzte sich in den ihm zugewiesenen Besuchersessel und sah sich um. Dunkel-altdeutsch war es hier, Herr Kommerzienrat lassen bitten, aber in sich nicht ganz stimmig, weil Kandinsky-Drucke an den Wänden hingen. Quappendorf, der hinter seinem Schreibtisch Platz genommen hatte, schob alle Probepackungen und Papiere beiseite und stützte sich schwer auf die Platte. «Es ist die Zeit der Abrechnung, ich weiß...»

Mannhardt hatte das Gefühl, in einem Theater zu sitzen. Dementsprechend fiel auch seine Antwort aus: «Niemand werfe den ersten Stein.»

Quappendorf lachte. «Zumindestens nicht den, mit dem Harnischfeger fast erschlagen worden wäre.»

«Die Buschtrommeln funktionieren ausgezeichnet, wie mir scheint.»

«Meine Tochter war da. Sie will nach Oranienburg ziehen, wenn wir alles wiederhaben.»

Mannhardt hakte ein. «Die Apotheke und das Haus, das sich Totzke gekauft hat, als er zur ORA-Stahl gekommen ist...?»

Quappendorf lief rot an. «Gekauft hat? Gekauft von wem? Von mir? Nein! Ich hätt's ihm nie verkauft. Vom Staat hat er's gekauft, von der DDR, nachdem man mir alles weggenommen hatte. Enteignung!»

«Und warum?»

«Weil ich angeblich Spionage für die USA betrieben haben soll, für die CIA. 1954. Alles Unsinn natürlich! Was war? Die Schiffsbewegungen in der Lehnitzer Schleuse soll ich denen mitgeteilt haben und die Zahl der russischen Soldaten unten am Grabowsee. Hirnrissig das Ganze! Nur weil ich einen Cousin hatte, der als Wachmann bei den Amis war. Jedenfalls hab ich zwei Jahre in Brandenburg im Gefängnis gesessen und bin dann ab nach Westberlin, um mir hier eine neue Existenz aufzubauen.» Quappendorf goß sich und Mannhardt einen Cognac ein. «Prost! Auf das Ende der DDR und daß ich mein Recht bekomme!»

Mannhardt hob sein Glas, ohne aber zu trinken. Auf das Ende der DDR hätte auch er anstoßen wollen, auf die Rückkehr der alten Herren(menschen) weniger. Recht eigentlich war dieser Quappendorf ein unheimlicher Kotzbrocken. Mannhardt spielte mit dem Cognacschwenker und wollte zum Thema zurück. «Sie sind die ganze Zeit über nicht so richtig losgekommen von Oranienburg?»

«Von meiner Heimatstadt, nein. Ich hab immer gute Kontakte

gehabt, obwohl ich vorsichtig sein mußte. Anfangs hab ich keine Passierscheine bekommen, dann mußten sie aber, und ich war öfter da zu Besuch. Immer auf dem laufenden. Nicht alle waren ja für Honecker, und man hat so seine Leute, die einem alles stecken.»

Mannhardt schnupperte am Cognacschwenker. «Ihr altes Grundstück… Waren Sie denn öfter mal da?»

«Ja, auch. Und wenn die Kublank da war, mit der konnte man reden.»

«Und die hat Ihrer Tochter auch erzählt, daß bei Harnischfeger eingebrochen worden ist?»

«Ja. Andere aber auch.»

Mannhardt nahm den Harnischfeger-Faden wieder auf. «Derselbe Opus moderandi wie bei der Pfannenschwarz…»

Als der Name Pfannenschwarz fiel, schlug Quappendorf so lange auf eine Tablettenpackung, bis sie völlig platt vor ihm lag.

«Sie scheinen die Dame nicht gerade zu lieben», sagte Mannhardt.

«Zu meiner Zeit war ihr Mann Erster Kreissekretär der SED, und sie hat noch zusätzlich gegen mich gehetzt. Aber Pfannenschwarz ist lange tot, und erst einmal zu Harnischfeger.»

«Zum Glück nur eine Kopfplatzwunde. Der Täter ist entkommen, hat aber einen Teil seines Handschuhs eingebüßt, so eines gelben Putzhandschuhs aus Gummi. Vielleicht kommen wir ihm mit dessen Hilfe auf die Spur. Ein Serientäter offenbar. Siebenmal scheint er Erfolg gehabt zu haben, nur bei der Pfannenschwarz und bei Harnischfeger ist er offensichtlich überrascht worden. Na gut…» Mannhardt holte tief Luft. «Aber nicht deswegen bin ich hier bei Ihnen, sondern wegen der anderen Geschichten aus O-Burg. Sie wissen das sicherlich: Bolgheri in die Luft gesprengt, Dr. Jederitz vom Baum gefallen, dazu Unfälle, Überfälle, viel Mysteriöses. Alles Zufall, fragen wir uns, steht das alles für sich allein, oder gibt es sozusagen ein gemeinsames Band. Was steckt dahinter, wer steht dahinter?»

Quappendorf lachte. «Das kann ich Ihnen sagen: die Viererbande.»

Mannhardt trank nun seinen Cognac aus. «Aber die Namen wollen Sie mir nicht…?»

«Aber doch!» Quappendorf lehnte sich zurück. «Der Totzke, der Schora, die Dr. Pfannenschwarz und der Pessin.»

«Kenn ich alle irgendwie.» Mannhardt freute sich. «Aber einen Zusammenhang, den sehe ich beim besten bösen Willen nicht.»

«Nun…» Quappendorf rieb sich mit der flachen Hand die Gegend um Magen und Galle und zuckte ärgerlich zusammen, als Mannhardt ein Gleiches tat.

«Entschuldigung, ich wollte Ihnen nicht...» Das Wort ‹nachäffen› verschluckte er. «Aber meine Magenschleimhautreizung...» Er zog einen seiner weißen Beutel aus der Tasche, um ihn zwischen den Fingern zu kneten, zu öffnen und saugend auszulutschen. «Aber bitte, lassen Sie sich nicht weiter stören...»

«Nein... Also, ehemalige Angestellte von mir und gute Kunden sind beziehungsweise waren bei der ORA-Stahl beschäftigt... Ich habe also Insider-Informationen, wenn Sie verstehen, was ich damit sagen will...»

«Durchaus.» Mannhardt kotzte die Von-oben-herab-Attitüde des anderen immer stärker an.

«Man sagt, daß im Stahlwerk nach der Wende vier bis fünf Millionen Mark, D-Mark wohlgemerkt, verschwunden seien. Und die soll Totzke mit Hilfe von Schora und Pessin beiseite geschafft haben.» Quappendorf goß sich einen zweiten Cognac ein und hob die Flasche zu Mannhardt hin.

Der winkte ab und gab sich eher ein wenig spöttisch. «Nein, danke. Das hört sich ja alles sehr spannend an... Tatort O. Und Totzke ist dann gar nicht Opfer eines Verkehrsunfalls geworden, sondern von den drei anderen umgebracht worden...?»

Quappendorf ließ sich nicht beirren. «Wie auch immer, der Leichenschein ist von keiner anderen als der Pfannenschwarz ausgestellt worden.»

Mannhardt blieb beim spöttischen Ton. «Darum also ‹Viererbande›. Und warum das alles?»

«Die Motive liegen auf der Hand.»

«Ich seh noch keine...»

Quappendorf zählte sie auf. «Alle drei brauchen Geld, viel Geld. Die Pfannenschwarz für ihre teure Praxis. Pessin für seine PDS und der Herr Dr.-Ing. Ronald Schora, um Schweigegelder zu zahlen, denn wenn herauskommt, in welchem Maße er Stasi-Mitarbeiter war, dann kann er sich getrost das Leben nehmen.»

Mannhardt schwieg. Es war immer peinlich, wenn sich scheinbar ehrbare Menschen als üble Denunzianten entpuppten. *Die Rache ist mein, ich will vergelten, spricht der Herr.* Mannhardt, der in seiner schlimmen Zeit viel in der Bibel geblättert hatte, kannte den Vers aus dem 5. Buch Mose sehr genau. Ihm war klar, daß Quappendorf von nichts anderem als seiner Rachsucht geleitet wurde.

War es ihm zu verdenken? Nein. Aber für die Aufklärung des Falles Bolgheri brachte es nichts. Aber was war mit Dr. Jederitz? Konnte es sein, daß Quappendorf Jederitz für Totzke gehalten und bei seinem Besuch im Affekt erschlagen hatte? Unsinn. Bei seinem allgemeinen Erkenntnisstand mußte er gewußt haben, daß Totzke längst gestorben war.

«Nun...» Quappendorf erhob sich.

Auch Mannhardt drückte sich hoch, streckte sich. «...sagen Sie, der Dr. Jederitz, der ist Ihnen persönlich nicht bekannt?»

Quappendorf erinnerte ihn in diesem Augenblick an einen Schüler, dem man völlig überraschend einen schweren Medizinball in die Magengrube geworfen hatte. «Gott, ich kenne so viele Ärzte, von denen ich Rezepte vorgelegt bekomme...»

«Das ist der, der bei Totzke beziehungsweise bei Ihnen im Garten tot aufgefunden worden ist», half Mannhardt nach.

«Ich weiß, ich weiß.»

Mannhardt wandte sich zur Tür. «Aber persönlich kannten Sie ihn nicht?»

«Nicht daß ich mich erinnern könnte. Warum fragen Sie?»

«Nur so. Hätte ja sein können.»

Mannhardt kam zur High-noon-Stunde nach Oranienburg zurück und gönnte sich in einem Restaurant an der Straße des Friedens erst einmal ein Zanderfilet. Zwar hatte ihn Heike immer wieder vor dem Verzehr brandenburgischer Fische gewarnt, denn was hier als Delikatesse galt, mußte in Westberlin von den Fischern der hochbelasteten Gewässer wegen noch immer als Sondermüll entsorgt werden, doch das störte ihn wenig. Er war so durstig, daß er den Weißwein, der aus Sachsen kam, wie Wasser trank. Er war rundum zufrieden, und so etwas wie FLOW stellte sich ein, das Einssein mit Gott und der Welt. Wenn er sah, wie Oranienburg ganz langsam immer bunter wurde und lebensvoller, dann erinnerte ihn das an seine Jugend, an diese wunderbare Stimmung nach dem Kriege: Es geht aufwärts, alles wird besser. Der Aufbruch.

So saß er eine gute Stunde da, genoß den Urlaub von sich selber, und er hätte es bis zum Nachmittag hier aushalten können, wenn nicht Yaiza Teetzmann und Volker Vogeley, die lieben Kollegen, vorbeigekommen wären. Sie waren beide furchtbar laut, doch nach dem ersten Hallo wurde nur noch geflüstert.

«Wir haben eine heiße Spur», verriet ihm Volker Vogeley.

Mannhardt fühlte sich mächtig gestört und brummte böse: «Leck mich doch...» Wobei er, um die anderen nicht zu kränken, die letzten Worte ziemlich vernuschelte.

Yaiza Teetzmann prallte regelrecht zurück. «Wat, du weeßt det schon, wer...!?»

Jetzt war es an Mannhardt, erstaunt zu sein. «Wiewerwannweshalbwarum?»

«Äh...?» Sie hob sein Weinglas und prüfte dann durch ausgiebiges Schnuppern seine ausgeatmete Luft. «Das odorologische Gutachten ergibt vernichtende Werte.»

Mannhardt schüttelte sich, um wieder klarer denken zu können. «Was soll ich wissen?»

Volker Vogeley rang die Hände. «Na, daß wir Lecke ins Visier genommen haben.»

«Welchen Lecke?»

«Mann, den vom Leckerbissen. Essen, mampfen, futtern – du, verstehn! Lecke's Bissen, wa.»

«Ach so...» Mannhardt begriff nun auch, warum sie ihm hellseherische Fähigkeiten beziehungsweise eine Über-Kompetenz zugebilligt hatten. «Lecke, hab ich doch gesagt, wer sonst. War doch klar, daß das Fett an dem Stück Gummihandschuh, das ihr gefunden habt, aus einer Frittenbude stammen mußte. Fett und Ketchup und so weiter.» Der Wein machte es möglich, so überzeugend zu spinnen.

«Ick kann't nich fassen», sagte Yaiza Teetzmann.

Und Volker Vogeley ergänzte das mit einem Spruch aus alten DDR-Beständen. «Das gibt's in keinem Russenfilm!»

Mannhardt grinste. «Ja, da seht ihr die hohe Überlegenheit der Polizeimissionare, die euch der Westen schickt.» Dann rief er den Ober zum Bezahlen.

Yaiza Teetzmann ließ nicht locker. «Woher weeßten det allet?»

Mannhardt deutete zum Himmel hinauf. «Man hat so seine Beziehungen.»

«Nee, ehrlich ma.»

Er legte den Arm um sie. «Beim Abschied sag ich's dir leise...»

«Irgendwelche *connections*, wa?»

«Wenn er's nicht sagen will.» Volker Vogeley beschloß, das Thema zu wechseln, und kehrte schnell zu jener Ernsthaftigkeit zurück, die für die DDR so typisch war. «Unser Verdacht gegen Herrn

Lecke beruht nicht nur auf den Speiseresten, die am Gummihandschuh haften geblieben waren, sondern auch auf der Tatsache, daß er hochverschuldet ist und dringend Geld benötigt. Ein Angestellter, den er im April entlassen hat, sagt, daß er seinen Chef in Berlin bei einem Hehler angetroffen hat. Schmuck und gestohlene Kreditkarten soll er angeboten haben. Außerdem haben wir anhand der Angaben des Zeugen Harnischfeger eine Phantomzeichnung anfertigen können, die eine hohe Ähnlichkeit mit ihm aufweist. Auch Frau Dr. Pfannenschwarz schließt ihn als Täter nicht aus.»

Mannhardt nickte gelangweilt. Sollten sie ihn doch bitte mit diesem Kleinkram in Ruhe lassen. Das gab es Größeres, und er dachte an Bolgheri, Dr. Jederitz und das, was ihm Quappendorf erzählt hatte. Aber wenn nun... Der Gedanke war wie ein kleiner Stromstoß im Kopf. Ausgelöst durch die Namen Pfannenschwarz und Harnischfeger. Pfannenschwarz, Totzke, Schora und Pessin – nach Quappendorf die ‹Viererbande›. Und dieser Harnischfeger wohnte direkt neben den Totzkes. Mannhardt erinnerte sich deutlich an seinen überlauten Shredder. Womöglich war er der Fünfte im Bunde? Und wenn nun Lecke nicht des Geldes wegen bei Harnischfeger und der Pfannenschwarz gewesen war, sondern aus anderen Gründen...? Vielleicht hatte er bestimmte Dokumente gesucht, um beide zu erpressen. Als inoffizielle Mitarbeiter der Stasi, als Leute, die sonstwie Dreck am Stecken hatten.

Gleichviel, Mannhardt zeigte plötzlich hohes Interesse an Karsten Lecke, und als sie eine Viertelstunde später im Büro waren und über die weiteren Schritte berieten, war er voll bei der Sache.

«Sollen wir ihn rund um die Uhr beschatten oder eine Falle stellen?»

«Für die erste Maßnahme fehlen uns die Kräfte», sagte Volker Vogeley. «Die sind ja alle bei der Soko Bolgheri.»

«In den Abend- und Nachtstunden jedenfalls, zu zweit», sagte Mannhardt.

Yaiza Teetzmann lachte. «Willste bloß alleene mit mir im Auto sitzen, wa.»

«Heike würde mich kastrieren.»

Da hatte Volker Vogeley eine Idee. «Die kennt er nicht, die können wir doch als Lockvogel nehmen.»

«Wie – soll sie mit ihm ins Bett und ihm dort alles entlocken...?» Mannhardt guckte etwas skeptisch.

«Nein, aber die reiche Wessi-Frau spielen, eine Unternehmerin.

Wohnt im ‹Schloß-Hotel› und ist hier, um eine unserer Fabriken zu kaufen.»

«Ja», Yaiza Teetzmann war begeistert davon. «So mit Jold behangn und viel Jeld inna Tasche, um den einen oder andern zu schmiern. Det azählt se dem Lecke, als se 'ne Bockwurscht bei ihm ißt.»

Mannhardt stand auf. «Das ist mir alles zu sehr Kriminalroman. Aber ich werd ihr den Vorschlag machen, wenn ich sie morgen sehen sollte...»

Mannhardt wartete auf der Frohnauer Brücke, und wer nicht erschien, war Heike. In zehnminütigem Rhythmus hielten die 125er Busse, die direkt aus Tegel kamen, am Kasinoturm, doch sie war nicht unter denen, die aus der Mitteltür quollen. Auch seine Hoffnung, sie könnte aus der Stadt kommen und in der S-Bahn sitzen, erfüllte sich nicht. Wieder glitt ein Vollzug mit seinen acht Wagen unter ihm hinweg und schlängelte sich durch die Kehr- und Aufstellgleise, um nach Oranienburg zu fahren, und er sah sich ‹im Geiste› eng umschlungen mit ihr auf den hölzernen Sitzen. Das Bett in Volker Vogeleys Quartier war aufgeschlagen.

An ihm vorbei quirlten die Menschen, und irgendeine politische Gruppe lockte die Leute mit Luftballons und Fähnchen an ihren Tisch. Doch er fühlte sich so einsam wie einer, der in seiner Maschine mitten über der Sahara abgestürzt war. Kam sie nicht, war alles vorbei. Was blieb ihm dann? Das Warten auf die Pensionierung, das Warten auf das Altersheim, das Warten auf den Tod. Man blieb nur noch am Leben, weil man am Tropf der Erinnerung hing. Er spürte, wie die erste Phase seines Sterbens begann. Bei seiner Liebe zur S-Bahn wäre es nur konsequent gewesen, wenn er sich vor den Zug geworfen hätte. Er gab sich noch fünfzig Minuten. Dann hatte er anderthalb Stunden gewartet.

Zum dritten Mal ging er zur Post hinüber, um sie anzurufen. Niemand nahm ab.

Um sich abzulenken, guckte er nach, was sie am Stand der Politwerber machten. *Die Nationalen* nannten sie sich, waren eine neue Gruppierung, und er hörte einen flachsblonden Jungen agitieren. Zwanzig Jahre mochte er sein, hatte ordentlich geschnittene Haare und einen so sauber ausrasierten Nacken, daß es für einen Friseur allemal zur Gesellenprüfung gereicht hätte. Er sprach von deutscher

Wertarbeit und der deutschen Rasse. Mischehen seien zu unterbinden, Ausländer müßten raus, Reinrassigkeit sei das Ziel der *Nationalen*. Deutschland den Deutschen. Die sogenannten demokratischen Parteien hätten den Staat ins Verderben gestürzt. Dagegen müsse man angehen und darum eine Liste unterschreiben. Nur ein starker Mann könne alles zum Besseren wenden. Er zählte mit. In einer Viertelstunde hatten zehn Hausfrauen und drei Rentner ihre Unterschrift geleistet.

Mannhardt sah vor der Bäckerei am Ludolfinger Platz einen grünweißen Polizeiwagen halten und überlegte nicht lange. Ohne sich vorzustellen, sagte er dem Kollegen, daß er als Beamter einen Eid darauf geleistet habe, die freiheitlich-demokratische Grundordnung *aktiv* zu verteidigen.

«...indem ich Anzeige erstatte. Wegen Straftaten nach § 130 StGB, Volksverhetzung, und § 131 StGB, Aufstachelung zum Rassenhaß.»

Der uniformierte Kollege sah ihn gelangweilt an. «Gegen wen?»

«Gegen diesen blonden Hitlerjungen da.» Mannhardt zeigte zum Stand der *Nationalen* hinüber.

«Darf ich mal Ihre Personalien haben.»

«Sie sollen nicht *meine* Personalien festhalten, sondern die von diesem Straftäter da.»

«Vom wem reden Sie denn eigentlich?»

Der blonde *Nationale* war offensichtlich im Bahnhofsgebäude verschwunden.

«Wollen Sie nicht hinterher!» rief Mannhardt

«Ich kann hier nicht weg», sagte der Uniformierte.

Als Mannhardt ihm einen Schubs geben wollte, wurde er von zwei seriösen Herren festgehalten, höheren Angestellten vielleicht oder Handelsvertretern, die schon von Anfang an zugehört hatten. «Die Polizei hat Wichtigeres zu tun, sehen Sie doch!»

«Sachsenhausen ist nur 25 Kilometer von hier», sagte Mannhardt.

«Halt das Maul, du rote Sau!»

Mannhardts Hand fuhr unter sein Jackett. Und wäre seine Waffe an ihrem Platz gewesen, hätte er womöglich geschossen. Doch sie lag bei Volker Vogeley im Gartenhaus. Leider, glücklicherweise.

Heike kam, und er riß sie an sich, daß sie keine Luft mehr bekam, drückte sie, suchte ihre Haut, wollte mit ihr verschmelzen, sich auflösen in ihr.

Die Welt war verloren, die Welt war gerettet.

Der alte Zauber war zurückgekommen, der Rausch wieder da, und er erwachte erst wieder, als er neben ihr lag und sie streichelte und küßte und närrisch war vor Glück. Dann war er in ihr, stöhnte und schrie, explodierte und versank erschöpft in einem Ozean aus Fruchtwasserwärme.

Dann schliefen sie mehrere Stunden lang eng aneinandergekuschelt, bis Volker Vogeley draußen an die Fensterläden klopfte.

«Wenn wir noch was mit ihr starten wollen, dann müssen wir jetzt.»

Heike fuhr hoch und verstand nicht, was er meinte.

«Kein Gruppensex», lachte Mannhardt. «Was viel Schöneres...» Und er stieß das Fenster auf, damit sie den Kollegen besser hören konnten.

«Was wollt ihr denn nun anstellen mit mir?» Gespannt war sie doch.

«Unternehmen Lockvogel», sagte Mannhardt. «Man kann sich nicht immer nur hingeben, man muß sich auch mal hergeben für was. Für den Kampf gegen die Kriminalität in den neuen Bundesländern beispielsweise.»

«Da bin ich aber gespannt.» Heike zog sich ihr T-Shirt über und trat ans Fenster.

Und Volker Vogeley legte los. «Das teuerste Zimmer im ‹Schloß-Hotel› ist schon reserviert für Sie, gnädige Frau. Sie sind von der MEGA-Bau erlin und wollen hier Grundstücke kaufen. Ein Porsche ist gemietet, und Sie kommen mit einem Kollegen von uns – einem aus Königs Wusterhausen, den keiner hier kennt – in Oranienburg an, haben riesigen Hunger und halten vor ‹Lecke's Leckerbissen›, essen da etwas und lassen durchblicken, daß Sie einiges an Wertsachen im Hotelzimmer haben. Das verlassen Sie dann am Abend, um im anderen Flügel unseres Schlosses zur Theateraufführung zu gehen. Wir werden aber da sein und auf unseren Kandidaten warten.»

Heike schüttelte den Kopf. «Tut mir leid, ich find das furchtbar albern.»

«Ich auch», gab Mannhardt ihr recht. «Aber a) haben wir keine bessere Idee und b) keine Kollegin, die das machen könnte.»

«Ohne mich!»

Mannhardt hatte sich *das* Oranienburger Kulturereignis dieses Sommers nicht entgehen lassen wollen und war mit Heike zum Schloß gezogen, um Tatjana Totzkes erste große ‹Ah-und-Oh›-Inszenierung live zu erleben. *Hilfe Heirat* war der Abend überschrieben, und sie hatten muntere Sketches zum Thema Partnersuche gesehen. Davor hatte Tatjana Totzke nicht nur dem Rat der Stadt für seine Unterstützung gedankt, sondern, von viel Beifall unterbrochen, auch darauf hingewiesen, wie schwer es doch sei, die Ehe zwischen Ost und West nun auch wirklich zu vollziehen, nach vierzig Jahren Scheidung und ein Leben mit anderen Partnern nun wieder mit Kopf, Herz und Bauch eins zu werden.

Als Höhepunkt des Abends sollte es den *Heiratsantrag in der Niederwallstraße* von Adolf Glaßbrenner geben.

«Wird denn Rabea mitmachen?» fragte Heike in der kleinen Umbauphase, bevor sich der Vorhang zum zehnten und letzten Male hob.

Mannhardt zeigte auf die Pfannenschwarz, die schräg vor ihnen saß. «Wenn ihre Mutter da ist, wird sie wohl. Ist ja auch die beste Therapie. Bolgheri war ja nun auch nicht in solchem Maße *die* große Liebe, als daß sie nun für immer und ewig ins Kloster müßte.»

«Ganz schön zynisch, der Herr.»

«Du als Oberpsychologin mußt es ja wissen.»

Heike sah ihn an. «Bist du immer noch sauer auf mich?»

«Na sicher. Du hättest das Spielchen da mit Lecke ruhig mitmachen können.»

Sie tippte sich an die Stirn. «So was Albernes, Mann!»

Mannhardt versuchte es mit Shakespeare. «Die ganze Welt ist eine Bühne, und alle Männer und Frauen sind nichts weiter als Schauspieler. Deine Rolle als Spielverderber hast du prima gespielt.»

«Nun, wart's doch erst mal ab.»

«Wie?»

«Pssst!» Sie preßte ihm die Hand auf den Mund.

Mannhardt haßte das und starrte in der Folgezeit böse vor sich hin. Und da er in der zwanzigsten Reihe links außen saß, hatte er genügend Wand zu mustern. Er tat es, bis ihm von hinten jemand auf die Schulter klopfte. Klara Kublank, wie er beim Herumfahren erkannte. Offensichtlich kam sie von der Toilette zurück.

«Ah, Herr Mannhardt, mal keine Verbrecherjagd heute abend?»

«Nein, da ist ja alles klar.»

«Wie…?» Klara Kublank riß die Augen auf, spielte das staunende Kind.

Mannhardt lachte. «…ist klar, daß wir nie einen Täter finden werden.» Aber er wurde sofort wieder ernst, als er sie nach Schrepkow fragte. «Haben Sie da etwas gehört, was uns weiterbringen könnte.»

«Nein…» Klara Kublank senkte den Kopf. «Vielleicht hat er sich in den Westen abgesetzt…»

Mannhardt wurde hellhörig. «War denn Schrepkow auch ein Freund Ihres verstorbenen Schwiegersohns…?» Seine Gedanken gingen in die Richtung der von Quappendorf angedeuteten Oranienburger *connection* Totzke, Pfannenschwarz, Schora und Plessin.

Klara Kublank dachte nach. «Eigentlich nicht. Obwohl er manchmal, wenn ein anderer mal nicht konnte, bei uns im Skatkeller war.»

Mannhardt machte eine Geste der Hilflosigkeit. «Warten wir's ab.» Er glaubte, eine dieser lästigen Stubenfliegen säße auf seinem Arm, und schlug nach ihr. Doch, was er da zermanscht hatte, war ein Marienkäfer.

Klara Kublank schrie auf. «Wer einen Marienkäfer tötet, stirbt am nächsten Tag!»

Mannhardt stammelte, daß es doch ein Versehen gewesen sei und er nie absichtlich einen Käfer töten würde.

Es half ihm nichts, Klar Kublank kehrte wortlos auf ihren Platz zurück, und auch Heike rügte ihn.

Mannhardt zeigte sich genervt. «Gott, in Jugoslawien sterben in dieser Sekunde Hunderte von Menschen, und da regt sich keiner drüber auf, aber wenn ich hier aus Versehen einen Marienkäfer treffe, dann…»

«Ruhe!» zischte es von überall her, denn der Vorhang teilte sich, und die Familie Kleisich gab sich preis.

Mannhardts Blick ging nach vorne zu Natalie Totzke, die in der ersten Reihe zwischen ihrer Großmutter und dem Bürgermeister saß. Auch sie schien den Bolgheri-Schock überwunden zu haben. Er suchte sich zu konzentrieren, doch es fiel ihm immer schwerer, die Augen noch offenzuhalten.

*Herr Kleisich:* Karline, hat er denn bestimmt jesagt, deß er um dreier Uhr bei mich anhalten wollte?

*Karoline:* Janz bestimmt.

*Herr Kleisich:* Es is aber schon en Viertel uf viere, un meine jeht noch um mehre Minutens nach.

*Karoline:* Er wird vielleicht abjehalten.

*Herr Kleisich:* Wenn ich wo anhalten will, kann mir nichts abhalten. Ich habe mir bei deiner jetzigen Mutter durch nischt abhalten lassen. Des is jetzt jrade dreißig Jahr…

Mannhardt schreckte erst wieder hoch, als der Freier Bornike mit den Worten ‹Jesejente Mahlzeit! Jesejente Mahlzeit!› von der Bühne eilte und der Schlußbeifall aufbrandete. «Hab ich die janze Zeit über jeschlafen?»

«Ja, süß an meiner Brust.» Heike strich ihm die Haare aus der Stirn.

«Oh…» Mannhardt reckte sich auf. «Da haben sie ja wieder was zu lästern über die Kripo.»

«Macht nichts. Hast du wenigstens ein bißchen vorgeschlafen.»

«Ja, so wie es aussieht, werd ich mir die ganze Nacht um die Ohren schlagen müssen.»

«Macht nichts, Yaiza ist ja neben dir.»

Mannhardt grinste. «Darum hast du mich vorhin so rangenommen.»

Sie wurden zum Ausgang gedrängt.

Es war die berühmte laue Sommernacht, voll vom Duft blühenden Jasmins und wilder Rosen, und er umarmte sie. «Komm mit ins Kornfeld, laß uns zwischen Kornblumen und Mohn liegen und träumen. Im Vollmond, siehst du.»

Doch dazu kam es nicht, denn Yaiza Teetzmann stand schon neben ihm. «Hallo, Partner, jetze bin icke ma anne Reihe.»

«Derselbe Herr, die nächste Dame», sagte Mannhardt und stöhnte kräftig. Noch ein langer Abschiedskuß, Zunge kreiste um Zunge, dann löste er sich endgültig von Heike. «Laß uns die Abschiedsworte stammeln. Die Zeit mit dir war wunderschön, doch leider muß ich nun auf Streife gehn. Was ist denn nun mit unserm Lecke-mich?»

Yaiza Teetzmann erstattete Rapport. «Volker hat ihn den ganzen Abend über am Stand beobachtet. Da ist er geblieben. Um Viertel elf ist er ab nach Hause.»

«Da wird er wohl auch bleiben. Hat ja nicht geklappt mit unserem Lockvogel…»

Heike stieß einen langgezogenen Unmutslaut aus und nutzte die Chance zum schnellen Abschied. Ohne weiteren Körperkontakt setzte sie sich in ihren Golf und nahm die B 96 Richtung Berlin.

Mannhardt stieg in den Wartburg, den Yaiza Teetzmann mühsam aufgetrieben hatte, und ließ sich zur anderen Seite des Lehnitzsees kutschieren, wo Karsten Lecke in einem besseren Behelfsheim wohnte. Volker Vogeley hockte in der Nähe des ‹Kulturhauses Friedrich Wolf› in einem schrottigen Trabant und teilte ihnen, als sie kurz neben ihm hielten, im Flüsterton mit, daß Lecke noch immer vor dem Fernseher säße und wohl gar nicht daran denke, auch heute wieder auf Diebestour zu gehen. Wenn überhaupt.

Mannhardt nickte und gab Yaiza Teetzmann das Zeichen, weiterzufahren und ein wenig abseits der Stelle zu parken, an der Vogeley gestanden hatte.

«Hinter dem Barkas, guck mal... Da kann man durch die Hekken und Büsche in sein Zimmer sehen.»

«Zu Befehl.» Sie lenkte den Wartburg in die angegebene Parklücke, und sie machten sich, während der Kollege heimwärts strebte, auf eine monotone Nacht gefaßt.

Doch schon nach etwa drei, vier Minuten hörten sie, wie drinnen das Telefon anschlug und sahen Lecke aufstehen und zum Apparat hinübergehen. Seiner Körperhaltung nach zu urteilen, schien es eine ernste Sache zu sein, denn er stand da wie plötzlich schockgefrostet.

«Sie haben ihm gerade gesagt, daß bei ihm im Kiosk eingebrochen worden ist», spottete Mannhardt.

«Psst!» machte Yaiza Teetzmann, denn Lecke hatte plötzlich aufgelegt und war durch eine kleine Terrassentür in den Garten getreten, wo ein weißer VW-Transporter mit der Werbung für *Lecke's Leckerbissen* abgestellt war.

«Wirta jrade 'n neuen Tip bekommen ham», vermutete Yaiza Teetzmann.

«Ganz im Gegenteil», sagte Mannhardt, denn sie sahen, daß Lecke einen riesigen Fernsehapparat aus einem Anbau holte und in den Firmenwagen lud. Mannhardt rutschte weit nach unten.

Yaiza Teetzmann duckte sich nun ebenfalls. «Kiek ma, wat der da allet wegschafft. Sieht nach Videorecordern aus und sowat.»

«Wird sein Hehler gewesen sein, der angerufen hat.»

«Wolln wan'n jleich hoppnehm oda erst späta?»

Mannhardt überlegte. «Die Staatsanwälte sind ja immer scharf auf ‹gerichtsverwertbares Material›, und die hätten gerne auch den Hehler. Aber ich hab keine Lust, hier rumzukurven wie auf den ‹Straßen von San Francisco› und Autojagd zu spielen.»

«Icke für meine sechzig Prozent von euan Jeld nu erst recht nich, wa.»

Mannhardt drückte seine Tür nach außen. «Dann man los. L-Stellung.»

«Sau du!»

«Du sicherst, Winkel mindestens neunzig Grad, und ich sprech ihn an. Das ist das L.»

Yaiza Teetzmann war gekränkt. «Wat meinste, wat wir hier früha jemacht ham. Die Arme hoch, wir! Und dann mit dem Rükken voran uff die Vadächtigen zu.»

Mannhardt lachte und strafte sie mit einem rechtskundlichen Vortrag, von dem er meinte, daß er zu seiner Rolle als Polizeimissionar gehören müßte. «Die Durchsuchung von Personen und Sachen ist rechtlich begründet zur Gefahrenabwehr, zur Festellung und Ergreifung von Straftätern und zur Sicherung von Beweisen. Siehe Paragraph 102 StPO. Wir dürfen also.»

Während dieses Vortrages hatte Lecke die Seitentür seines Transporters zugeschoben und sein Gartentor geöffnet. Es war klar, daß er losfahren wollte.

«Müssen wir wohl...» Mannhardt begann, sich aus dem Wagen zu drehen.

Yaiza Teetzmann griff nach ihrer Dienstwaffe und machte sich ebenfalls ans Aussteigen.

Mit schnellen Schritten gingen sie auf Lecke zu und erreichten ihn, als er sich gerade in seine Fahrerkabine schwang.

«Kripo Oranienburg», sagte Mannhardt. «Herr Lecke. Wir hätten gerne mal mit Ihnen gesprochen.»

Daraus wurde aber vorerst nichts, denn Lecke schlug die Tür hinter sich zu und startete den Wagen mit einer preiswürdigen Geschwindigkeit. Als Mannhardt herbeigesprungen war, um an der Fahrertür zu reißen, hatte er schon den Rückwärtsgang eingelegt und Gas gegeben.

Mannhardt wurde weggeschleudert, und der Transporter schoß die schmale Auffahrt hinunter. Mitten auf dem Fahrdamm kam er für Sekundenbruchteile zum Stehen, als Lecke wieder schalten mußte. Yaiza Teetzmann nutzte diese Chance und feuerte drei Schüsse auf die Vorderreifen ab. Einer mußte gesessen haben, denn als Lecke nun Vollgas gab, verlor er die Gewalt über den Wagen und krachte gegen eine ausgewachsene Linde.

Viel passiert war ihm nicht, aber dennoch mußten sie warten, bis ihn die Feuerwehr mit ihren Trennschleifern herausgeholt hatte. Die Ärztin, die sich um ihn kümmerte, war Dr. Gudrun Pfannenschwarz.

«Dürfen wir ihn gleich anschließend ausquetschen?» fragte Mannhardt.

«Ich hätte nichts dagegen, ganz im Gegenteil.»

Um Mitternacht war dann Karsten Leckes Geständnis zu Protokoll genommen. Elf Raubtaten gab er zu, dabei die ‹Unfälle› beim Einbruch in die Arztpraxis und bei Harnischfeger. Komplizen hätte er nicht gehabt, und das Motiv war klar.

«Was ist mir anderes übriggeblieben. Det Motto ist ja heutzutage: Rette sich, wer kann. Und anders hab ick nich gekonnt. Die Fleischfabrik, wo ick Arbeet hatte, is zu. Für imma.»

Mannhardt fragte ihn noch, warum er denn sein Diebesgut so Hals über Kopf habe abtransportieren wollen.

«Da war 'n anonymer Anruf. 'ne Frau, die allet jewußt hat und mich erpressen wollte. Wenn ick nich zehn Mille zahle, ruft sie die Bullen an. Da mußt ick ja erst ma allet wegschaffen...»

Mannhardt war erst gegen vier Uhr morgens ins Bett gekommen, und so reagierte sein Organismus mit Herzrasen und einem heftigen Schweißausbruch, als Volker Vogeley kurz vor sieben gegen seinen Fensterladen klopfte.

«Ja, Scheiße, was ist denn?»

«Entschuldige, aber wir haben Schrepkow gefunden.»

Mannhardt wollte sich aufrichten, doch in seinem rechten Ohr rauschte es, als würde ein Wasserschwall den Gehörgang runterstürzen. «Wer is'n Schrepkow?»

«Der NVA-Oberst, der verschwunden war», rief Volker Vogeley.

«Schön für die NVA, daß er wieder da ist.» Mannhardt brauchte eine Ewigkeit, um zu checken, was hier Sache war, und bis er Schrepkow richtig zuordnen konnte.

«Tot.»

«Was'n? Wie? Und wo?» Mannhardt sprang zum Fenster, öffnete den Laden und stieß ihn so vehement nach außen auf, daß Volker Vogeley kaum zur Seite springen konnte.

«Erschossen hat er sich. Am Stavenhagener See, nördlich von Wandlitz.»

«Wandlitz ist immerhin standesgemäß», sagte Mannhardt. «Und warum?»

«Da wirst du nie drauf kommen.» Volker Vogeley hielt ihm einen blaßgrünen DIN-A4-Bogen hin. «Hier...»

Mannhardt nahm Schrepkows Abschiedsbrief, der an seine Mutter und alle seine Freunde gerichtet war.

«...so habe ich seit der Wende gelebt wie ein Emigrant im eigenen Land, mich fremder gefühlt als in meiner Zeit als Ausbilder in Mozambik. Die Orden, die mir heilig waren, finde ich wieder auf den Tischen der Trödler... Kerstin läuft mir davon, weil ich für Sie nur noch ein Verbrecher bin. Als man mir den Scharnhorst-Orden verliehen hat, hörte ich von Armeegeneral H. jene Thälmann-Worte, die mich immer getragen haben: ‹Bestechen können wir das Schicksal nicht. Nur im Ringen, im schweren Kampfe werden Menschen gehärtet... Denn der Kampf ist das Urelement des Lebens, das Gebot der Entwicklung...› So wollte ich, Du, Mutter, weißt es, eine Firma gründen, die sich der Verschrottung von Waffen bzw. ihrer Umwandlung in friedliche Geräte widmen sollte, und mir fehlten nur noch an die zehntausend Mark, um meine Pläne zu verwirklichen. Aber wie sollte ich die zusammenbekommen, nachdem ich als Versicherungsvertreter gescheitert war? Da kommt, als ich eines morgens beim Angeln auf dem Lehnitzsee bin, Klara Kublank auf mich zugerudert und spricht mich an. Wir kennen sie ja alle als eine leicht verrückte Person, und was sie mir da vorschlägt, entspricht auch so voll und ganz ihrem Ruf. Sie ist besessen von der Idee, daß ihr verstorbener Schwiegersohn ein sogenannter Nachzehrer ist, der seine Familie und Freunde aussaugen, also töten will, damit sie zu ihm hinabsteigen ins Grab. Sie zählt mir alles auf, was ihr und den Ihren widerfahren ist, bis hin zum Tod des Dr. Jederitz, und schreibt dies alles Totzke zu. Zur Beseitigung des ‹Nachzehrers› bietet sie mir fünftausend Mark bar in die Hand. Ich soll eine Bombe mit Zeitzünder basteln und Totzkes Grab in die Luft sprengen, seinen Leib ‹zerstückeln› und ihn damit für immer unschädlich machen. Und ich lasse mich von ihr tatsächlich *verhexen*, das heißt dahin bringen, diese Idiotie auch wirklich auszuführen. Nein, so irrsinnig war es nicht, denn ich brauchte das Geld zum Überleben, und ungefährlich war die Sache auch, denn regelmäßig werden ja in und um

Oranienburg Bomben aus dem Weltkrieg gefunden und entschärft oder aber gehen in die Luft. Mein Risiko war wirklich null. Totzke war schon seit langem tot und halb verwest, und nachts sind Friedhöfe so menschenleer wie die Sandmeere auf dem Mond. Wie hätte ich denn ahnen sollen, daß dieser Italiener da des öfteren seine Freundinnen liebt. Ich bin unschuldig und doch schuld am Tod dieses Menschen. Du bist ein Soldat, werdet ihr sagen, und wirst doch wohl damit fertig werden, einen Menschen getötet zu haben, hast du doch anderen jahrelang das Töten beigebracht und sie auch töten sehen. Ja, aber ich bin nun kein Soldat mehr. Ich bin überhaupt nichts mehr. Es wird über kurz oder lang herauskommen, wer den unglücklichen Giancarlo Bolgheri getötet hat, und für ‹fahrlässige Tötung› bekommt man fünf Jahre Gefängnis oder eine hohe Geldstrafe. Beides bedeutete für mich einen Schrecken ohne Ende. Laßt mich lieber das schnelle Ende wählen. Ich darf mich noch einmal bei allen, denen ich mit meinem Schritt Schmerzen zufüge, entschuldigen und allen jenen danken, die mir...»

Mannhardt ließ Schrepkows Abschiedsbrief sinken und sagte zu Volker Vogeley, daß die Welt in der Tat nichts weiter sei als ein Riesenirrenhaus.

## 4.

Mannhardt hatte, bevor er zu den Totzkes ging, noch bei Heike angerufen und sich vorlesen lassen, was im *Bleuler* unter **Wahnhaftes Denken, Wahnideen** zu finden war:

«Der Wahnkranke stellt sich völlig unbekümmert um Ansichten, Interessen und Rechte anderer in den Mittelpunkt seiner Überzeugung. Der Wahnkranke hat kein Bedürfnis, seine Überzeugung an der Wirklichkeit zu überprüfen und sich selbst und anderen zu begründen. (...) Zum Wesen des Wahns gehört seine *Unerschütterlichkeit*. Er läßt sich weder an der eigenen Erfahrung noch durch Belehrung beeinflussen. (...) Dem Wahnkranken fehlt die Kritikfähigkeit seinem Wahn gegenüber, in allen anderen Belangen kann sie erhalten sein.»

Heike hatte gemeint, daß sie Klara Kublank sofort zur psychiatrischen Untersuchung schicken sollten, denn Wahnphänomene mit Verfolgungsinhalten seien ihres Wissens klinische Manifestationen der Schizophrenie oder deuteten auf bestimmte neurologische Störungen bei älteren Menschen, seien also Sache der Gerontopsychiatrie. Die Ursachen dafür fände man nur in langwierigen Therapien heraus, wenn überhaupt. Vielleicht aber sei das zwanghafte Denken an den Nachzehrer bei ihr eine Folge der vielen Ängste, die in der Ex-DDR zu finden seien.

Als Mannhardt jetzt mit Klara Kublank vor dem Haus der Totzkes saß und die Sonne über dem Lehnitzsee sah, schien ihm dies alles nur ein wirrer Traum zu sein. Totzke, der Nachzehrer, wie das Sprengen seines Grabes und die tödliche Verletzung Giancarlo Bolgheris. Das gab es nicht, das konnte es nicht geben. Die Wahrheit war, daß er hier bei seiner Tante Claire war und auf das Frühstück wartete – und es nichts weiter zu bereden gab als die Frage, ob Tomaten wirklich eingingen, wenn man sie mit kaltem Leitungsanstatt mit aufgefangenem und angewärmtem Regenwasser goß.

Klara Kublank war, als er sie mit Schrepkows Abschiedsbrief konfrontiert hatte, von einer solch unbefangenen Fröhlichkeit, daß es ihn frösteln ließ.

«Bolgheri ist tot, Schrepkow hat sich dieser Sache wegen umgebracht – und Sie lachen darüber!»

Klara Kublank hob ihr Saftglas mit einer so feierlichen Geste hoch, als hielte sie einen Sektkelch in der Hand. «Nein, ich freue mich nur, daß ich recht hatte mit meiner Annahme, und ich bin erleichtert, daß es nun aus ist mit Totzke, dem Nachzehrer.»

«Sie sind schuld am Tode zweier Menschen», sagte Mannhardt mit alttestamentarischer Strenge.

«Nicht ich, er ist schuld, *er*, *er*, *er*!» Das schrie sie derart hysterisch, daß Harnischfeger erschreckt sein Küchenfenster öffnete.

Mannhardt machte eine beruhigende Geste zum Nachbargrundstück hinüber.

«Totzke hat sie beide zu sich nachgeholt», fuhr Klara Kublank fort. «Den Italiener, weil der sein Nachfolger im Stahlwerk werden sollte. Den hat er deswegen gehaßt. Genau wie den Dr. Jederitz, weil der Nachfolger in seinem Bett gewesen ist. Schrepkow hatte ja den Zeitzünder auf zwei Uhr morgens eingestellt. Losgegangen ist er aber kurz nach Mitternacht. Warum wohl?» Sie sah Mannhardt fragend an.

«Weil Schrepkow Mist gemacht hat.»

«Nein, weil Totzke es so gewollt hat. Die Bombe lag ja direkt neben seinem Sarg. Da haben seine Kräfte dicke ausgereicht. Die Wellen, die er aussenden konnte.» Sie schloß die Augen, hielt ihr Gesicht in die Sonne und genoß die Wärme. «Alle sind sie dankbar, daß es keinen Nachzehrer mehr gibt. Schrepkow ist der letzte gewesen, den er auf'm Gewissen hat.»

«Der ist doch aber gestorben, nachdem Totzkes Leib schon zerfetzt gewesen ist», sagte Mannhardt mit höhnischem Unterton.

Klara Kublank hörte es nicht. «Ja, ich habe Schrepkow den Auftrag gegeben, dem Totzke das Handwerk zu legen. Da, wo ich aufgewachsen bin, in Westpreußen, auf'm Dorf, da haben das noch alle gewußt, was man mit Nachzehrern macht. Man schlägt dem Toten einen Pfahl durch die Brust, trennt den Kopf ab und legt ihn zwischen die Beine, fesselt ihn oder deckt den Leichnam mit Dornensträuchern ab. Doch hier in O-Burg, wo noch so viele Bomben in der Erde liegen, habe ich es auf meine Art gemacht. Und Totzke hat natürlich gemerkt, wie Schrepkow das Loch gegraben hat, um an seinen Sarg zu kommen. Und da hat er beschlossen, auch Schrepkow zu sich nachzuholen in das Reich der Toten, denn Schrepkow war ja sozusagen sein Mörder, hat ihn um seine Existenz als Nachzehrer bringen wollen und gebracht. So ist es, das ist die Wahrheit: Totzke hat beide auf dem Gewissen, Bolgheri und Schrepkow, ich war nur sein Medium. Ich habe Ihnen aber früh genug von Totzke, dem Nachzehrer, berichtet, und Sie hätten eingreifen können, haben es aber unterlassen. Ich werde mich beschweren über Sie!»

Was blieb Mannhardt, als besänftigend zu nicken und nur noch die Frage zu stellen, ob ihre Tochter und Enkeltochter von dem Auftrag an Schrepkow gewußt hätten.

«Nein, natürlich nicht.»

Mannhardt hatte Schillers *Lied von der Glocke* in seiner Schulzeit noch lernen müssen, so daß er, als sie auf dem Friedhof standen und die Abendglocken von Sankt Nicolai erklangen, sofort einhaken konnte: «Von dem Dome, / schwer und bang, / Tönt die Glocke / Grabgesang.»

Heike, auf deren Wunsch sie hergekommen waren, zeigte auf Totzkes Grab. «Schade, daß es keinen Nachzehrer mehr gibt. Aber schön renoviert haben sie Hügel und Stein.»

Mannhardt sah sich um. «Was von ihm und seinem Sarg noch übrig war, haben die ABM-Leute eingesammelt und zum Krematorium gebracht. Jetzt steckt nur noch eine Urne darin, obwohl es ein Erdbegräbnis ist.»

«Bei Bolgheri muß es wohl so ein bißchen die Nekrophilie gewesen sein, daß er es so gerne zwischen den Gräbern hier getrieben hat.» Heike musterte die Vertiefungen zwischen den Hügeln. «Wahrscheinlich der Geruch von Efeu, Erde, welkenden Blumen und modernden Wasser. Das muß ihm den letzten Kick gegeben haben.»

Mannhardt versuchte, ihr unter den Rock zu fassen. «...wollen wir bleiben, bis es dunkel ist...?»

Sie schlug ihm auf den Unterarm. «Hör auf! Alle unsere Bezugspersonen lästern schon über unser Liebesleben. Das wird ja fast 'n Spießrutenlaufen.»

«Die Aurak hat sogar 'n anonymen Brief bekommen über mich.» Mannhardt war sehr stolz darauf und zitierte aus dem Kopf. «...berichtete er im Dienst davon, wie sein mittlerweile schließlich über 50jähriger Schwanz absolut idiotische ‹Neue-Revue›-Sexabenteuer erlebt.»

Sie fauchte ihn an. «Hast du denen das von der S-Bahn erzählt?»

«Nein. Weiß ich nicht. Höchstens andeutungsweise. Der Zechow vielleicht. Die liebt so was, die schreibt aber keine anonymen Briefe. Das muß einer mitgehört haben. Gott, als ob das 'n Verbrechen wäre. Wie Menschen Menschen töten, dürfen alle lesen und sehen, wenn aber zweie, die sich auch noch lieben, miteinander vögeln – und auch noch außerhalb des dafür vorgeschriebenen eigenen Bettes –, dann regen sich die Leute auf.»

«Wilhelm Reich», sagte Heike. «Entstehung des Faschismus.»

Mannhardt hatte den Wilhelm-Reich-Film mit ihr zusammen gesehen und sich dessen Leitmotiv wohl gemerkt: «Fick dich frei!» Wieder packte er sie, und es gab ein kleines Handgemenge, doch sie riß sich los.

«Guck mal, wie du den Boden hier zertrampelt hast!» sagte sie, brachte ihr Kleid wieder in Ordnung und glättete mit den Schuhspitzen die aufgewühlte Erde.

Mannhardt sah ihr zu und schlug plötzlich die Hände gegen die Schläfen. «Du, ich hab's!»

«Was? Epileptische Anfälle?»

«Nein, wie es passiert ist, wieso Schrepkows Bombe viel zu früh hochgegangen ist.»

«Ich denke: Zufall, reiner Zufall. Weil er den Säurezünder falsch berechnet hat.»

«Nein. Wegen der Erschütterungen, die Bolgheri und Rabea hier verursacht haben. Genau an Totzkes Grab. Wie wir beide eben. Die anderthalb Meter, da gehen die Schall- beziehungsweise die Druckwellen doch runter. Rabea hat jetzt ausgesagt, daß es hier eine kleine Rangelei gegeben hat, als er schon wollte, sie aber vorher noch mußte.»

Heike nickte. «Klingt logisch, ja. Die haben da irgend etwas beschleunigt, und gerade als Rabea ein paar Meter weg ist, kracht es. Hat sich Bolgheri also quasi selber...»

«Das sollte allen geilen Menschen eine Lehre sein», sagte Mannhardt mit Sittenrichter-Pathos.

Heike sah auf ihre Uhr. «Ich muß zurück... Kurz nach sechs landet Joãos Maschine in Tegel.»

Einer ihrer exotischen Ex-Freunde kam als Korrespondent für die portugiesischen und brasilianischen Medien ins vergnatzte Berlin, und sie wollte ihm bei der Wohnungssuche helfen.

«Am besten, er wohnt erst mal bei dir...»

Sie fauchte ihn an. «Wenn du's unbedingt willst!»

Mannhardt hatte immerhin den Mut, sie zu imitieren. «Warum soll man einen Menschen plötzlich hassen, wenn er weiterzieht. Man kann doch befreundet bleiben und sich helfen.» Dabei mußte er seinen Magen massieren und bald darauf einen neuen Beutel schlucken. Er war eifersüchtig und narzißtisch gekränkt, und er hatte Angst, sie an einen anderen zu verlieren. Die alten Minderwertigkeitsgefühle. Doch er wußte, daß sie ihn am wenigsten liebte, wenn er weinerlich war und in kleinkarierten Mustern dachte. Also versuchte er, daß Ganze ins Groteske zu ziehen. «Warne ihn aber bitte davor, mich umzubringen, denn dann habt ihr mich beide als Nachzehrer am Hals.»

Heike bückte sich, um den Riemen ihrer Sandale enger zu schnallen. «Vielleicht bist du auch der zweite in der Menschheitsgeschichte, bei dem's mit der Auferstehung klappt, und dann verfolgst du uns live.»

Mannhardt fand das ein wenig blasphemisch, wagte aber nicht, ihr das zu sagen. Weil er nichts Eigenes zu entgegnen wußte, las er laut den Spruch, den sie in Totzkes Stein gemeißelt hatten: «Nichts stirbt aus in der Welt. Alles hat seine Unsterblichkeit.»

«Totzke und unsterblich – mein Gott!»

In dieser Sekunde, die Hirnforscher hätten auf die Frage nach dem Warum keine Antwort gewußt, begann es bei Mannhardt zu zünden, und er sagte, vielleicht, weil alles dazu vorbereitet war, ganz beiläufig, daß er sich totlachen würde, wenn Totzke tatsächlich noch lebte.

Heike faßte sich an den Kopf und drückte es mit der alten DDR-Hymne aus: «Auferstanden aus Ruinen... Aus dem Wrack seines Autos.»

«Nee, ganz anders...» Mannhardt fing an zu spinnen, das heißt, er nahm das, was er von Quappendorf gehört hatte, als Ausgangspunkt und gab einiges an eigener Phantasie dazu. «Da ist die Viererbande hier, die OR-*connection*. Totzke an der Spitze, dann Schora, Pessin und die Pfannenschwarz. Totzke hat zuviel Dreck am Stekken, hat mit Mielke und Schalck-Golodkowski einige Leichen im Keller und fürchtet, daß sie ihn bald einsperren werden, so wie den Harry Tisch zum Beispiel. Also muß er untertauchen. Aber ohne Geld, was soll er da machen? Der Ausweg ist die ORA-Stahl. Der eine Freund, Pessin, ist Hauptbuchhalter da und der andere, Schora, Leiter der Forschung. Totzke hat die Idee, und beide lassen sich ein auf den Deal. Schora muß Schweigegelder zahlen, wenn er bei Siemens, der EUROMAG oder anderswo im Westen seine Karriere fortsetzen will, und Pessin hat nur eines im Sinn: seine PDS zu retten. Also nehmen sie sich knappe fünf Millionen Mark aus der Kasse ihres Werkes.»

Heike schüttelte den Kopf. «Geschichten, die kein Leben schreibt.»

«Quatsch! Daß der ORA-Stahl fünf Millionen fehlen, steht in jeder Zeitung drin, und das andere hat mir 'n Insider erzählt.»

Heike höhnte, daß die drei anderen den Totzke dann anschließend wohl umgebracht hätten.

Mannhardt nickte ernsthaft. «Das hat dieser Apotheker, von dem ich das alles habe, auch gemeint, doch ich glaube eher, daß es ganz anders war, siehe die Frau Dr. Pfannenschwarz. Die hat nämlich dafür gesorgt, daß sie 'ne männliche Leiche hatten, die Totzke vom Alter und vom Äußeren her ein bißchen ähnlich war. Wenn Gesicht und Körper fürchterlich zermanscht sind, dann... Den Ersatzmann, besser: die Ersatzleiche, haben sie dann ins Autowrack gesteckt. Natürlich hat Totzke nicht selber im Unfallauto dringesessen, das haben sie getürkt. Bei seiner Beerdigung hat er längst irgendwo im Hotel gesessen.»

Heike faßte ihm an die Stirn. «Ziemlich heiß da oben.»

Er schlug ihre Hand beseite. «Es sind die Zeiten, du. Wildost. In den neuen Bundesländern, da läuft doch so was jeden Tag. Die Goldgräberzeit. *Anything goes.*»

«Ich auch.» Heike wandte sich dem Ausgang zu.

Mannhardt lief neben ihr her. «Das ist doch alles in sich stimmig. Totzke ist untergetaucht und hat unter einer anderen Identität irgendwo ein zweites Leben begonnen. Mit den verschwundenen ORA-Stahl-Millionen. Ein neues Leben, ohne von dem ersten richtig loszukommen. Darum ist er immer wieder hier in Oranienburg gewesen.»

«Paß bloß auf, daß er dich nicht mal übern Haufen rennt!» Sie hatten das Friedhofstor erreicht, und Heike ging zu ihrem Golf hinüber.

Mannhardt fuhr fort, auf sie einzureden. «Klar, daß er hier gewesen ist. Und vieles, was die Klara Kublank ihm als Nachzehrer zugeschrieben hat, das hat er selber getan. Zum Beispiel den Dr. Jederitz ermordet. Aus Eifersucht, weil er doch so stark an seiner Frau gehangen hat, daß er sie keinem anderen gönnen wollte. Der Mordanschlag auf sie, der angebliche Fahrradunfall, das ist er ebenfalls gewesen. Und seine Tochter, die hat mir erzählt, daß sie öfter verfolgt worden ist. Das ist er selber gewesen. Die Sehnsucht nach ihr. Das paßt doch alles ins Raster!»

Heike sah ihn prüfend an, war voller Mitleid und Sorge, aber zugleich auch Spott. «Hoffentlich paßt es bei dir nicht auch ins Raster...»

Mannhardt fuhr auf. «Ich bin nicht verrückt, ich muß nicht in die Psychiatrie zurück, ich bin nicht ausgerastet!» Dabei schrie er aber so, daß die Leute sich reihenweise nach ihm umdrehten.

«Du hast dir da was in den Kopf gesetzt...» Heike stieg in ihren Wagen, zögerte aber noch, den Schlüssel ins Zündschloß zu stekken.

«Du mußt mir nicht helfen!» Mannhardt wurde immer wütender. «Ich spüre das ganz einfach: Totzke lebt.» Dabei registrierte er sehr wohl, daß er das mit derselben wahnhaften Besessenheit hervorgestoßen hatte wie Klara Kublank ihr ‹Totzke ist ein Nachzehrer›.

Heike hatte offenbar beschlossen, alles von der heiteren Seite zu nehmen, und zeigte auf ein großes Schild, das aus alten DDR-Zeiten übergeblieben war, an einem preußisch-feldgrau verputzten Neubau gegenüber hing und auf eine staatliche Sammelstelle für Reparaturen aller Art hinweisen sollte: KOMPLEXANNAHME. «Frag mal nach, ob du's da loswerden kannst.»

«Du kannst mich mal!» Er schlug ihre Tür krachend zu und stampfte davon.

Mannhardt saß im *Eiscafé Dietrich* am Lehnitzsee und versuchte, Klarheit in seine Gedanken zu bringen. Hatte er sich da in etwas verrannt, was ihn der Psychiatrie oder der vorzeitigen Pensionierung näher brachte, oder konnte es wirklich so sein, wie er es sich und Heike auf dem Friedhof ausgemalt hatte? Möglich war in diesen Umbruchzeiten alles, aber wie wahrscheinlich war es wohl? Sollte er den Fall Totzke auf sich beruhen lassen oder nicht? Wenn er handelte, dann mußte er das eh alleine tun, denn – siehe Heikes Reaktion – seine Vorgesetzten würden ihn ohnehin nur mit Hohn und Spott überschütten und schnellstmöglich aufs Abstellgleis schieben.

Doch die Sache ließ ihm keine Ruhe, und er beschloß, sich in die S-Bahn zu setzen und in Berlin in den Archiven und bei der Treuhand Informationen über Karl-Ernst Totzke zu sammeln.

Fünf Stunden später hatte er aus diversen Nachschlagewerken folgendes zusammengetragen:

**Totzke, Karl-Ernst** * 18.1.1940 in Zeuthen b. Berlin, † 27.1.1991 in Zehdenick (nach einem Verkehrsunfall). Von 1983 an Werksdirektor der VEB ORA-Stahl Oranienburg. Mitglied der SED seit 1963. Verheiratet gewesen seit 1974 mit der Schauspielerin und Fernsehmoderatorin Tatjana T., geborene Kublank. 2 Kinder. Volksschulabschluß, angelernter Arbeiter beim VEB Schwermaschinenbau ‹Heinrich Rau› in Wildau, danach Mechanikerlehre. Verschiedene Funktionen in der FDJ und auf der SED-Kreisebene. 1970–1974 Fernstudium an der SED-Parteihochschule, 1977 Fernstudium an der Fachschule für Roheisen Unterwellenborn. 1979–1981 Studium an der Hochschule für Ökonomie: Dipl.-Wirtschafter. Seit 1982 Leiter der Abt. Hüttenwesen der Staatl. Plankommission. Seit 31.7.1987 Stellvertreter d. Vorsitzenden des Volkswirtschaftsrates, Mitglied d. Wiss. Rates für die friedliche Anwendung der Atomenergie beim Ministerrat. Fremdsprachen: Polnisch, Englisch. Auszeichnungen: 1984 Vaterländischer Verdienstorden in Silber, 1986 Orden Banner der Arbeit.

Mit diesen Daten in der Tasche fuhr Mannhardt zur Treuhand in die Leipziger Straße und fragte sich bis zu den Leuten durch, die den Verkauf der ORA-Stahl an Pecciolo bzw. die deutsche EURO-MAG vorzunehmen hatten. Das Stichwort Bolgheri machte es möglich, und so bekam er auch alsbald die gewünschten Auskünfte.

«Ja, es besteht keinerlei Zweifel daran, daß Totzke vor seinem Tode noch an die fünf Millionen Mark beiseite schaffen konnte. Über deren Verbleib haben wir leider noch nichts Genaues in Erfahrung bringen können. Einiges deutet darauf hin, daß Plessin, der frühere Hauptbuchhalter, das Geld ins Ausland schaffen konnte, wie ja andere etliche der sogenannten PDS-Millionen, aber nachweisen können wir ihm nichts. Auch dieses Geld werden wir wohl abschreiben dürfen.»

Mannhardt saß mit geschlossenen Augen am Schreibtisch und stellte sich vor, Karl-Ernst Totzke zu sein. Wie ein Drehbuchschreiber hatte er das Szenarium genau vor Augen:

Totzke sitzt in einem abgelegenen Gehöft zwischen Zehdenick und Krewelin, nicht weit entfernt von der Unfallstelle, liest im *Neuen Deutschland* und sieht immer wieder auf die Uhr. Die Pfannenschwarz kommt herein und berichtet ihm, daß die Feuerwehr seine Leiche geborgen hat und die Polizei keinen Augenblick daran gezweifelt habe, ‹den Totzke› vor sich zu haben. Totzke fragt, ob das Ganze nicht doch auffliegen würde, wenn man nach dem wirklichen Toten forscht, der müßte doch irgendwo vermißt werden. Die Pfannenschwarz sagt, daß das ein Stadtstreicher sei, den Pessins Leute gestern tot in Berlin-Marzahn gefunden hätten, ein Rumäniendeutscher aus Sibiu, um den sich garantiert keiner mehr kümmerte. Totzke ist beruhigt und sagt, daß er froh ist, auf diese Weise von Tatjana und seiner Schwiegermutter loszukommen, die beiden hätten ihn furchtbar genervt. Zwischen Tatjana und ihm sei ja schon längst alles aus gewesen, und wenn er manchmal den Eifersüchtigen gespielt habe, dann nur aus dem verzweifelten Versuch heraus, die alten Gefühle vielleicht doch wieder zurückzuholen.

Diese Art der Scheidung sei die beste Lösung. Nur um seine Tochter tut es ihm leid, die möchte er gerne wiedersehen.

An dieser Stelle vermerkte Mannhardt ein erstes Störgefühl. Der Widerspruch war auch allzu deutlich. Wenn Totzke seiner Frau gegenüber nichts anderes mehr empfand als Leere und Verdruß, warum sollte er denn pathologisch eifersüchtig sein, wenn sie einen anderen hatte? Vielleicht war die alte Leidenschaft wieder neu entfacht worden, als er sie mit Dr. Jederitz gesehen hatte? Nein. Mannhardt mochte es nicht glauben. Nicht mehr nach einem solchen Schnitt. Wenn er sich einmal für ein zweites Leben entschieden hatte, dann auch konsequent.

Yaiza Teetzmann und Volker Vogeley kamen herein und lärmten gewaltig.

«Wir haben wieder etwas abzuhaken!» rief Volker Vogeley.

«Was habt ihr abzuharken, den Rasen?»

Yaiza Teetzmann stöhnte auf. «Stechert, Mann!»

Mannhardt interessierte sich herzlich wenig dafür. «Was ist mit dem?»

«An dessen Auto sind Lackspuren gefunden worden, am Kotflügel vorn...»

«Detselbe Zeuchs, womit det Rad von der Totzke jespritzt is, einwandfrei. Det heißt, det der Stechert det war. Fahraflucht!»

Mannhardt registrierte es mit einiger Enttäuschung. Wenn Stechert es war, konnte es Totzke nicht gewesen sein. Wieder war ein entscheidender Stein aus seiner ‹Theorie vom real existierenden Nachzehrer›, wie er sie für sich selber nannte, herausgebrochen worden.

«Na, dann stecht mal zu, und nehmt den Stechert hopp», sagte er matt.

«Machen wa ooch.»

Mannhardt brütete weiter. Eine Schnapsidee. Laß es! Er stand auf.

Nein, das Spielchen reizte doch zu sehr. Auch hier in Oranienburg begann sich schon wieder alles im Leeren zu drehen, wurde ein Tag schnell wie der andere, war alles auszurechnen, was geschehen würde. Das Phantom Totzke zu jagen war der Kick, den er brauchte, um zu leben, hier in O-Burg zu überleben.

Wieder versuchte er, sich in Totzkes Lage zu versetzen. Das Geld war von der ORA-Stahl auf diverse Auslandskonten geflossen, und er hatte seinen Anteil sicher. Was nun? Wenn Quappendorfs Vermutung stimmte, daß Schora Stasi-Mitarbeiter war, dann hatte es bestimmt keine große Mühe bereitet, aus Totzke einen neuen Menschen zu machen. Gefälschte Papiere, eine Biographie, die in sich stimmig war und alle Chancen für ein neues Leben bot. Wie mochte die wohl aussehen?

Mannhardt ging zum Lehnitzsee hinunter, mietete sich am Eiscafé ein Ruderboot und fuhr aufs Wasser hinaus, um besser nachdenken zu können.

Wo mochte Totzke stecken, was machen, unter welchem Namen weiterleben? Hatte er seine vielleicht zwei Millionen Mark genommen und sich damit in die Karibik begeben, um nur noch am Strand zu liegen, weißen Rum zu trinken und mit den dunklen Schönen zu schlafen? Mannhardt glaubte es nicht, denn dazu schien Totzke viel zu sehr Workaholic zu sein, einer, dem es um Erfolg und Einfluß ging, um Macht über Menschen und Prozesse.

Eine Motoryacht mit Namen ‹Neptun› kreuzte seinen Weg, und das lenkte ihn minutenlang von Totzke ab, denn nun zergrübelte er sich das Hirn mit der Frage, wer den Planeten Neptun wann entdeckt hatte. Irgendwie, so erinnerte er sich, war es auf ‹komische› Art und Weise geschehen.

Er mußte bis unter die S-Bahn-Brücke rudern, um die Antwort zu finden. Schon lange war den Astronomen aufgefallen, daß die Bahn des Uranus irgendwie unregelmäßig verlief. Die Ursache für diese Störungen konnte nur die Einwirkung eines unbekannten Planeten sein, der noch weit außerhalb des Uranus um die Sonne kreiste. 1846 hatte es dann Leverrier geschafft, die Bahn dieses Planeten, den noch kein Menschenauge gesehen hatte, genauestens zu berechnen. Leverrier meldet die Bahnelemente nach Berlin, und hier sieht Johann Gottfried Galle den Neptun in seinem Fernrohr nahezu genau am vorausberechneten Punkt.

So stellte sich Mannhardt vor, Karl-Ernst Totzke zu finden. Aus seinen Lebensdaten war zu schließen, was er nun wo und wie machte. Mannhardt zog also seinen Notizblock aus der Tasche und machte sich, während sein Boot vor dem ‹Seeblick Lehnitz› dümpelte, an die Arbeit. Verschiedene Prämissen waren aufzustellen.

– Totzke setzt sich nicht zur Ruhe, sondern gründet eine eigene Firma

- Totzkes Firma hat etwas mit seinen bisherigen Branchenkenntnissen zu tun, also Stahl und/oder Schwermaschinenbau
- Totzke ist nicht in dem Maß weltmännisch, daß er ins Ausland geht
- Totzke kann aber nicht in der Ex-DDR neu anfangen, denn hier ist die Gefahr zu groß, daß man ihn trotz der anderen Identität erkennt, durchschaut, entlarvt. Also wird er sich in der alten BRD niederlassen, höchstwahrscheinlich im Norden oder Westen, weil er sich da als Berliner am leichtesten in die Identität der Leute hineinfinden kann.
- Totzke wird aber so klug sein, sein zweites Leben nicht als ‹echter› Deutscher zu führen, sondern eher als eingewanderter Ausländer mit guten Deutschkenntnissen oder deutschen Vorfahren
- Totzke gibt Polnisch und Englisch als Fremdsprachen an, also besteht eine gewisse Wahrscheinlichkeit, daß er sich als Amerikaner polnischer Abstammung ausgibt, der nach der Befreiung seines Landes vom Kommunismus nach Europa zurückgekommen ist, um seinen Beitrag zum Aufschwung des Ostblocks zu leisten.

Das ergab für Mannhardts imaginären Computer folgendes Programm:
- Suche in den Handelsregistern nach Firmen, die in den letzten zwei Jahren von einem Amerikaner polnischer Abstammung gegründet oder gekauft worden sind
- Prüfe, ob der Eigentümer im Alter zwischen 50 und 60 ist
- Prüfe, ob es sich bei der Branche um Stahl und/oder Schwermaschinenbau handelt

Um das alles durchzuziehen, brauchte er einen mindestens vierzehntägigen Urlaub. Mannhardt beantragte und bekam ihn, hatte ja auch Berge von Überstunden vorzuweisen. Fand er Totzke wirklich, war das ein herrlicher Stoff für Heikes ersten Roman. Ihr Dank war ein zusätzliches Motiv für ihn. Oder sogar das primäre. Hier kommt dein Held zurück und bringt dir reiche Beute.

Einen Merkposten gab es noch auf seinem Notizblock: Totzkes Fingerabdrücke beschaffen!!! Die drei Ausrufungszeichen deuteten die Wichtigkeit an. Aber wie? Vielleicht gelang es ihm am besten, wenn er Stechert als Aufhänger nahm, noch einmal mit Tatjana Totzke sprach und dabei versuchte, einen Gegenstand vom Schreibtisch ihres Mannes ‹zu erbeuten›.

Und es gelang ihm in der Tat, beim Gespräch mit ihr eine Lupe Totzkes in der Tasche verschwinden zu lassen, eine mit einem wunderschönen Fingerabdruck auf der Linse.

Die Götter schienen auf seiner Seite zu sein.

## 5.

Mannhardt saß im Intercity nach Hannover und schrieb einen Liebesbrief an Heike. Warum diese ‹private Dienstreise› auch eine Flucht vor ihr gewesen sei, er nun aber merke, daß er sie in einem Maße brauche, das schon an Sucht und Hörigkeit erinnere.

Aber auch jetzt verschwieg er ihr, daß er sich auf der Suche nach Karl-Ernst Totzke befand, der seiner Meinung nach weder Nachzehrer noch Wiedergänger war, sondern ganz einfach noch am Leben, wenn auch als äußerlich und amtlich ganz neuer Mensch. Seine Recherchen in den Gerichten und Handelsregistern hatten bei den folgenden vier ‹Adressen› die höchsten Punktwerte ergeben:

Rudnicki-Stahlbau GmbH
Hallenbauten, Normhallen
Stahlkonstruktionen jeder Art
4770 Soest/Westfalen

BEW Hannover
Blank-, Edel-, Werkzeugstahl
Dr. W. Sadowski GmbH

N.S.G.
Norddeutsche Stahlbeton- und Gleisbau
Gorzyca GmbH & Co. KG
2800 Bremen

Baustahl-Armierungs-GmbH
Biegen – Anliefern – Bewehren
Karl Adamczewski
O-2600 Güstrow

Mannhardt hatte es zuerst in Soest versucht, doch Rudolf Rudnicki von der dortigen Stahlbau GmbH hatte sich als mickriges Kerlchen erwiesen und nicht die allergeringste Ähnlichkeit mit dem Oranienburger Totzke aufgewiesen. Dessen Foto, aus dem *Neuen Deutschland* ausgeschnitten, trug Mannhardt enger am Herzen als Heikes Bild. Die Suche nach Totzke hatte zwangsneurotische Züge, er wußte es.

In einer halben Stunde war er in Hannover und konnte dort sein Glück versuchen. Auch Bremen schien ihm hoffnungsvoll zu sein, während er Güstrow gleich abgehakt hatte, denn Totzke wäre schön dämlich gewesen, in der Ex-DDR, wo ihn so viele kannten, unter anderem Namen die neue Existenz zu gründen. Andererseits hatte er dort ja die besten Kontakte. Und vielleicht gab es mehr Mitwisser als nur die Pfannenschwarz, Schora und Plessin. Im *Spiegel* war ja von netzwerkartigen Seilschaften die Rede gewesen, die die alte Nomenklatura noch immer bilden sollte. Vielleicht fuhr er doch nach Mecklenburg, schon Ernst Barlachs wegen, dessen Hauptwerke in Güstrow ausgestellt waren.

Sie erreichten Hannover. Er stieg aus und deponierte seine schwere Reisetasche in einem der Schließfächer. Ein Gefühl kindlicher Verlassenheit («Meine Mami ist weg!») überfiel ihn anfallsartig. Heike fehlte ihm, wenigstens aber der Kollege an der Seite. Außerdem schien es ihm, als würden ihn Dutzende von Augenpaaren heimlich beobachten. Jeder, der vorbeikam, musterte ihn, checkte ab, ob er der Mannhardt war, den man beschatten sollte. Die Totzke-*connection* wußte längst, daß er gekommen war, alles auffliegen zu lassen, und war entschlossen, ihn zu liquidieren.

Er registrierte es und wußte nicht, ob es beginnender Verfolgungswahn war oder der sichere Instinkt für eine drohende Gefahr. Ausgeschlossen war ja nichts.

Teils oben, teils in der unterirdischen Passage lief er zum Kröpcke und aß erst einmal im Stehen eine portionierte Pizza. Er war ein Vollidiot, daß er sich auf dieses Abenteuer eingelassen hatte. Nur um sich und vor allem Heike zu beweisen, daß er klasse war. Um das zu genießen, was bei ihm ‹die amerikanischen Gefühle› hieß, die Mischung aus ‹High noon› und ‹On the road› und Rollen wie ‹Stranger in the night› und ‹Private eye›. Dabei haßte er das alles und tat es ab als ‹amerikanischen Kulturimperialismus›.

Nun ja. Er ging zur nächsten Telefonzelle und suchte sich die genaue Adresse der *BEW Hannover* heraus, der *Dr. W. Sadowski GmbH*. In Wülfel war sie angesiedelt, im Süden der Stadt, zwischen der Bundesbahn und der Straße nach Hildesheim. Mit der schönen grünen Stadtbahn war gut hinzukommen. Die Kosten für die Taxe hätte ihm eh keiner ersetzt.

Mannhardt mochte Hannover. Es war eine ehrliche Stadt. Nicht so dümmlich-prätentiös wie Bonn, nicht so verquält und dreckig wie Berlin. Wer hier wohnte, konnte sich voll konzentrieren auf das eigene Leben und hatte nicht ständig zu leiden unter all den historischen Altlasten, die in Berlin die Menschen niederdrückten.

Mit diesen Gefühlen kam er in Wülfel an und stand nach wenigen Schritten am Werkstor der gesuchten Firma. Die BEW – Blank-, Edel-, Werkzeugstahl – erwies sich als eine jener größeren mittelständischen Betriebe, wie sie branchentypisch waren. Offenbar handelte man nicht nur mit Stahl, sondern veredelte auch Sorten, die man von den großen Hütten bekam, denn hinter dem postmodern aufgemotzten Verwaltungsgebäude waren nicht nur langgestreckte Lagerhallen und -flächen, sondern auch Fertigungsstätten zu sehen, rußgeschwärzter Backstein mit Ruhrgebiets-Touch. Einiges aber, die große Krananlage beispielsweise, war nagelneu. Zweifellos hatte man gerade erhebliche Summen investiert. Das konnte durchaus ein Indiz für einen neuen Eigentümer sein. Dr. W. Sadowski gleich Karl-Ernst Totzke, das war hier die Frage.

Über seine Strategie war sich Mannhardt noch nicht ganz im klaren. Sollte er direkt zu Sadowski gehen und sich offiziell als Ermittler im Mordfall Bolgheri ausgeben? Und gleichzeitig das Gespräch auf Totzke bringen, indem er behauptete, es gäbe Hinweise darauf, daß der ORA-Boß nicht verunglückt, sondern ermordet worden sei. Sicherlich brachte das am meisten, war aber mit dem Risiko verbunden, daß Sadowski in Berlin oder Oranienburg bei seinen Vorgesetzten Erkundigungen einzog. Und wenn dann die Aurak Wind davon bekam, pfiff sie ihn nicht nur zurück, sondern hängte ihm ein weiteres Disziplinarverfahren an. Was also tun?

Mannhardt ging auf den Pförtner zu, der in seiner anthrazitfarbenen Uniform am Schlagbaum stand.

«Entschuldigen Sie, ich bin Diplom-Ingenieur aus'm Osten und suche Arbeit hier im Westen. Gibt's da bei Ihnen was?»

Der Mann hätte ihn am liebsten verbellt, knurrte aber nur etwas, das ebenso Nein wie Herein bedeuten konnte.

Mannhardt versuchte es mit altbewährten Tricks. «Sie haben doch 'ne neue Chefetage...»

Der Pförtner musterte ihn mit kaum verhohlenem Mißtrauen. «Ja...»

Bei Mannhardt paßte das genau ins Raster. Aha, die Totzke-*connection* hatte alle Schlüsselstellen bis zum Pförtner hin mit eigenen Leuten besetzt. Und er stieß nach. «Sadowski – klingt ja mächtig polnisch. Aber die Polen dürften ja kaum das Geld haben, hier 'ne Firma zu kaufen. Es sei denn, sie kommen aus Amerika...»

«Sie wissen ja 'ne Menge über uns», sagte der Pförtner.

«Nur aus der Wirtschaftszeitung. Man muß ja auf dem laufenden sein...» Mannhardts Verdacht wuchs mit jedem Wort des Mannes in der Uniform, denn was der da sprach, war nicht hannoverisch, sondern klang nach Erzgebirge, DDR. Er beschloß, die nächste Karte auszuspielen. «Ein früherer Chef von mir soll auch bei Ihnen in der Firma sein... Vielleicht hab ich da 'ne größere Chance...» Und er holte das *ND*-Foto Totzkes, das in einer kleinen Klarsichthülle steckte, aus der Jackentasche und zeigte es dem Pförtner.

Der, so Mannhardts Eindruck, starrte es an, als sei es der Geist seiner vor zwanzig Jahren verstorbenen Großmutter, der ihm da erschienen war.

«Nein, nie gesehen», sagte er schließlich. «Is hier nich!»

Mannhardt glaubte es nicht. Jetzt gab es nur noch eins für ihn: Sadowski selber zu sehen. Daß der grimmige Cerberus ihn direkt vorlassen würde, konnte er vergessen, doch was war nun besser: einen Passierschein zur Personalstelle zu erbitten oder hier draußen auf den Chef zu warten? Mannhardt entschied sich für die erste Möglichkeit. «Darf ich dann zur Personalstelle, um mich einmal unverbindlich vorzustellen...?»

«Da ist niemand mehr», erwiderte der Pförtner.

Das schwüle Wetter, die Arroganz des Mannes ganz unten, sein schlechter Zustand, vieles kam zusammen, Mannhardt verlor die Nerven und hielt dem Pförtner seine Kripomarke hin. «Darf ich jetzt zum Chef?»

«Hier gibt es keinen Chef mehr!» schnauzte der Pförtner.

Mannhardt staunte. «Wieso? Ist er tot?»

«Nein.»

Mannhardt juckte es, dem Kerl so kräftig eine runterzuhauen, daß seine Mütze aufs Dach oben flog. «Mann, ich will den Boss hier sprechen, den Manager, den Eigentümer, du verstehn!? Den Mann an der Spitze!»

Der Pförtner grinste und wiederholte. «Hier gibt es keinen Mann an der Spitze mehr.»

«Dann einen vom Board, vom Aufsichtsrat oder was weiß ich!»

Der andere ließ ihn erneut auflaufen. «Auch nicht.»

«Den Dr. Sadowski!» schrie Mannhardt.

«Die», sagte der Pförtner und zeigte auf eine Frau vom Margaret-Thatcher-Format, die gerade im Riesen-BMW vom Verwaltungstrakt zum Tor gefahren kam. «Die Chefin will gerade aus dem Haus.»

Mannhardt hatte ein Hotel gleich am Bahnhof gefunden und seine Reisetasche dort an der Rezeption abstellen können. Es war kurz nach 15 Uhr, und wenn er auf der Stelle mit der Straßenbahn nach Hemelingen fuhr, hatte er noch eine Chance, den Inhaber der *Norddeutschen Stahlbeton- und Gleisbau* kennenzulernen. Sein Name, laut Telefonbuch Karol bzw. Karl Gorzyca, ließ weder eine Frau noch einen Japaner, Brasilianer oder Ghanaer erwarten beziehungsweise befürchten. Bis zur Geschlechtsumwandlung, siehe Frau Dr. Waltraud Sadowski, wie sie wirklich hieß, würde Totzke ja wohl kaum gegangen sein, denn was ihm schlimmstenfalls drohte, waren vier, fünf Jahre Haft. Vom Karriere-Aus mal abgesehen.

Mannhardt hatte nachgezählt. Er war zum elften Male in Bremen, hatte in seiner Dozentenzeit in Bramme an der HÖV des öfteren Abstecher in die Böttcherstraße, ins Weser-Stadion und ins Schnoor-Viertel unternommen, war im Jahr zuvor sogar bei einem Betriebsausflug der Psychiatrie Bad Brammermoor dabeigewesen, fand sich also durchaus schon ohne Stadtplan zurecht. Nach Hemelingen, Sebaldsbrück und Osterholz, da hatte man die Straßenbahn der Linie 2 zu nehmen.

Er lief zum Bahnhofsvorplatz, kaufte sich die vorgeschriebene Streifenkarte, wartete auf die Tram und genoß die Fassade der Backsteinkathedrale Bremen Hbf. Wie aus dem Modellbahnbaukasten. Er wünschte sich, noch einmal elf, zwölf Jahre alt zu sein. Und soviel Geld zu haben wie jetzt. Dann wäre er sofort in den nächsten Laden gelaufen, hätte sich den Bausatz Bremen Hauptbahnhof gekauft und bis zum nächsten Morgen zusammengeklebt. Nächsten Tag die Schule geschwänzt und nur gespielt.

Nun aber kam die rot-weiße Bahn, und er stieg ein. Niemand anders zwang ihn dazu, und keiner strafte ihn, wenn er es ließ. Da war lediglich ein tyrannischer Impulsgeber in seiner Psyche, im Über-Ich, der ihn zum Roboter machte, ihm keine andere Wahl mehr ließ, als Totzke zu jagen. Ein Phantom, eine fixe Idee. Hatten sie ihn doch zu früh aus der Klinik entlassen? War diese Art der Besessenheit das eigentliche Leben oder nur eine falsche Programmierung?

Wieder schien es ihm, als würde er beschattet werden. Seit er das Hotel an der Bahnhofstraße verlassen hatte, war sein Blick immer wieder auf eine blonde junge Frau gefallen, zu deren Kostüm, lila und melone, ein Minirock gehörte, der so ganz seinen erotischen Wünschen entsprach. Und Beine, wie man sie ansonsten nur auf Strumpfreklamen sah. Als hätte da jemand etwas von seinen geheimen Phantasien gewußt und dieses Mädchen auf ihn angesetzt.

Quatsch, sagte er sich, Zufall, deine Projektionen. Wie sollte denn die Totzke-*connection*, wenn es denn wirklich eine gab, auch nur ahnen, daß und warum er hier in Bremen war. Nicht einmal Heike wußte ja davon. Ob das nicht ein Fehler war? Wenn er spurlos verschwand, dann blieben die Täter auf ewig unentdeckt.

Hirngespinste, hörte er rufen, du bist ja so was von bekloppt!

Die Traumfrau, lila und melone, saß nahe am Gang, und er konnte zwischen den karibikbraunen Schenkeln die Farbe ihres Slips erkennen. Flieder. Sie musterte ihn, wenn er so tat, als würde er bei der Fahrt durchs Ostertorviertel nur aus dem Fenster sehen und nach den Dealern suchen, die meist am Sielwall standen. Daß diese Blicke nur seinem bloßen Mannsein galten, mochte er nicht glauben. Das war nun doch zu sehr James Bond.

Wie schon die Hannoveraner, so beneidete er auch die Bremer allein deswegen, daß sie keine Berliner sein mußten. Es mußte herrlich sein, so ohne Mauer und Teilungsschmerz aufgewachsen zu sein und nun an diesem ganzen Wiedervereinigungsscheiß auch noch ganz besonders zu leiden. Plötzlich waren sie alle gegen sein Berlin und bereit, den Umzug bis zum Sankt-Nimmerleins-Tag hinauszuschieben, setzten den Berlinern schlimmer zu als Ulbricht und Chruschtschow zusammen, schafften das, was denen stets mißlungen war: die Stadt in tiefe Depression zu stürzen.

Er merkte, daß er aussteigen mußte. Als die ‹Lila-und-Melone›-Frau registrierte, wie er sich bückte, um einen besseren Blick auf die Straße zu haben und dann auf den Halteknopf drückte, stand sie auf und wandte sich ebenfalls zur Tür. Als die Bahn bremste, stießen ihre Hüften gegeneinander. Sie duftete so nach frischer Melone, daß er den Impuls verspürte, ihr in den Oberarm zu beißen, dann vor ihr auf die Knie zu fallen und sich die Innenseite ihrer Schenkel hinauf zu küssen. Vom kühlen Fleisch zur heißen Möse. In dieser Sekunde begriff er auch, warum zu allen Zeiten der Weltgeschichte die Helden Lockvögeln wie diesem erlegen waren. Angelockt zum Vögeln, fasziniert vom süßen Tod, so um den Verstand gebracht, daß es ihnen als das Höchste im Leben erschienen war, im Augenblick der optimalen Sinnenlust zu sterben. Ja, das hatte schon was.

Sie stiegen aus, und er war zutiefst enttäuscht, fast entsetzt, als sie sich nordwärts, Richtung Rennbahn, wandte, während er die Hemelinger Heerstraße hinunter zur Marschstraße mußte, hoffte aber, daß das nur ein Manöver war, ihn zu täuschen.

Wenn er ihr nun folgte? Nein, das ging nicht Heikes wegen. Unschlüssig stand er an der Ampel. Irgendwie war es kränkend, daß nichts weiter geschah. Ein wenig mehr Aufmerksamkeit hätte er verdient gehabt.

Was blieb ihm, als sich in Richtung Marschstraße in Bewegung zu setzen. Fünf Minuten später war er am Ziel. Im Gegensatz zur BEW Hannover gab es hier kein Fabrik- und Lagergelände, sondern nur Verwaltung und Vertrieb. Unter den zwei Dutzend Firmenschildern, die an einem schmucklosen Bürogebäude auf beiden Seiten des Eingangs hingen, war auch das, wonach er suchte.

N.S.G.
Norddeutsche Stahlbeton- und Gleisbau
Gorzyca GmbH & Co. KG

Der Vorteil war, daß es hier keinen Pförtner auszutricksen galt. In aller Ruhe konnte er mit dem Fahrstuhl zur dritten Etage hinauffahren, bei der Sekretärin klopfen und nach einem etwas verspäteten ‹Herein› die Tür aufdrücken.

Die stille Hoffnung, im Vorzimmer seine ‹Melone-und-Lila›-Schönheit wiederzufinden, ging leider nicht in Erfüllung. Statt ihrer saß eine strenge Domina mit schwarz gefaßter Brille am sauber aufgeräumten Schreibtisch und musterte ihn mit dem Blick langgedienter Lateinlehrerinnen. Mal wieder die Vokabeln nicht gelernt.

«Sie wünschen?»

«Mein Name ist Paul Ogorzow», sagte Mannhardt und bedauerte sehr, daß die Dame nicht ahnte, wie hintersinnig das war, denn Ogorzow war der Name des legendären Berliner S-Bahn-Mörders der vierziger Jahre. «Ich komme von der Museumsbahn Bramme – Bad Brammermoor und wollte gerne Herrn Gorzyca sprechen.»

Die Chefsekretärin sah rollengerecht auf ihren Terminkalender. «Tut mir leid, Sie stehen hier nicht. Ogorzow, nein...»

«Herr Gorzyca hatte doch aber unserem Ersten Vorsitzenden versprochen, uns einen besonders guten Preis zu machen. Als Sponsor sozusagen. Es geht um die Gleise zu unserer neuen Drehscheibe. Wir sind ein armer Verein, und er wollte uns hilfreich unter die Arme greifen.» Dabei bemühte er sich um eine vollendete Demutshaltung. «Ob ich ihn wohl selber noch mal sprechen könnte...»

«Herr Gorzyca kommt erst heute Abend aus Stuttgart zurück.»

Mannhardt nutzte die Chance und sagte, daß er gern zum Neuenlander Feld hinausfahren würde, um Herrn Gorzyca dort zu treffen. «Ich weiß aber leider gar nicht, wie er aussieht und so...»

«Na, etwa in Ihrem Alter.»

Mannhardt freute sich, denn damit blieb Gorzyca im Rennen. «Ob Sie's aber nicht noch ein bißchen genauer...» Und als sie zögerte, fragte er sie lachend, ob sie ihn wohl für einen Terroristen hielte, einen von der RAF.

«Hier, da ist er abgebildet drin.» Sie reichte Mannhardt den Werbekatalog der N.S.G. herüber.

Ihm zitterten fast die Hände, als er ihn aufklappte und nach Gorzycas Foto zu suchen begann. Da war es. Er starrte es an. Doch das, was er erwartet hatte, eine Art elektrischen Schlag, ein Erleuchtungserlebnis, blieb aber aus.

Von der Körpergröße und vom Gewicht her, so ungefähr 1,79 m und an die 83 kg hatte er in Oranienburg herausgefunden, konnte Gorzyca es sein, aber das Gesicht, nein...! Volker Rühe und Günter Krause waren das nicht. Die Haare waren dunkel und länger, die Konturen weicher, verschwommener.

Nun, Gesichter ließen sich chirurgisch verändern, von den Haaren gar nicht zu reden. Ausgeschlossen war nichts, aber die Wahrscheinlichkeit, Totzke vor sich zu haben, schien ihm bei höchstens zehn Prozent zu liegen. Ob es sich da lohnte, am Mann zu bleiben?

Die Sekretärin bemerkte sein Zögern und sah auf die Uhr. «Jetzt im Berufsverkehr schaffen Sie es sowieso nicht mehr zum Flugplatz hinaus.»

Mannhardt nickte und entschloß sich zu einer Testfrage, von deren Ergebnis er alles weitere abhängig machen wollte. «Ich hätte ihn schon gerne mal kennengelernt, denn ich stamme ja selber aus Polen, Ogorzow, nicht wahr, und einer meiner Freunde aus Wrocław kennt ihn sehr genau, aus den USA noch...»

«Ah, ja...» Ihr Gesicht hellte sich auf. «Da wird er sich freuen...»

Das war für sein Gefühl so dick aufgetragen, daß er schon wieder mißtrauisch wurde. Egal. Er fragte sie nach Gorzycas Adresse und erfuhr, daß er oben in Borgfeld an der Wümme wohnte.

Er bedankte sich und ging.

Mannhardt lag auf dem leicht müffelnden Hotelbett und war zu wach, um noch ein Stündchen zu schlafen, und zu schläfrig, um sich zu etwas aufzuraffen, sei es, im *Weser-Kurier* zu blättern, sei es, den kleinen Fernseher am Fenster aufflackern zu lassen. Nicht einmal die Lust, es selber zu tun, war merklich vorhanden. Er ließ sich treiben, gab sich den Bildern hin, die automatisch kamen.

Er stand vor dem reetgedeckten Haus in Borgfeld draußen, hatte Gorzyca am Hemd und schüttelte ihn wie wild. ‹Gib zu, du bist der Totzke!› Da platzte das Wachs schichtweise vom Gesicht des Mannes ab, und zum Vorschein kam... Volker Rühe. ‹Irrtum, ich bin der Bundesminister für Verteidigung und Stahlgewitter.›

Mannhardt grunzte ärgerlich. Wie es zu dieser Assoziation gekommen war, lag auf der Hand, glich doch der Totzke auf dem Zeitungsfoto wie ein Bruder den Herren Ministern Rühe und Krause. Er wälzte sich auf die andere Seite, kuschelte sich in Embryohaltung in die Decke und suchte zu schlafen.

Sein Bett wurde immer schmaler, geriet zu einer Bank, wie sie in den Bodybuilding-Studios standen. Auf dem Rücken liegend, stemmte er riesige Gewichte. Plötzlich stand die ‹Lila-und-Melone›-Frau aus der Straßenbahn im Raum, spreizte die Beine zur Brücke und war über ihm. ‹Du darfst mit mir, wenn du aufhörst, Totzke zu jagen.› Dabei schob sie ihren fliederfarbenen Slip zur Seite. Gerade als er in sie eindringen wollte, teilte sich der Vorhang hinter ihm, und Totzke kam hervor, holte aus mit einem Eisenrohr. Es krachte, Blut und Hirn spritzten ihm aus dem Schädel.

Mannhardt fuhr hoch und schnappte nach Luft. Er mußte aufstehen und sich aus der kleinen Bar unterm Schreibtisch einen Flachmann holen und ein paar Schlucke Whisky nehmen. Typische Schlafapnoe. Manche starben dran.

Kaum hatte er sich wieder ausgestreckt, ging es weiter mit den kleinen Bildchen.

Vor seinem reetgedeckten Haus in Borgfeld draußen stand Gorzyca und sagte: ‹Ja, ich bin der Totzke, gratuliere.› Er holte daraufhin Handschellen hervor und wollte sie ihm umlegen. In dieser Sekunde kam ein Hubschrauber heran und ging dicht vor ihnen nieder. Zwei BGS-Beamte sprangen heraus und hinter ihnen das Ekel von Bramme, ein guter Bekannter von ihm, der kriminelle Kriminalbeamte Thomas Catzoa. ‹Ich bin jetzt Staatssekretär in Bonn›, sagte er, ‹und wir wollen keinen Skandal um Totzke. Wenn Sie schweigen, Mannhardt, sind Sie der nächste Polizeipräsident von Groß-Berlin. Die suchen ja gerade wieder mal einen.› Totzke fügte hinzu, daß Mannhardt aber auch bei ihm in der N.S.G. einen lukrativen Posten haben könne. ‹Dreihunderttausend im Jahr.›

Mannhardt genoß die Szene und versuchte mehrmals, sie wieder zurückzuholen. Doch das nächste Bild schob sich dazwischen.

Er saß geknebelt und gefesselt in einem kleinen Wagen, und der stand mitten auf einer Bundesbahnstrecke. Ein Intercity nahte, und sein Typhon stieß schrille Warnsignale aus.

Mannhardt verscheuchte die holographischen Nebel, indem er die Augen aufriß und sich mit der flachen Hand auf die Stirn klatschte.

Wenig später aber war das Pendant dazu da.

Er saß bewegungsunfähig in einem Trabi, und Totzke, die Pfannenschwarz, Schora und Plessin stießen ihn mit vereinten Kräften über die Kaimauer eines großen Hafenbeckens. Langsam versank er in den trüben Fluten. Das Wasser schoß gurgelnd durch die zentimeterweit geöffneten Fenster ins Innere des Wagens. Und damit sank er immer schneller. Sie hatten ihn an Händen und Füßen gefesselt und zudem an Sitz und Lenkrad festgebunden. Das Licht wurde immer diffuser, war erst noch milchiggrau, dann algengrün und immer schwärzlicher, bald nur noch Erinnerung. Es war Nacht geworden. Die Reifen touchierten den Schlamm, gruben sich in den Boden des Sees. Das Wasser schwappte Hals und Kinn hinauf, geriet ihm in den Mund. Er verschluckte sich und hustete in seiner Panik, schrie und schrie…

…und war endlich erwacht.

Mannhardt erinnerte sich. Derselbe Alptraum wie in Volker Vogeleys Blockhaus, als er gerade nach Oranienburg gekommen war.

*Genauso wirst du enden!*

Immer wieder dieselbe Stimme.

«Aus!» schrie er, «Aus!» Und sprang auf, um ins Bad zu gehen, um sich den Schweiß vom Körper zu spülen.

Und wenn sie die Dusche nun unter Strom gesetzt hatte, um ihn auszuschalten. Ein bedauerlicher Unfall.

So ein Quatsch, das alles. Er riß sich zusammen, schaltete aber doch erst den Fernseher ein.

Und was hörte und sah er da: daß sie den Berliner Geschäftsmann Michael Miosga mit seiner Freundin Anja Krause zusammen ermordet in der Nähe Bremens aufgefunden hatten. Das Opfer sollte die DDR-Außenhandelsbank um 18 Millionen DM betrogen haben. ‹Die Spur führt nach Moskau›, sagte der Sprecher.

Spontan griff Mannhardt zum Telefon, um Heike anzurufen.

«Du, ich muß dir unbedingt sagen, was ich hier mache.» Wenn sie es wußte, konnte er sich sicherer fühlen. Er brauchte eine Weile, um ihr alles zu schildern.

Sie nahm es leicht. «Ich wette mit dir um jede Summe, daß dieser Stahlmensch da in Bremen nicht der Totzke ist. Da hast du dich wieder mal in was verrannt.»

«Nur deinetwegen, damit du 'ne schöne Story hast.»

«Externale Zurechnung.» Sie lachte. «Setz dich in die nächste Maschine, und komm zurückgeflogen.»

«Nicht, bevor ich diesen Gorzyca *face to face* gesehen habe.»

«Zwangsneurotisch, oder?»

«Höchstens zwangs*ero*tisch», konterte er. «Sag's ruhig. Aber: hier liege ich und kann nicht anders.»

«Das will ich hoffen.»

Ihr nachfolgender Dialog war als Telefonsex zu werten, und als das erledigt war, machte er sich auf den Weg zu Gorzyca.

Mannhardt wanderte den Wümmedeich entlang und genoß die Weite der Landschaft. Bis nach Fischerhude hin gab es nur Wiesen und Gräben, unterbrochen von kleinen Inseln aus Erlen, Schilf und Weiden, durchschnitten von baumgesäumten Wegen. Liebespaare schienen es allenthalben munter zu treiben, denn auf kleineren Erhebungen standen ältere Männer, die schwere Ferngläser suchend an die Augen preßten. Neugierig verhielt er hinter einem buddhadicken Männchen, dem vor Erregung viel Schweiß die scharlachrote Stirn hinunterlief.

«Sehen Sie die Schnepfe da?» fragte er.

Mannhardt mußte passen. «Nein...»

«Gretta! Rita! Mal so, mal so.»

Mannhardt dachte an die fesche Lola, den Liebling der Saison, an zickige oder aber willige Mädchen, und wußte, daß Voyeure wie dieser Bremer Buddha durchweg harmlos waren.

«Hören Sie...!» flüsterte das Männchen mit dem Riesenglas.

Doch Mannhardt hörte nichts außer einem Intercity, der irgendwo da, wo der Horizont zu Ende war, nach Hamburg rauschte.

«Gretta! Die Rotschenkel.»

«Ah, ja die Gretta mit den roten Schenkeln», lachte Mannhardt.

Der andere sah ihn böse an. «Gretta, das ist der Ruf der Uferschnepfen. Und da, hören Sie: Djüdü-djülü! Das sind die Rotschenkel.»

Mit einem eher peinlichen Aha-Erlebnis bemerkte Mannhardt, daß es hier um Leute ging, die wirklich etwas mit Vögeln zu tun hatten, um Bremens Amateurornithologen, und er bekam sogar das Fernglas gereicht, um nach Bekassinen, wegen ihres ‹Meckerns› auch Himmelsziegen genannt, Ausschau zu halten.

Das war alles sehr spannend, und fast hätte er Karol Gorzyca beziehungsweise Karl-Ernst Totzke total vergessen. Erst eine Lufthansa-Boeing, die über ihnen ihre Warteschleife zog, erinnerte ihn wieder an seine Mission.

Am Bahnhof hatte er sich auf dem großen Stadtplan die Straßen eingeprägt, die er zu gehen hatte, und so erreichte er Gorzycas Anwesen ohne jede Mühe und ohne einen Einheimischen fragen zu müssen. Es war ein weiß getünchtes Fachwerkhaus mit einem so imposanten reetgedeckten Dach, wie es die Landärzte in den Fernsehserien besaßen. Statt des Gärtchens gab es eine Koppel, auf der sich zwei Haflinger tummelten. Es war zu wahr, um schön zu sein, und Mannhardt, von seinem Neid davongetragen, hätte es am liebsten in die Luft gesprengt, denn wenn es ihm nicht gehörte, dann sollte es auch keinem anderen gehören. Und um die Idylle auf den Siedepunkt zu bringen, saß da an einer Buddelkiste noch eine mannequinschöne Frau von knappen dreißig Jahren, die den Kinderwagen neben sich rhythmisch wippen ließ.

Mannhardt wurde immer trauriger, je länger er hinsah. Warum hatten diese Menschen das, andere aber nichts. Konnte man's den beiden gönnen, während Millionen anderer an diesem Tage hungerten, litten, starben und auf Parkbänken, in Bahnhöfen und auf Toiletten schlafen mußten?

Mehr Zeit zum unnötigen Reflektieren blieb ihm nicht, denn eben hielt ein perlgrauer S-Klassen-Mercedes am Koppelzaun, und ein Mann stieg aus, ganz offensichtlich Karl bzw. Karol Gorzyca. Vom Anzug her wie von der Körpersprache ein millionenschwerer Unternehmer. Zum Herrschen geboren.

Mannhardt hatte über Tage hinweg, seit ihm der Gedanke gekommen war, daß ‹Totzke, der Nachzehrer›, noch leben könnte, auf sein Gefühl gesetzt, seine Intuition, seine Antennen, daß es ihn leicht vibrieren lassen mußte, wenn er dem Richtigen begegnete. In Soest und in Hannover war nichts zu messen gewesen, da hatte der bloße Augenschein die Totzke-These falsifiziert, hier aber stimmte das Äußere in verblüffendem Maße. Er hatte den Nachzehrer als Silhouette, als eine Art Zielscheibe in seinem Gedächtnis gespeichert, und wenn er Gorzyca jetzt gedanklich als dunklen Scherenschnitt auf Totzke legte, dann deckte sich das haargenau. Und dennoch fühlte er nichts, seine Seismographen blieben stumm.

Verwirrt und unschlüssig sah er auf seine Schuhspitzen hinunter, und wenn man ihn in diesem Augenblick aufgefordert hätte, sich als Tier zu zeichnen, so wäre ein Würmchen entstanden. Gleichzeitig wuchs sein Gefühl, etwas Verbotenes zu tun, schlecht zu sein, so wie ein artiges Kind nach dem Aussprechen eines Tabu-, eines ‹Pfui›-Wortes erschrickt und am liebsten im Boden versinken möchte.

Überlebensgroß stand der Mann vor ihm, dem dieses Herrenhaus, dem die N.S.G., die Norddeutsche Stahlbeton und Gleisbau GmbH & Co. KG, gehörte.

Mannhardt hatte irgendwie die Stimmen seiner Schulgefährten im Ohr: An den trauste dich nich ran! Ex-DDRlich sah der nicht aus. Nicht so nach geducktem, einheitsgrauem Funktionär.

Aber wie von einer unsichtbaren Hand fühlte Mannhardt sich nach vorn geschoben.

«Kripo Oranienburg, Soko Giancarlo Bolgheri», hörte Mannhardt sich sagen. «Wir sind dabei, alle Topleute der Stahlbranche zu fragen, ob sie uns etwas über Bolgheri sagen können, das wir noch nicht... Sie wissen: der Mordanschlag auf dem Friedhof bei uns...»

Gorzyca drehte sich weg und schlug die Wagentür zu.

Aha, dachte Mannhardt, typische Übersprungshandlung. Eigentlich will er dich niederschlagen, weil er sich ertappt fühlt, und leitet die Energie auf die Autotür ab.

«Ich werd nicht viel wissen...» Gorzyca schien sehr bemüht, ihn gar nicht wahrzunehmen. «Aber setzen Sie sich schon mal da drüben hin...» Er klinkte das Gartentor auf und zeigte auf eine weißgelbe Sitzecke unter einer buschig gewachsenen Birke. «Ich muß erst einmal meine Frau und meine Kleine begrüßen.»

Mannhardt trat ein und tat wie ihm geheißen.

Eine neue Frau, ein sofort nach der Gorzyca-Werdung gezeugtes Kind, auch das paßte auf Totzke. Was ihm weiter auffiel, war die steife und ritualisierte Art und Weise, wie sich die beiden begrüßten. Da war nicht viel von Liebe, Zärtlichkeit und Nähe. Er kannte Leute, die ihre verhutzelte Putzfrau zärtlicher begrüßten.

Mit einem laut gedachten ‹Hmm...› nahm Mannhardt auf einem weißen Holzstuhl Platz. Mit einigem Erschrecken bemerkte er, daß er sich für seine Gespräche mit all den möglichen Totzkes überhaupt keinen Plan gemacht hatte. Aus der Ferne war es auch leicht gewesen, voll aufs Improvisieren zu setzen, nun aber angesichts des Interviewpartners überfiel ihn die Angst vor dem völligen Blackout.

Gorzyca kam zu ihm herüber und war so provozierend unhöflich, trotz der Hitze, die auch um 19 Uhr noch herrschte, nicht nach seinem Getränkewunsch zu fragen. «Ich muß gleich noch mal in die Stadt. Also, machen Sie's kurz.»

Mannhardt nickte und wünschte sich, per Funk mit einem Sprachwissenschaftler verbunden zu sein, einem jener Spezialisten, die sie bei Entführungen zu Rate zogen. Der hätte ihm dann sagen können, ob Gorzyca sein Deutsch wirklich in den USA gelernt hatte und ob sein Polnisch Muttersprache oder in einem SED-Institut in fortgeschrittenem Alter mühsam erworben worden war. Ohne nun solch ein linguistisches Genie zu sein, hätte Mannhardt aber schwören können, das Gorzycas Hochdeutsch sehr bemüht und etwas künstlich war. Vielleicht um sein Berlinisch gar nicht durchschimmern zu lassen.

Dies alles waren Gedanken nur kurz wie Funken, doch er hatte große Mühe, sich zu konzentrieren. «Sie wissen, Herr Gorzyca, daß Giancarlo Bolgheri ums Leben gekommen ist, als ein ehemaliger NVA-Oberst einen lange toten ORA-Stahlmanager in die Luft sprengen wollte, weil dessen Schwiegermutter in ihm einen sogenannten Nachzehrer vermutet hat...»

«Den Totzke, ja, ja», warf Gorzyca ein, während er sein eigentliches Interesse auf den Blitzableiter oben auf dem Reetdach richtete. Der war ein wenig abgeknickt.

Das sagt er jetzt, um mir zu zeigen, daß er völlig unbeeindruckt ist, dachte Mannhardt, mied das Thema Totzke aber noch. «Im

Vertrauen: Wir glauben nicht, daß es so gewesen ist. Die Politiker wollen Investoren nach Berlin-Brandenburg locken, und da ist diese Version die beste für sie. Rein private Gründe, eine psychisch kranke alte Frau... und so weiter. Zugeben, daß es die Mafia gewesen sein könnte, darf man nicht, und deutsche Konkurrenten dürfen es erst recht nicht sein – Stichwort: Nestbeschmutzung. Dennoch... Und darum die Frage ganz direkt an Sie, ob Sie jemals Interesse am Erwerb der ORA-Stahl gehabt haben?»

Mannhardt stockte der Atem. Fast hätte er gebetet, daß der andere die Kontrolle über sich verlor und spontan ausgerufen hätte: ‹Das ist doch mal meine Firma gewesen!›

Doch Gorzyca steckte sich nur eine Zigarette an. «Nein, die ORA-Stahl wäre eine Nummer zu groß für uns. Aber richtig ist, daß Bolgheri bei mir angerufen hat, um einmal vorzufühlen, ob wir uns vielleicht beteiligen wollten.»

«Aber Sie haben nicht angebissen?» fragte Mannhardt und war fast versucht, die Begründung dafür anzuhängen: ‹Weil Sie ja schlecht wieder in Oranienburg auftauchen konnten.›

«Nein. Mangels Masse. Kein Kapital dafür.» Gorzyca sah ostentativ auf seine Rolex.

«Die EUROMAG hat am meisten vom Tode Bolgheris profitiert. Ich will da wirklich keinem etwas unterstellen, aber es gibt ja manchmal krankhaft ehrgeizige Manager, die ohne Wissen der Firmenleitung etwas einfädeln... Was sagt denn die Gerüchteküche da...?»

«Ich habe nie etwas darüber gehört, als daß die Leute anders als am Verhandlungstisch Erfolg haben wollten.» Gorzyca zog schon die Beine unter den Körper, um besser aufstehen zu können. «Das sind doch alles geschulte Kader.»

Jetzt hab ich dich! Mannhardt triumphierte. Wer Kader sagt, der kann nur aus der DDR kommen.

Was aber sofort schon wieder zu relativieren war: Wenn er aber nun gebürtiger Pole ist...

Mannhardt mußte die wenigen verbleibenden Minuten unbedingt noch nutzen, um mehr über Gorzycas Biographie in Erfahrung zu bringen. Und wenn auch nur mit etwas Bluff und der Gefahr, von der Aurak disziplinarrechtlich ausgehebelt zu werden. «Entschuldigen Sie, Herr Gorzyca, aber da ist noch etwas...»

Der N.S.G.-Inhaber sank murrend auf die Bank zurück. «Bitte...»

«Wir haben da Zeugen, die von einem Gespräch Bolgheris mit einem Polen wissen. Sie sind doch Pole?»

Gorzyca fuhr auf. «Ich bin Deutscher wie Sie, habe aber auch die amerikanische Staatsbürgerschaft. Meine Mutter war Deutsche, mein Vater Pole, ja, und ausnahmsweise mal einer mit Vermögen. Ich bin in Detroit geboren worden, und von der Firmengruppe meines Vaters stammt auch das Geld, mit dem ich die N.S.G. hier in Bremen kaufen konnte.»

Warum erzählt er mir das alles, fragte sich Mannhardt. Um zu zeigen, wie clean er ist? Weil er annimmt, daß ich es eh schon weiß? Was nicht stimmte, denn er hatte das Risiko nicht eingehen wollen, bei den Bremer Behörden deswegen nachzufragen. Erst jetzt merkte er, daß sich Gorzycas wirkliche Daten genau mit jenen deckten, die seiner Simulation entsprachen. Daß Totzke Polnisch und Englisch als perfekt gesprochene Fremdsprachen angegeben hatte, also am besten als amerikastämmiger Pole auftreten konnte. Geschickt war, daß er Gorzyca/Totzke sich auch noch eine deutsche Mutter zugelegt hatte...

Alles nur Spekulationen. Noch immer wollten Mannhardts weit ausgestreckte, hochsensibilisierte Fühler keine Wellen registrieren, nichts, was von Gorzyca ausging, und meinte: Ich bin Totzke, ich bin Totzke.

Mannhardt nahm nun eine Art Auszeit, indem er umständlich nach seinem Notizblock suchte und, nachdem er ihn aus der Jackentasche gefischt hatte, ein paar Sätze niederbrachte. «Ja, Herr Gorzyca...» Jetzt mußte er, obwohl die Vorbereitung dazu nur mäßig war, den Schmetterball wagen. «Wenn ich schon mal hier bin, kann ich auch gleich noch in aller Eile ein Thema ansprechen, das für uns in Oranienburg fast so sehr interessiert wie der Tod Bolgheris...» Er machte eine kleine Pause, um die Wirkung des Folgenden zu steigern. «Der Fall Totzke... Wir hatten den Namen schon erwähnt.»

Gorzyca saß kerzengerade da und verzog das Gesicht nicht stärker, als wenn er einen blöden Witz gehört hätte, doch Mannhardt sah, wie sich die Finger von den aufgestützten Händen abspreizten und tief ins Fleisch der Knie gruben. «...das war vor meiner Zeit hier in Bremen, aber ich weiß aus dem *manager magazin*, daß der Totzke, noch bevor bei der ORA-Stahl die Lichter ausgegangen sind, mit seinem Wagen tödlich verunglückt ist.»

«Ja, ja.» Mannhardt nickte bestätigend. «Nur, da sind...» Und er legte seinen größten Trumpf auf den Tisch. «...die Aussagen eines Apothekers aus Westberlin, des Mannes, dem Totzkes Villa in O-Burg eigentlich gehört, und der spricht davon, daß es da eine sozusagen Ehemaligen-Mafia bei der ORA-Stahl gegeben hat, die an die fünf Millionen Mark beiseite geschafft haben soll. Der Forschungsdirektor dabei, der Hauptbuchhalter, die Werksärztin...»

Gorzyca lachte. «Muß ich mir doch wieder mal den *Spiegel* kaufen...»

«... und Totzke als Vierter im Bunde.»

«Totzke, der ist doch tot.»

«Statt seiner soll ein anderer Mann im Autowrack gelegen haben, eine Leiche, die sie sich mit Hilfe der Ärztin beschafft haben sollen. Mit dem Totenschein, das hätten die vier alles mühelos gedeichselt. In der Ex-DDR, wo die Behörden alle mit ihrem eigenen Aufbau voll ausgelastet sind, da ist das wohl auch drin...» Mannhardt holte das Totzke-Foto aus dem *Neuen Deutschland* hervor, das er, um es vor weiterem Zerknittern zu schützen, in eine kleine Klarsichthülle gesteckt hatte, wie man sie für seine Monatskarte kaufte. «Das hier ist er, und manche in O-Burg sind sich ziemlich sicher, daß er irgendwo untergetaucht ist und mit 'ner anderen Identität weiterlebt...»

Gorzyca nahm ihm den Zeitungsausschnitt so gleichmütig ab, als hätte er ihm ein Bild von Boris Becker hinübergereicht. Vielleicht eine Spur zu cool, fragte sich Mannhardt. Wenn Gorzyca wirklich Totzke war, dann war das eine Meisterleistung an Contenance. Übermenschlich und damit unwahrscheinlich. Aber wer weiß, sagte er sich, wie sie solche Spitzenkader in der DDR daraufhin gedrillt hatten. Und wie oft in seiner Laufbahn hatte er schon Mördern gegenübergesessen, die auf diesbezügliche Vorbehalte so reagiert hatten, als wären sie nach dem Ausgang des letzten Spiels Bayern München gegen den VfL Bochum gefragt worden.

Alles war also offen, und er hätte nicht mehr als 25 Mark darauf verwettet, wirklich Totzke vor sich zu haben. Also stand er auf und sagte, daß es das wohl gewesen wäre.

Gorzyca brachte ihn zum Gartentor und gab ihm die Hand. «Scheint mir ein wenig frustrierend zu sein ihr Job...»

Mannhardt witterte etwas. «Haben Sie einen besseren für mich?»

«Nein, nein, aber... Bei Bolgheri kommen Sie nicht weiter, und Totzke, das scheint doch nur die Phantasie der Oranienburger zu sein...»

«Wir haben immerhin Totzkes Fingerabdrücke», lachte Mannhardt. «Und brauchen die nur mit denen der hundert Millionen Männer zu vergleichen, die weltweit als Totzke in Frage kommen...»

Da erst fiel ihm ein, daß ja Gorzycas Fingerabdrücke auf der Klarsichthülle sein mußten, in der Totzkes Zeitungsfoto steckte. Und irgendwie fühlte er, daß dies, sollte Totzke wirklich vor ihm stehen, leicht sein eigenes letales Aus bedeuten konnte.

Die Haut auf seiner linken Brustseite zuckte, als hätte man ihm mit einem EKG-Gerät schwache Ströme durch Haut und Körper geschickt. Jetzt endlich hatte es mit den so lange vermißten *vibrations* geklappt.

Das konnte nur die Botschaft sein, die der andere ausgesandt hatte, und sie konnte nur lauten: Hans-Jürgen Mannhardt, dein Todesurteil ist gesprochen.

Mannhardt ging nun schon zum vierten Male die Böttcherstraße entlang, pendelte zwischen Marktplatz und Weser, immer darauf bedacht, viele Menschen in seiner Nähe zu haben. Wenn Gorzyca wirklich Totzke sein sollte, dann wäre es für den zwar hinrissig gewesen, an einen Mord zu denken und damit letzte Beweise zu schaffen, aber Kurzschlußreaktioinen waren niemals gänzlich auszuschließen. Auch bei einem äußerlich so coolen Menschen wie ihm.

Irgendwie hatte Mannhardt Angst davor, ins Hotel zu gehen, sich ins Bett zu legen und zu schlafen. Wäre er von seinem Psychiater gebeten worden, seine Gefühle zu diesem Punkt in Worte zu fassen, hätte er es am besten mit dem blöden Spruch geschafft: Stell dir vor, du wachst morgens auf und merkst, du bist tot. Die totale Wehrlosigkeit des Schlafenden war es, die ihn so schreckte.

Mit dem schräggestellten Kopf eines Kunstpädagogen besah er sich das große Bronzerelief, das St. Georgs Kampf mit dem Drachen zeigte, Symbol für den Sieg des Guten über das Böse. War Totzke das Böse und Mannhardt das Gute? Er zweifelte daran. Hatte Totzke nicht ein Recht gehabt, sich irgendwie zu wehren? Die DDR-Leute hatten nicht damit gerechnet, daß der Westen den Beitrittsvertrag als Urkunde ihrer bedingungslosen Kapitulation zu den Akten nehmen würde, aber so war es gekommen. Hier in Bremen, fern der Berliner Front, verstand er plötzlich ihren Zorn. Wäre er Totzke gewesen, er hätte nicht anders gehandelt. Die ORA-Stahl, sein Werk, das man ihm nehmen wollte. Und ob nun die vier, fünf

Millionen VEB-Vermögen auf die Pecciolo-Konten flossen oder hier bei der N.S.G. Arbeitsplätze schufen, war doch auch egal. Die Pfannenschwarz war eine gute Ärztin und unentbehrlich für Oranienburg, und auch Schora und Pessin war das Überleben sicher. Warum Totzke zur Strecke bringen, wozu? Sollte er bis zu seinem Lebensende als Gorzyca glücklich sein mit sich und der Norddeutschen Stahlbeton- und Gleisbau, seiner zweiten Frau und seinem Natalie-Ersatz im Kinderwagen.

*Te absolvo*. Amen!

Mannhardt fand es von Minute zu Minute reizvoller, seine Reisetasche zu holen, die Hotelrechnung zu bezahlen und irgendwie mit einem Nachtzug Richtung Berlin oder wenigstens Hannover respektive Hamburg zu fahren.

Aus, Schluß, laß es.

Aber da waren ja noch die Fingerabdrücke. Die von Gorzyca auf seiner Klarsichthülle und die von Totzkes Schreibtisch, die auf der erbeuteten Lupe. Wenn Gorzyca wirklich Totzke war, dann hatte er den Trick mit der Klarsichthülle sicher durchschaut, und zwar am Ende ihres Dialogs, als er das Thema Totzke angeschnitten hatte. Zu spät, aber wie hätte Gorzyca denn ahnen können, daß das vordem in seiner Sicht so harmlose Geplauder diese Wendung nehmen würde. War er Totzke, mußte er jetzt wissen, daß das für ihn der berühmte ‹tödliche Irrtum› sein konnte. Und wahrscheinlich würde er nun alles daransetzen, dieses Beweisstück seiner alten Identität an sich zu bringen und zu vernichten. Und womöglich auch den, der es gesammelt hatte...

Das klang nun doch sehr nach objektiver Bedrohung, war nicht mehr nur Verfolgungswahn.

Mannhardt ging weiter, hielt vor der Gruppe der ‹Sieben Faulen› und überlegte, was er tun konnte. Heike anrufen. Er verließ die Böttcherstraße.

In Rathausnähe fand er eine intakte Zelle, nahm den klebrig-dreckigen Hörer hoch, wischte ihn an seinem Hosenboden ab, steckte seine Telefonkarte in den Schlitz und wählte. Wieder war sie nicht zu Hause. Mist hoch drei.

Nach Bremen zu reisen, um sich Totzkes Skalp an den Gürtel zu heften, war ja nun das Dämlichste, was ihm jemals eingefallen war.

Jetzt beschloß er endgültig, Bremen schnellstmöglich wieder zu verlassen. Warum er das Ganze angefangen hatte, darüber war mit einem Psychiater zu reden, vielleicht reichte auch schon Heikes Analyse.

Als er die Hotelhalle betrat und den Nachtportier um seinen Schlüssel bitten wollte, traten zwei Männer auf ihn zu, die sehr nach Zivilfahnder rochen. Der eine war ein ebenso verschmitztes wie verschwitztes Schweinchen Schlau, während der andere eine leptosome Bohnenstange war, so der Piano-Player aus einem billigen Western. Mannhardt versuchte, sie nicht richtig wahrzunehmen, während ein kräftiger Adrenalinstoß ihn kampfbereit machte.

«Dürfen wir mal Ihren Ausweis sehen?» fragte der Gemütliche.

«Wenn Sie dürfen, dann gerne...» Mannhardt hielt ihnen seinen Dienstausweis hin. «Was gibt es denn, Kollegen?»

«Was denn...!?» Der Piano-Player war voller Mißtrauen und außerdem noch gelernter Paragraphenhengst. «Und ist das nicht 'n anderes Bundesland, wo du jetzt bist...? Gib mal her...?» Er nahm den Dienstausweis und beguckte ihn prüfend.

Mannhardt sah ihm an, daß er am liebsten noch ein Elektronenmikroskop herangezogen hätte. «Hätte ich 'n Visum gebraucht, um als Touri durch die Böttcherstraße zu laufen?» fragte er provozierend.

«Nein, aber das bei Gorzyca draußen in Borgfeld, das war doch wohl mehr 'ne dienstliche Sache.»

Mannhardt war verblüfft. «Woher wißt ihr denn das...?»

«Gorzyca ist tot», sagte der andere Fahnder.

Mannhardt hörte es, ohne in der Lage zu sein, diese Information irgendwie aufzunehmen, hätte fast gefragt, wer denn Gorzyca sei. «... ist tot – wieso...?»

«In Lilienthal mit seinem Wagen gegen 'nen Baum.»

«Unfall, Selbstmord oder was?» fragte Mannhardt. «...'n Mord?»

«Hängt von deinem Alibi ab?»

Mannhardt tippte sich gegen die Stirn. «Was soll'n der Quatsch?»

«Deswegen suchen wir Sie ja, Genosse Kollege», sagte der mit dem Schweinchen-Schlau-Gesicht.

«Versteh ich nicht...»

Der Bremer grinste verhalten. «Das ist doch der Gag des Tages: Die Frau Gorzyca hat Sie für den Killer Ihres Mannes gehalten.»

«Das bin ich wohl auch...» sagte Mannhardt.

«Wie? Wieso?»

«Ach, lassen wir das...»

Doch wenig später, als sie sich mit ihrem Vorgesetzten in Verbindung gesetzt und Neues erfahren hatten, mußte er ihnen die ganze lange Geschichte vom Nachzehrer und seiner Vermutung über Totzkes zweites Leben noch erzählen, denn in Gorzycas Brieftasche hatte man neben den Fotografien von Tatjana und Natalie Totzke auch einen Abschiedsbrief gefunden.

*Ihr Lieben! Es gibt kein Leben nach dem Tode. Nicht ohne Euch und ohne Oranienburg. Nun ist alles verloren. Als Verlierer und ‹Knacki› kann und will ich nicht leben. Ich habe Euch – in Oranienburg wie in Bremen – furchtbar enttäuscht und große Schuld auf mich geladen. Ich hatte gedacht, ein Schmetterling zu sein – und hab nicht fliegen können. Verzeiht mir, bitte! Ich selber kann mir meine Niederlagen nicht verzeihen. In Liebe Euer K.-E.*

## Oranienburger Nachzehrer weiterhin am Werke

### Kriminalbeamter blutüberströmt ins Krankenhaus gebracht

Der Erste Kriminalhauptkommissar Hans-Jürgen Mannhardt aus Berlin-West ist am Freitagabend mit schweren Kopfverletzungen in das Kreiskrankenhaus eingeliefert worden. Der Beamte, der zum Aufbau einer modernen Kriminalpolizei nach Oranienburg abgeordnet worden ist, hatte sich beim Fußballspiel Kripo gegen Stadtverwaltung erhebliche Kopfverletzungen zugezogen, als er nach einem Bodycheck eines gegnerischen Abwehrspielers gegen den Torpfosten gekracht war. Neben einer aufgeplatzten Augenbraue, aus der das Blut nur so herausgeschossen war, konstatierten die Ärzte eine Gehirnerschütterung. Mannhardt war vor einem Monat in die Schlagzeilen geraten, als es ihm gelungen war, den untergetauchten früheren Direktor der Oranienburger ORA-Stahl, Karl-Ernst Totzke, aufzuspüren und zu entlarven. Totzke, der sich unter dem Namen Karol Gorzyca mit seinen unterschlagenen Millionen eine Bremer Stahlfirma gekauft hatte, war in seinem Wagen absichtlich gegen einen Baum gerast, um sich das Leben zu nehmen. Bundesweit ist er inzwischen als der ‹Nachzehrer von Oranienburg› bekannt geworden.

Dieser Aberglaube hat durch die jüngsten Ereignisse in der beschaulichen Kreisstadt im Norden Berlins neue Nahrung erhalten. Totzke, der nun in ebendem Grab liegt, in dem im Juni sein ‹Doppelgänger› irrtümlich in die Luft gesprengt worden war, soll nicht nur im Falle Mannhardt aktiv geworden sein. Im selben Krankenhaus wie der Berliner Kriminalbeamte wird nach einem Blutsturz auch Totzkes Schwiegermutter behandelt, das stadtbekannte Original Klara (Claire) Kublank. Sie hatte mit ihrem ‹Nachzehrer-Tick› das Ganze ausgelöst und trägt indirekt auch die Schuld am

Tod des italienischen Stahlmanagers Giancarlo Bolgheri.

Während der Mann, der stellvertretend für Totzke im Grab gelegen hat, inzwischen als der Berliner Stadtstreicher Horst («Hotte») Walther identifiziert worden ist, hat die Staatsanwaltschaft Haftbefehl gegen die drei Oranienburger Honoratioren erlassen, die Totzke geholfen hatten, mit den Millionen der ORA-Stahl in Norddeutschland unterzutauchen. Es sind dies die als überaus tüchtig geltende Ärztin Dr. Gudrun Pfannenschwarz, der Ingenieur Dr. Ronald Schora und der Buchhalter Hans-Peter Pessin, die einen Teil des verschwundenen Geldes erhalten und für sich verbraucht haben sollen.

Der Berliner Soziologe und Kriminalschriftsteller -ky, der die Oranienburger Ereignisse chronologisch festgehalten hat, kommentiert das alles lachend mit dem Satz: «Ist nicht für uns alle die totgegangene DDR der große Nachzehrer?»